Jean Wiersch

Haveldorf

Brandenburg-Krimi

Prolibris Verlag

Handlung und Figuren dieses Romans entspringen der Phantasie des Autors. Ebenso die Verquickung mit tatsächlichen Ereignissen. Darum sind eventuelle Übereinstimmungen mit lebenden oder verstorbenen Personen zufällig und nicht beabsichtigt.

5.Auflage November 2025

buero@prolibris-verlag.de
Titelfoto © Adobe Stock - bahadirbermekphoto
Druck: OSDW AZYMUT Sp. z o. o., Daimlera 2, 02-460 Warszawa, Polen
ISBN: 978-3-95475-240-9

www.prolibris-verlag.de

1

Freitag, 13. August

Die Sonne brannte sich in Manzettis Haut, sie stand fast im Zenit über ihm. Es war einer jener Augusttage, die man früher nur im Süden erlebt hat, etwa in Afrika, wo der Passat mit heißem Atem das Land verdorrte.

Aber was hieß schon früher? Der Klimawandel war längst in dem Teil Deutschlands angekommen, der mit seinen vielen Seen zwischen Havel und Rhin lag und wo die Sonne im Hochsommer kein Erbarmen mehr kannte. Gnadenlos knallte sie vom Himmel, als hätte sie dabei denselben Spaß wie kleine Jungen, die mit der Lupe einen Strohballen auf des Großvaters Bauernhof anzündeten.

Und Milderung war nicht in Sicht. Frühestens für das Ende der kommenden Woche stellten die Meteorologen Temperaturen um die fünfundzwanzig Grad in Aussicht, auch wenn hier am Beetzsee niemand so recht daran glauben wollte, selbst Andrea Manzetti nicht. Aber der hatte sowieso andere Probleme, dachte nicht an Wetter, Klima oder dessen Wandel. In seinem Rücken tobte es, als hätte Luzifer höchst persönlich dort Einzug gehalten; noch dazu mit offener Feuerstelle. Wie sollte er das aushalten, lautete nur eine der Fragen, die sich ihm seit einigen Minuten aufdrängten. Ihm, der den Umgang mit Schreibtisch und Ledersessel gewohnt war; ein geachteter Kriminalist; seit Jahren Leiter der Mordkommission in Brandenburg an der Havel.

Die Antwort sollte ihm nicht schwerfallen, denn es war nicht auszuhalten, jedenfalls nicht in seinem Alter. Das hier war schwere körperliche Arbeit; grausame, von unzähligen Schmerzattacken begleitete Maloche. Und in dem Moment, da ein weiterer Stromschlag durch sein Kreuz fuhr, stellte Manzetti sich auch schon die nächste der drängenden Fragen. Musste das unbedingt heute sein? Hatte sie ausgerechnet an einem Tag, an dem das Thermometer erneut jenseits der Dreißiggradmarke hängengeblieben war, den kleinen gelben Zettel auf dem Küchentisch liegen lassen müssen?

Eine drängende Frage, auf die eine klare Antwort folgte. Natürlich hatte sie das gemusst; Kerstin, die Frau, die Manzetti seit mehr als drei Jahrzehnten über alles auf dieser Welt liebte, mit der er zwei wundervolle Töchter und eine hinreißende Enkelin umsorgte, genau diese Kerstin hatte ihn vor etwa einem Jahrzehnt bereits deutlich gewarnt. Obacht, hatte sie gesagt, gib Obacht, mein Lieber.

Damals waren sie der Einladung des Maklers gefolgt, mit ihm das Anwesen zu begutachten, das seit einem halben Jahr am Ende der Dorfstraße von Ketzür zum Verkauf gestanden hatte. Ein schönes Haus und nur etwa fünfzig Meter vom Seeufer erbaut; mit herrlichem Ausblick, eine Pracht, hatte Manzetti sofort geurteilt. Aber als sie dem Makler vom Haus in den Garten gefolgt waren, da eben hatte Kerstin die Augen zusammengekniffen und ihn gefragt, ob er eine ungefähre Vorstellung von dem habe, was sie in diesem riesigen Areal erwarten würde? Sie und ihn und möglicherweise auch die beiden Mädchen. Obacht, mein Lieber. Doch er hatte sich nicht einschüchtern lassen wollen, er musste das Haus unbedingt kaufen.

Seither gab es nun diese gelben Zettel, die nicht größer als sein rechter Handteller waren und die sie gerne für ihre Botschaften an ihn benutzte. Heute lautete die: der Apfelbaum.

Und deshalb schlug der fast sechzigjährige Kriminalist in der Hitze des Tages den roten Spaten immer wieder und mittlerweile schweißgebadet in das nicht nachgeben wollende Wurzelwerk. Das alte Spalierobst war ein Gewächs, das schon seit Jahren den Blütenstand verweigerte, und so war es auf Kerstins Liste der verwunschenen Pflanzen geraten, was nichts anderes bedeutete, als dass es den Garten unverzüglich zu verlassen hatte.

Manzetti stützte sich in der Hoffnung auf den Spaten, dass sich seine Bandscheiben wieder beruhigten. Auch Mund und Rachen verlangten inzwischen nach Wiedergutmachung. Nur Wasser konnte das grausame Stechen im Hals lindern.

Als die Flasche seine spröden Lippen erreichte, nahm Manzetti im rechten Augenwinkel eine andere Bedrohung wahr; eine ganz feine Bewegung, ein Hauch nur. Der aber reichte aus, um ihn zur sprichwörtlichen Salzsäule erstarren zu lassen. Große Mengen Adrenalin schossen in seinen Körper. So in etwa, ging es Manzetti für den Bruchteil einer Sekunde durch den Kopf, mussten sich die frühen Menschen gefühlt haben, wenn ihnen der heiße Atem des Säbelzahntigers im Nacken gesessen hatte.

Auch wenn die Quelle der gegenwärtigen Bedrohung nur einen Meter sechzig maß, war sie doch groß genug, um den ein Meter fünfundachtzig großen Manzetti an sofortige Flucht denken zu lassen, denn das Ungemach hatte nicht weniger als die Gestalt des Nachbarn angenommen, der einem Unheil verkündenden Schatten gleich über das Grundstück der Manzettis schlich. Nachbar Paul war ein alter Binnenschiffer, der seit mehr als zehn Jahren seine Rente genoss und der offensichtlich wieder unterwegs war, den Manzettis Zeit und Ruhe zu stehlen.

»Junge«, stöhnte Paul bereits auf Höhe des Kirschbaumes und aus einem für Manzetti beunruhigend angestrengten Gesicht. »Junge, wir haben ein Problem!«, rief Paul noch lauter als zuvor, obwohl er endlich neben Manzetti angekommen war.

Für den gab es nun keinen Zweifel mehr. Die Gefahr war nicht nur groß, sie war gigantisch, denn derartige Worte aus dem Mund von Nachbar Paul zerschlugen für gewöhnlich alle wohlfeilen Gedanken an einen geruhsamen Feierabend in Sekundenschnelle zu Kleinholz. Das wusste Manzetti nur zu gut; der Alptraum war also zur Realität geworden.

»So«, quetschte er deshalb hervor, »wir haben also ein Problem?«

Nachbar Paul nickte, während seine Hände eine Art Lockbewegung vollführten, die Manzetti glauben ließ, der alte Binnenschiffer dirigiere ihn an den Rand des Höllenschlundes.

»Wer sind *wir*, Paul?«, fragte er mit großem Unbehagen. »Du kannst unmöglich mich meinen, denn bis eben hatte ich noch kein Problem.«

Dem Gesicht von Paul war abzulesen, dass er dieser Behauptung nicht den geringsten Glauben schenkte. Gelassen blickte der alte Nachbar auf Manzettis Spaten und das sich hartnäckig in den Boden krallende Spalierobst. Dann zog er die Augenbrauen zusammen und fragte: »Sicher? Bist du dir ganz sicher, dass du kein Problem hast?«

Manzetti folgte dem Blick des Nachbarn, als könnte er dort, wohin Paul gerade schaute, so etwas wie eine Antwort finden. Aber da war nichts, rein gar nichts, wenn er einmal von dem Apfelbäumchen absah. »Ja«, antwortete er deshalb, und es klang, als sei er sich dessen sehr sicher. »Ich habe kein Problem und ich kann auch überhaupt keines gebrauchen.«

Doch Paul sah das wie fast immer, wenn er bei den Manzettis auftauchte, ganz anders. »Und was ist das da?«, fragte er, den scharfen Blick aus seinen grauen Augen noch immer auf das Apfelgewächs gerichtet. »Junge, das da solltest du lieber mit einem Traktor aus dem Boden ziehen. Wenn du so weitermachst, hast du spätestens morgen ein Problem, das ich nicht am eigenen Leib erleben möchte. Nämlich eines mit deinem Rücken.« Paul verzog sein Gesicht zu einer Grimasse, die die Erwähnung des Wortes Schmerz vollkommen überflüssig machte. »Aber das ist dann wirklich nur dein Problem, du Stadtkind.«

Paul machte einen wohl inszenierten und deshalb mächtigen Schritt nach vorn, postierte seinen kurzen und schweren Körper so, dass Manzetti ihm nicht entfliehen konnte, und drückte seinen fleischigen Zeigefinger einem Dolchstoß gleich zwischen die Rippen des Hauptkommissars. »Und von dem anderen Problem, weswegen ich eigentlich gekommen bin, von dem sind du, ich und der Freddi betroffen, wenn du es ganz genau wissen willst.«

Manzetti spitzte sofort beide Ohren. Hatte Paul gerade behauptet, er sei wegen eines Problems gekommen, das ihn und irgendeinen Freddi betraf? Das durfte auf keinen Fall passieren. Nur das nicht. Wollte er sein Wochenende retten, und das seiner Familie, musste Manzetti schleunigst, und wenn es ging, genau in diesem Augenblick verhindern, dass der alte Zausel von einem Nachbarn ihn in eine seiner abenteuerlichen Geschichten hineinzog. In dreißig Sekunden würde es dafür zu spät sein.

»Vergiss es, Paul. Ich werde nicht wieder auf irgendeines deiner Märchen hereinfallen. Außerdem siehst du ja, dass ich von Kerstin einen Auftrag erhalten habe. Und damit basta«, polterte Manzetti los, um Paul mit allem Nachdruck von einem seiner Hirngespinste abzubringen.

Paul versank für etwa fünfzehn Sekunden in tiefes Schweigen. Dann deutete er mit dem Zeigefinger auf das Apfelspalier und fragte: »Das da? Ist das der Auftrag deiner Frau?«

»Ja«, antwortete Manzetti, zog den Spaten aus dem Boden und tat, als würde er umgehend seine Arbeit wieder aufnehmen wollen. Vielleicht, ging es ihm durch den Kopf, würde Paul so die Lust an der Unterhaltung verlieren und wieder verschwinden.

Aber der dachte nicht daran. Paul holte tief Luft und fragte in väterlichem Ton: »Was ist los bei euch, Junge? Willst du mir das vielleicht erzählen?«

Manzetti fühlte sich wie vor den Kopf gestoßen. »Warum? Was soll denn los sein bei uns?«, fragte er und wirkte dabei ein wenig hilflos.

Paul strich sich mit dem Zeigefinger über die Nase. Ein Zeichen, dass er angestrengt nachdachte. »Liebt sie dich noch?«

»Wer? Kerstin?«, fragte Manzetti.

»Sie liebt dich nicht mehr, stimmt's? Willst du darüber reden?«

»Paul! Wie kommst du denn darauf?«, protestierte Manzetti und rammte den Spaten mit Wucht kurz vor Pauls linkem Fuß in die Erde. »Was fällt dir eigentlich ein? Kerstin soll mich nicht mehr lieben? Wo hast du das denn her? Das ist absoluter Blödsinn!«

Paul hob die Hände und zog gleichzeitig den Kopf zwischen die Schultern. »Das habe ich nirgendwo her, mein Junge. So etwas sieht man doch. Dazu brauche ich keine alte Frau, die mir mit einer schwarzen Katze auf der Schulter aus der Hand liest. Dafür genügt ein bisschen Lebenserfahrung nach Ketzürer Art.«

Manzetti geriet jetzt so richtig in Rage. Er stand kurz davor, ins Italienische zu wechseln und Paul mit einem Schwall der übelsten sizilianischen Flüche zu überschütten. »Stupido, Paul. Gerade du willst die nötige Lebenserfahrung haben? Soweit ich weiß, warst du nie verheiratet.«

Innerlich schmunzelnd nickte Paul. »Ja, das war ich weiß Gott nicht, aber Lebenserfahrung hab ich trotzdem. Und zwar jede Menge.«

»Und deshalb glaubst du, beurteilen zu können, wenn meine Frau mich nicht mehr liebt?«

»Korrrrrekt«, schnurrte Paul, während sich in Manzetti immer deutlicher die Befürchtung breitmachte, dass er auch dieses Rennen gegen seinen Nachbarn wieder verlieren würde.

Und schon bog Paul mit erhobenem Zeigefinger auf die Zielgerade ein. »Ich sage nur Traktor, wenn du verstehst, was ich meine. Würde sie dich und deinen Rücken nämlich noch immer lieben, dann hätte sie dich zu mir geschickt, um meinen Traktor zu holen ... Aber so?«

So war er, Nachbar Paul, genau so. Ein Schlitzohr vor dem Herrn, raffiniert bis unter die Schwanzspitze. Und wie aus dem Nichts hängte der alte Gauner seinem Nachbarn Manzetti wieder einmal einen goldenen Haken zum Anbeißen hin. »Junge, was ist? Hast du die Sprache verloren?«

»Nein«, sagte Manzetti und nun biss er an. »Kann ich deinem Gerede entnehmen, dass ausgerechnet du mir deinen Liebling überlassen willst?« Er zog den Spaten wieder aus dem Boden.

Paul antwortete nicht sofort. Er presste nur die Lippen aufeinander.

»Was denn nun?«, stocherte Manzetti ungeduldig nach. »Gibst du mir den Trecker oder gibst du ihn mir nicht?«

»Das kommt drauf an«, sagte Paul.

»Worauf? Worauf kommt das an?«

»Auf das Problem, mein Junge, das Problem vom Freddi. Wenn du uns hilfst, zieh ich dir morgen in aller Früh deine Äppel aus der Erde, bevor du auch nur einen Fuß aus dem Bett gekriegt hast.«

Manzetti hing nun fester denn je am Haken. Und er wusste das. Paul hatte mit seinem Angebot so heftig an der Angelschnur gerissen, dass es kein Entkommen mehr gab.

»Prego«, lenkte Manzetti ein. »Wer ist dieser Freddi und was hat er für ein Problem?«

2

Als Zeichen des Sieges streckte Paul den Daumen der rechten Hand gen Himmel. »Der Freddi ist Freddi Mahlow, der Hühnerbauer«, erklärte er und schwang die Arme in die Höhe, als könnte er nicht glauben, dass ein Mann, der bereits seit zehn Jahren in Ketzür lebte, keine Ahnung hatte, von wem hier die Rede sein mochte. Doch Manzetti wusste es wirklich nicht, auch wenn er noch so intensiv darüber nachsann.

»Den musst du doch mittlerweile kennen, Junge. Jeder hier kennt den Freddi und seine Hennen.«

Jetzt dämmerte es Manzetti. Er kannte Freddi Mahlow zwar nicht persönlich, jedenfalls nicht so, wie man Freunde oder Nachbarn kennt, aber er wusste, wen Paul meinte. Mahlow war der Hühnerbauer aus dem Nachbardorf, an dessen Straßenstand Kerstin einmal in der Woche Eier kaufte. Die waren frisch, schmeckten besser als alle anderen aus Bodenhaltung, von frei laufenden oder sonst wie mit Superlativen versorgten Hühnern und sie hatten immer ein bisschen Hühnerkacke an der Schale. Als hätte Freddi Mahlow das aus Gründen der besseren Vermarktung eigens so arrangiert.

»Was ist mit ihm?«, wollte Manzetti wissen. »Hat man ihm etwa eine Handvoll Eier geklaut und ich soll den Diebstahl jetzt aufklären? Das ist nicht dein Ernst, Paul. Er stellt seine Eier mit einer Kasse des Vertrauens unbewacht an die Landstraße. Da muss er es aushalten, wenn mal einer vergisst, die zwei Euro in die Schale zu werfen.«

Pauls Gesicht schwoll erneut an, färbte sich wie eine überreife Tomate. »Papperlapapp«, raunzte er. »Stell dich nicht so an. Manchmal redst wie die Bessarabier.«

Nachbar Paul, dessen Familie gegen Kriegsende aus Pommern gekommen war und der aus einem schwer zu definierenden Neid heraus nicht gut auf andere Kriegsflüchtlinge zu sprechen war, beugte seinen fleischigen Oberkörper nach hinten, dass ihm vorne am Hosenbund das Hemd über den Kugelbauch rutschte und Manzettis ungetrübten Blick auf einen tiefen Bauchnabel freigab, der aussah wie das Tor zum Hades. Dann hielt der alte Binnenschiffer beide Hände als Trichter vor den Mund.

»Freddi, komm her. Ich hab's dir doch gleich gesagt, dass der Junge uns helfen wird. Alles eine Frage der Beziehung, wenn du verstehst, was ich meine.«

Manzetti neigte den Kopf zur Seite und starrte zur Hausecke. Das also war er, Bauer Mahlow. Ein spindeldürres, rothaariges Männchen, bei dem die knochigen Finger nur unwesentlich dicker waren als die Bartstoppeln in dem eingefallenen Gesicht. Und diese knochigen Finger umschlangen den Hals einer seiner Hennen.

Manzetti gelang es nicht, den Blick von dem Federvieh loszureißen. Dabei war es nur ein Huhn, ein stinknormales Huhn, und es war nicht zu erwarten, dass das Tier gleich Kerstins Blumen bescharren würde. Die Mahlowsche Henne war nämlich mausetot.

»Gib sie ihm, Freddi«, forderte Paul und winkte den schüchternen Bauer näher heran.

Und Mahlow gehorchte aufs Wort. Er legte das Huhn auf den Rasen, während er Manzetti ansah, als hielte er ihn, den

Halbitaliener, für eine alte germanische Gottheit, Odin etwa, dem man bisweilen ein Opfer darzubringen hatte. Dann zog der Bauer sich wieder zur Hausecke zurück.

Paul holte unterdessen tief Luft und zeigte auf die Henne. »Junge, das da ist unser Problem«, behauptete er.

Manzettis Blick hing wie festgenagelt an dem toten Huhn.

»Paul, du willst mir doch wohl nicht erklären, dass ich ... dass ich wegen eines ... Paul!«

»Was Paul? Die Leute im Amt behaupten, dass alle Tiere auf Freddis Hof getötet werden müssen. Sie sagen, dass die krank sind. Aber sieh dir die Henne doch mal an!« Paul hob das Huhn vom Boden auf und schwenkte es bedrohlich dicht vor Manzetti hin und her. »Nun, schau selbst. Wo ist die denn krank, bitte schön?«, fragte er und drückte mit seinen wulstigen Fingern an dem toten Tier herum, was dieses veranlasste, schmatzende Geräusche aus dem Schnabel zu entlassen, die Manzetti sofort in die Ohren fuhren und in seinem Gehirn die Erinnerung an verwesendes, übel riechendes Fleisch hervorriefen. Ein Geruch wie bei der Obduktion einer mehrere Tage alten Leiche, der ihm für gewöhnlich den Magen umdrehte.

Aber dann kam er plötzlich, der rettende Gedanke. Die Lösung konnte nur heißen, Paul und Freddi Mahlow auf der Stelle mit dem roten Spaten vom Grundstück zu jagen, egal wenn es das Aus für den Trecker bedeutete. Und er würde Paul, begleitet von einem phänomenalen Urschrei, das tote Federvieh bis auf die Dorfstraße hinterherwerfen.

Aber wie mit allen spontanen Eingebungen war es auch mit dieser. Manzetti wurde schon eine Sekunde später klar, dass das so nicht ging. Jedenfalls nicht hier in Ketzür, einem Dorf mit gut zweihundertfünfzig Einwohnern, wo man für solche Taten der Nichthilfeleistung leicht am Marterpfahl enden konnte. Außerdem würde er dann den Traktor des Nachbarn nicht nur heute nicht, sondern wahrscheinlich nie wieder zu Gesicht bekommen.

Er schob Pauls Hand und damit auch das tote Huhn von sich weg und sah den alten Binnenschiffer mit wehleidigem Blick an. »Paul, was soll ich denn machen, deiner Meinung nach? Ich bin Kriminalist und kein Tierarzt«, sagte er und hoffte auf Pauls Einsehen.

Aber das hatte der nicht. »Du bist kein Arzt, nein«, sagte Paul. »Aber dein Freund, der Doktor ist doch einer, oder etwa nicht?«

Manzetti runzelte die Stirn. »Du meinst doch nicht etwa Bremer?«, fragte er und ließ sogar ein leises Lächeln zu, als ihm das Bild eines gerupften Huhns auf einem der Seziertische in Bremers rechtsmedizinischem Institut in den Sinn kam. Das würde der nie tun, war sich Manzetti sicher. »Paul, der Doktor, den du meinst, ist zwar Arzt, aber kein Veterinär. Bremer ist Rechtsmediziner, untersucht also tote Menschen, die Opfer von Verbrechen geworden sind. Aber um Himmels willen doch keine Hühner.«

Pauls Gesichtszüge sprachen Bände. Er kriegte sich allmählich wieder ein und tat so, als habe er nicht gerade eine Abfuhr erlitten. »Was denn nun, Junge? Rufst du den Doktor an oder muss ich mich um alles selbst kümmern?«

Es war zwecklos. Manzetti schüttelte zwar noch immer den Kopf, griff aber dennoch in seine Hosentasche und holte das Handy heraus. Bei genauerer Betrachtung blieb ihm wohl keine andere Wahl, aber der Gedanke, dass er während der bevorstehenden Untersuchung Zaungast sein würde, versprach eine kleine Portion Spaß. Er wählte Bremers Nummer und hatte fünf Sekunden später den Doktor am Ohr.

Paul quittierte Manzettis braves Einlenken wie immer, wenn er gewonnen hatte, mit seinem breiten pommerschen Grinsen und einem andächtigen Zug aus dem silbrig glänzenden Flachmann, seinem ständigen Begleiter. Der aufsteigende Rülpser war Ausdruck erhabensten Seelenfriedens. Und er ermutigte sogar das klapprige rothaarige Männchen von der Hausecke, näherzutreten, bevor Pauls silberglänzendes Utensil leer sein würde.

3

Bremer hockte noch einige Minuten bewegungslos hinter dem Steuer seines Autos, tief in Gedanken versunken. Sein Blick fiel durch die Windschutzscheibe, traf aber nicht die riesigen Pappeln, die dicht an dicht das Seeufer säumten und bei Wind mit abertausenden Blättern rauschten wie ein Wasserfall, sondern verschwand irgendwo im Nichts. Und wie immer, wenn er bei den Manzettis in Ketzür auftauchte, schob er ein Kräuterbonbon in seinem Mund von einer Seite auf die andere, hin und her, her und hin.

Er hatte begründete Zweifel an der gegenwärtigen Zurechnungsfähigkeit seines Freundes Manzetti. Ein ausgewachsener Hauptkommissar, einer der erfahrensten Mordermittler der Brandenburger Polizei, sagte er sich, solch ein Mensch hatte wirklich verlangt, dass er, der Leiter des rechtsmedizinischen Instituts, ein totes Huhn obduzieren möge. Das war wahrlich nicht zu fassen.

Mit argwöhnischem Kopfschütteln kletterte Bremer schließlich aus seinem Auto, nahm Metallkoffer und Rucksack heraus und betrat das Grundstück der Manzettis. Wie er dem Hauptkommissar später gestand, beherrschte ihn dabei nur ein Gedanke: dass ihn hoffentlich niemand sah. Denn kurz vor der Pensionierung sollte er aufpassen, worin er sich verwickeln ließ. Zu schnell war ein Ruf ruiniert und Beinamen wie *Der Quincy vom Hühnerhof* würden die Runde machen und erfahrungsgemäß die eigene Karriere um viele Jahre überdauern. Und genau darauf hatte Bremer überhaupt keine Lust.

Missgelaunt schlich er an der Garage der Manzettis vorbei und blieb plötzlich, als er am Carport angekommen war, wie vom Schlag getroffen stehen. Dort, wo sonst dunkle Rattanmöbel zu einer Sitzgruppe aufgestellt waren, stand nun eine Biertischgarnitur, auf deren Bank Manzetti neben Nachbar Paul saß. »Es ist wirklich nicht zu glauben«, spottete Bremer. Vor den beiden lag das Huhn auf dem Tisch, festgezurrt wie auf der Streckbank der spanischen Inquisition.

»Hallo, Doktor«, rief Paul wie ein entzücktes Kind und nickte in Richtung des toten Vogels. »Wir haben es schon mal festgebunden, wie du siehst. Wir wollen doch keine Zeit verlieren.«

Bremer stellte Koffer und Rucksack ab. Am liebsten, das war seinem finsteren Blick zweifelsfrei zu entnehmen, hätte er auf dem Hacken kehrtgemacht und die Flucht ergriffen. Aber wo wollte er hin? Paul war längst aufgestanden und hatte ihm den Rückzug an der Garage vorbei mit seinem mächtigen Körper abgeschnitten.

Wie ein bissiger Hund nahm Bremer deshalb Manzetti ins Visier. »Ihr habt sie doch nicht mehr alle«, behauptete er mit boshaftem Unterton. »Wenn das jemand sieht, macht er daraus vielleicht eine Riesengeschichte und wir gehen womöglich wegen Sodomie alle in den Knast.«

Paul, der noch immer seine Stellung hielt, kratzte sich unbeholfen an der Nase. Er wirkte wie ein kleiner Junge, der gerade nicht verstand, wovon die Erwachsenen hier sprechen. »Was ist denn Sodomie, mein Junge?«, fragte er und suchte Manzettis Blick.

Der aber winkte nur ab. »Sex mit Hühnern«, gab er dann doch zu verstehen und suchte seinerseits den Blick von Bremer, allerdings vergebens.

Paul trat ein paar winzige Trippelschritte vor. »Sex mit Hühnern also.« Er sah zu Bremer. »Aber Doktor, das Huhn ist doch tot. Ich meine ...«

»Schluss jetzt«, fauchte Bremer. Er hatte die Nase gestrichen voll. Für ihn war das hier nicht mehr als ein affiges Schmierentheater. »Ihr bindet das Viech sofort los und vergrabt es irgendwo im Garten. Und dann ...« Bremer sah Manzetti erneut scharf an, »... und dann will ich nie wieder in solche Schweinereien verwickelt werden. Mich muss doch der Teufel geritten haben, dass ich überhaupt hergekommen bin.«

Paul ließ sich von dem kleinen Wutanfall nicht aus der Fassung bringen, obwohl er eine gewisse Ahnung davon bekam, dass ihm dieses Mal anders als vor einer halben Stunde bei Manzetti die Felle davonschwimmen könnten, denn der Doktor war mit einem furchtbaren Donnerknallen aufgetaucht. Und er brodelte noch immer. Und die Felle durften Paul auf keinen Fall davonschwimmen; bloß das nicht. Wie stünde er schließlich da vor Freddi Mahlow. Also stellte Paul sich dicht neben den Rechtsmediziner und legte ihm beschwichtigend eine Hand auf den Unterarm.

»Doktorchen«, säuselte er wie eine altgriechische Sirene, »sieh doch mal. Der Junge kann eigentlich gar nichts dafür. Ich habe das eingerührt. Ich ganz allein. Der Junge hat mir doch nur einen Gefallen getan, weißt du. Nachbarschaftshilfe sozusagen. Davon leben wir hier auf dem Dorf. Ohne das geht es nicht. Einer für alle und alle für einen. Es gehört sich einfach so. Unsereins kennt das nicht anders.«

Die Alternative ist der Marterpfahl auf dem Dorfplatz, ging es Manzetti derweil durch den Kopf; vor aller Leute Augen.

Paul wartete unterdessen einen Augenblick und versuchte, in Bremers Gesicht irgendeine Regung auszumachen. Ein Verdrehen der Augen vielleicht, das Öffnen des Mundes, um tief einzuatmen und mit einem Stöhnen Ja zu dem gegenwärtigen Unterfangen zu sagen. Aber der Doktor tat nichts von dem. Er blieb eiskalt und ungerührt wie eine strenge Erzieherin in einem abgelegenen katholischen Internat, die angefleht wird, den Sechzehnjährigen entgegen den Hausregeln den Discobesuch im nächsten Ort zu erlauben.

»Doktorchen«, versuchte Paul es erneut, »schau mal. Es geht doch hier gar nicht um das Huhn an sich. Es geht doch hier einzig und allein um den Bauer. Dem Freddi Mahlow wollen sie alle seine Tiere töten, weil die angeblich krank sind. Aber guck dir das Huhn doch mal an.« Paul drehte sich um und zog Bremer mit festem Griff bis direkt vor die Biertischgarnitur. »Sieht so ein krankes Huhn aus?«, fragte er, das Säuseln in höchste Frequenzen treibend. »Es ist, es war kerngesund, ich würde zum Beweis sogar sofort von der Keule abbeißen.« Paul sah Bremer mit feuchten Augen an, aber der reagierte noch immer nicht. Also musste er noch einen Gang höher schalten, und Manzetti wusste, dass der Nachbar jetzt dem sprichwörtlichen Fass den Boden ausschlagen würde.

»Aber wer bin ich denn schon?«, seufzte Paul herzergreifend. »Ein Niemand, ein alter Seemann, dem man, taucht er im Amt auf, kaum Glauben schenkt. Dagegen bist du, ein weltweit ...« Paul betonte das Wort *weltweit*, als trüge er eine Ode auf die Globalisierung vor, »... ein weltweit anerkannter Wissenschaftler – dein Urteil können auch die im Amt nicht übergehen.«

Bremer blickte abwechselnd von Paul zu Manzetti und wieder zurück. Offensichtlich war der alte Seebär wirklich bis zu Bremers weicher Seele durchgedrungen, denn der Doktor machte einen Schritt zur Seite, sah auf die Henne und fragte: »Und warum geht ihr nicht einfach zu einem Tierarzt? Man sieht doch mit bloßem Auge, dass mit der Henne was nicht stimmt. Von wegen kerngesund.«

Im Geiste rieb sich Paul bereits die Hände. Jetzt hatte er ihn, den Doktor. Es war ihm gelungen, Bremer in ein Gespräch zu verwickeln, was nichts anderes bedeutete, als dass er den Doktor am Haken hatte. Nun musste er, wie vorhin bei Manzetti, nur noch die Sehne anrucken.

»Die Zeit, Doktorchen, die Zeit«, antwortete Paul geschwind. »Die sitzt uns einfach im Nacken. Und na ja, ganz fit scheint das Tierchen wirklich nicht gewesen zu sein. Aber Vogelgrippe hat es nicht gehabt. Das aber behaupten die vom Amt und deshalb wollen sie schon morgen alle Tiere abholen und verbrennen. Außerdem sind die Amtsärzte doch alle korrupt«, behauptete Paul wahrheitswidrig, aber voller Überzeugung.

»Die stecken da alle unter einer Decke. Aber ein Mann wie du, so ein richtiger Haudegen ...«, er boxte Bremer ganz leicht gegen den Oberarm, »so einer aus festem Schrot und ...«

»Das reicht jetzt, Paul!« Manzetti hatte sich erhoben und stand nun direkt neben Paul, um Bremer von des Nachbarn verbaler Fesselung zu befreien.

Aber Paul ließ sich nicht aufhalten und schob den Hauptkommissar brachial beiseite. »Doktorchen, der Freddi erwartet es von mir. Kannst du uns nicht helfen? Bitte.«

Bremer stand noch ungefähr zehn Sekunden wie eine Gipsfigur da, bückte sich dann und griff nach Koffer und Rucksack. »Na gut«, gab er schließlich nach. »Aber ihr bringt den Tisch in den Keller. Ich möchte nicht, dass uns jemand bei diesem Zirkus beobachtet.« Als Bremer ein paar Schritte gegangen war, drehte er sich noch einmal um, als hätte er etwas vergessen. »Und ich will eine ganze Flasche Gin«, knurrte er. »Das kriege ich nüchtern nicht hin.«

»Kein Problem«, versprach Paul, eilte zu dem alten Bretterzaun, der sein Grundstück von dem der Manzettis trennte, und schob eine Latte zur Seite. »Hier«, jubelte er und präsentierte eine Flasche ohne Etikett. »Selbstgebrannt. Garantiert fuffzig Prozent. Ein Genuss, wenn ihr wisst, was ich meine.«

4

»Und, was denkst du?« Manzetti hockte auf der Freitreppe zur Terrasse und reichte ein Glas Barolo nach unten.

Bremer, der zwei Stufen tiefer schon darauf lauerte, griff in freudiger Erwartung zu. »Ich bin mir nicht sicher, aber nach Vogelgrippe sieht es nicht aus.«

»Wonach dann? Hast du schon eine Ahnung?«

Bremer schlürfte den ersten Schluck mit vor Glück glänzenden Augen, wie es gediegene Weinverkoster mit spitzen Lippen tun, den Rest aber, den kippte der Rechtsmediziner einfach in sich hinein. »Ich weiß nicht«, sagte er und reichte das leere Glas wieder die zwei Stufen nach oben. »Hätte man mir einen Menschen mit einer derart verfärbten Mundhöhle auf den Seziertisch gelegt, ich ginge von einer Bleivergiftung aus. Aber bei Hühnern? Ich habe da wenig Erfahrung. Und ich kann mir beim besten Willen nicht vorstellen, dass ein Bauer seine Tiere vergiftet. Schließlich lebt er von denen, oder?«

»Wollen wir in mein Arbeitszimmer gehen?« Manzetti hatte im Geist bereits seinen Computer gestartet, um Bremer den Zugang zum Internet zu verschaffen. »Du könntest mal nachsehen.«

Bremer nahm sein erneut gefülltes Glas in Empfang und blickte hinein, als könnte er in der tiefroten Flüssigkeit den Weg zur Lösung seines Problems ablesen. »Wir haben es verlernt, zu denken, Andrea. Heute schauen wir lieber bei Google nach und nehmen alles so hin, wie es dort irgendjemand reingestellt hat, beschweren uns aber gleichzeitig, dass wir von den Internetmachern manipuliert werden. Und das Internet ist oft genauso überflüssig wie ein Taschenrechner, wenn es darum geht, fünf und fünf zusammenzuzählen. In diesem Fall brauche ich das Internet nicht. Ich nehme die Henne nachher mit und untersuche sie in meinem Labor.« Bremer hob das Glas mit dem blutroten Barolo über den Kopf. »Salute, mein Lieber ... Wenn ich genauer nachdenke, dann ist es eine Bleivergiftung. Vertrau mir.«

Auch Manzetti hob das Glas, wenn auch nicht ganz so pathetisch wie Bremer. »Wie kommst du darauf? Eben warst du dir noch nicht sicher und nun doch?«

»Ja, ja. Es ist diese bläuliche Verfärbung. Sieht aus wie Blei und ist es auch.« Bremer trank noch einen Schluck, bevor er seinen Vortrag begann, wie immer das Produkt eines klaren, analytischen Verstandes, über den der Mediziner schon als Kind verfügt hatte. Und dem konnten auch die Hektoliter Wein und Schnaps nichts anhaben, die in einem langen Leben nicht nur die Leber dieses Mannes passiert hatten.

»Von einer Bleivergiftung sprechen wir, wenn es zur Aufnahme von metallischem Blei oder Bleiverbindungen kommt. Blei ist für die meisten Lebewesen schädlich. Wohl auch für Hühner, nehme ich an. Beim Menschen, das haben Untersuchungen ergeben, beeinträchtigen hundertfünfzig Mikrogramm Blei pro Liter Blut schon den IQ.« Jetzt musste Bremer kurz auflachen und sah zu Manzetti. »Wenn das übrigens stimmt mit dem IQ, dann leidet ein Großteil der Menschheit seit Jahren an einer beachtlichen Bleivergiftung ... Aber zurück zu unserem Fall. Außerdem führt eine Bleivergiftung zu Darmkrämpfen und zur Verengung der Blutgefäße. Dadurch erscheint die Haut blass und der Blutdruck steigt an.«

»Und wie kann ein Huhn Blei aufnehmen?«

»Ich denke nicht anders als wir Menschen. Zum Beispiel über die Nahrung«, erklärte Bremer. »Da die Viecher nicht sofort gestorben sind, denke ich, dass sie über einen längeren Zeitraum das Metall aufgenommen haben, also unter einer chronischen Vergiftung leiden. Wie gesagt, ich nehme die Henne mit, und es müsste mit dem Teufel zugehen, wenn ich in den Knochen nicht große Mengen Bleiablagerungen finde.«

Manzetti drehte den Oberkörper nach links und lehnte den Rücken gegen die Hauswand. »Und warum hat der Amtstierarzt das nicht auch festgestellt? Das hätte er doch sehen müssen.«

Bremer hob die Schultern. »Keine Ahnung. Außerdem ist es wohl eher dein Job das herauszufinden, oder?«

Manzetti streckte die Beine über die gesamte Länge der Treppenstufe aus und schlug das linke über das rechte. »Ja ... oder besser nein. Eigentlich habe ich damit überhaupt nichts zu tun. Es war die saublöde Idee von Paul. Und das Ganze hier geht mir mittlerweile gehörig auf die Nerven. Wollen wir es an dieser Stelle nicht gut sein lassen? Mit deinem Untersuchungsergebnis kann sich Freddi Mahlow doch selbst ans Amt wenden. Dann müssen die von ihrem Tun abrücken.«

Bremer drehte sich um, als hätte ihn ein schwerer Stein im Rücken getroffen. »Spinnst du jetzt, oder was? Ich, der ich mit dem ganzen Mist absolut gar nichts zu tun habe, muss unter Einsatz meines guten Rufes ein Huhn sezieren, und du kneifst, nur weil du zwei Fragen an einen Amtstierarzt richten sollst?

Das kann nicht dein Ernst sein. Außerdem denk an Nachbar Paul. Er wird dich vierteilen und für die Krähen in seinen Birnbaum hängen.«

Die Drohung mit Paul war für Manzetti nicht von der Hand zu weisen, weshalb sie sofort Wirkung zeigte. »Ist gut, ich ruf morgen den Tierarzt an.«

Sie schwiegen und hörten dem Vogelgezwitscher zu, das aus den serbischen Fichten kam, die nur wenige Meter von der Terrasse in den Himmel ragten. Es war die Idylle pur, die sich die Manzettis hier ausgesucht hatten. Das wusste auch Bremer. Deshalb war er ja in den letzten zwölf Monaten für seine Verhältnisse recht oft hierhergekommen. Auch er genoss die Stille.

Ein markerschütternder Schrei zerriss sie: »Oooopa!«

Und dann stand es auch schon neben Manzetti, das braunhaarige, schwarzäugige Wesen, das seit seinem ersten Weltentag ihren Opa im Griff hatte wie ein schwarzer Dämon seine wehrlosen Geiseln. Nur war sie gar kein Dämon, sondern das liebreizende Kind von Manzettis älterer Tochter Lara. Und die knapp dreijährige Enkelin verbrachte regelmäßig mehrere Wochen des Sommers bei Oma, Opa und ihrer Tante Paola in Ketzür. Und zwei von ihnen, nämlich Tante Paola und vor allen Dingen ihren Opa, konnte sie mit einem einzigen Augenaufschlag so fest um den kleinen Finger wickeln, dass nicht mal der beste Entfesselungskünstler dieser Welt hätte Hilfe leisten können.

»Ooopa, Essen ist fertig«, verkündete das kleine Wesen und zeigte mit der rechten Hand ins Haus.

»Essen wir heute drinnen?«, fragte Manzetti, der es gewohnt war, im Sommer draußen auf der Terrasse zu speisen.

Eleonora Manzetti schüttelte den Kopf. »Es kommt Gelitter. Dann gibt es Bitz und Donna. Wir essen grinnen, sagt die Oma.« Flugs schaute die kleine Prinzessin zu Bremer. »Und Onkel Bemer soll auch hier essen. Sagt auch die Oma.«

»Das mach ich doch glatt«, versprach Bremer. »Was gibt es denn?«

»Schlutzis und Gänsewein«, lautete die Antwort und schon war der Wuschelkopf wieder verschwunden.

»Schlutzis?«, fragte Bremer.

»Ist ihr Lieblingsessen. Schlutzkrapfen. Teigtaschen mit Frischkäse und Spinat gefüllt. Eine Spezialität aus Südtirol.«

»Und was ist Gänsewein?«

»Wasser, mein Guter. Das ist wohl Kerstins Botschaft an dich«, antwortete Manzetti und erntete umgehend Bremers bösen Blick.

5

Freddi Mahlow lebte ganz am Rand des Dorfes, dem man schon vor knapp siebenhundert Jahren den Namen Drejan gegeben hatte. Warum, das wusste niemand mehr so genau. Manche glaubten, das sei slawisch und heiße eigentlich *Dresdjane – Wo Leute im Wald leben*. Belege dafür gab es allerdings keine. Übrig geblieben war nach Ablauf der sieben Jahrhunderte lediglich Drejan, so jedenfalls hatte es auf dem Ortsschild gestanden, ja gestanden, weil das Schild schon vor vielen Jahren ins Moos gekippt war oder wurde und seither ein gefundenes Fressen für zersetzenden Rost darstellte.

Und eben dieses Drejan war schon von Geburt der Heimatort von Freddi Mahlow, dem Hühnerbauer. Eine Heimat, die sich langgezogen bis in den Hügel schmiegte und dessen südliche Begrenzung seit jeher die Waldkante bildete. Und hier war auch der Hof von Bauer Mahlow. Geerbt vom Vater, der ihn ebenfalls vom Vater bekommen hatte, und der wiederum von seinem Vater. Eine Ahnengalerie, von deren Länge Mahlow keine Vorstellung besaß. Unter anderem auch deshalb, weil es ihn überhaupt nicht interessierte. Er war Hühnerbauer und nicht der Ortschronist, hatte seinen Vater, aber nicht den Großvater gekannt und ansonsten genug mit dem Federvieh zu tun.

Mit Tränen in den Augen zog er die Brettertür zum Stall auf und atmete tief durch. Ein Jammer war das. Bereits im Eingangsbereich lagen wieder fünf tote Hennen. Erst heute Mittag hatte er mehr als dreißig Tiere herausgetragen und in den Container geworfen, den das Amt ihm hingestellt hatte.

Als er nun den Blick hob, sah er weitere tote Hühner. Mindestens zwei Dutzend, überschlug er und wischte sich mit dem Jackenärmel die Tränen weg. Die anderen Tiere waren, wenn er sie genau betrachtete, kaum weiter vom Tod entfernt, als die, die bereits zur Seite gekippt lagen. Apathisch hockten sie auf dem Boden, bar jeder Vitalität. Kein Scharren mehr, kein Gackern. Nichts als gespenstische Stille in einem Stall, der noch vor Wochenfrist mehr als tausend lebenslustige Tiere beherbergt hatte.

Mahlow ließ die toten Hühner im Eingangsbereich liegen und zog die Tür hinter sich zu. Sollen die vom Amt doch selbst

Hand anlegen, sagte er sich. Er brachte es nicht mehr übers Herz. Er war Bauer und kein Entsorger von Sondermüll. So hatten sie seine Tiere bezeichnet – als Sondermüll. Alle müssten sie verbrannt werden, damit die Seuche nicht noch weiter um sich greife. Welche Seuche denn, hatte er gefragt. Mahlow war sich sicher, dass seine Tiere keine Vogelgrippe hatten, sich also nicht mit diesem H5N1-Virus angesteckt hatten, oder wie auch immer sie den Verursacher dieser Krankheit nannten. Sicherlich, gesund sahen sie nicht aus, aber zur Vogelgrippe gehörten andere Symptome.

Mahlows Tochter war so nett gewesen und hatte für den Vater im Internet nachgelesen. Auf der Seite, die sie für ihn ausgedruckt hatte, stand nichts von dem, worunter seine Hühner litten. Keines hatte ein stumpfes, struppiges Federkleid, keines hatte hohes Fieber oder schied grünlich schleimigen Durchfall aus. Eher im Gegenteil, die Hühner von Bauer Mahlow sonderten schon seit Tagen gar nichts mehr ab. Als hätten sie einen Darmverschluss. Auch atmete kein Tier erschwert mit geöffnetem Schnabel oder hatte Schwellungen an Hals, Kamm und Kehllappen. Das Einzige, was den Bauer in den letzten Tagen beunruhigt hatte, waren bläulich-graue Ablagerungen in den Schnäbeln, aber das war im Internet nicht als Symptom für die Vogelgrippe gelistet.

Mahlow schlug die Stalltür zu und stapfte über den Hof. Durch die Küche betrat er das Wohnhaus. Töpfe stapelten sich neben Tellern, an denen noch die hart gewordenen Essensreste der letzten Tage klebten. Ein Elend, er nahm sich vor, in den nächsten Tagen hier mal für Ordnung zu sorgen, wenn Marie, seine Tochter, nicht wieder heimkommen würde.

Von der Küche aus betrat er die Stube. Die Vorhänge waren zugezogen und es roch süßlich-muffig, weil sich kaum noch ein Lüftchen hierher verirrte. Seine Frau wollte nicht, dass er ein Fenster öffnete. Dann wird mich Gevatter Tod gleich holen, hatte sie gesagt, als der Landarzt ihrem Drängen nachgegeben und ihr die Diagnose offenbart hatte, die ihr weniger als ein halbes Jahr ließ. Der Krebs war zu weit fortgeschritten.

Das war nun vier Monate her, mehr als einhundertzwanzig Tage, an denen sie hinter verdunkelten Fenstern in einem alten Ohrensessel saß und auf den letzten Atemzug wartete. Jeden Tag verlor sie weiter an Gewicht, und so war aus dem einstigen Doppelzentner Bäuerin eine abgehärmte Erscheinung geworden, deren Haut über den verbliebenen vierzig Kilo hing, als wäre sie drei Nummern zu groß.

Die Stimme der Bäuerin war leise und kraftlos, als sie sich an ihren Mann wandte. »Ist die Marie wieder auf dem Hof?«

Mahlow schüttelte den Kopf. »Ne. Ick hab se nich jesehen.«

»Jetzt hast du sie endgültig vergrault«, stöhnte die Bäuerin.

»Ick hab se nich verjrault. Ick nich.«

»Doch. Die Marie konnte das nicht mehr ertragen mit den Hennen. Der Anblick hat ihr auf den Magen geschlagen, wo sie doch so tierlieb ist.«

»Quatsch«, sagte Mahlow. »Die Marie is aus janz andre Jründe fort. Und det weeßt du och. Et hat jedenfalls nischt mit die Hühner zu tun. Und wenn ihr Herz wieder richtig rum schlägt, kommt se och zurück.«

Die Bäuerin nickte, war aber nicht so überzeugt von der baldigen Rückkehr der Tochter wie ihr Mann. »Und was hat der Doktor nun gesagt zu unseren Hennen?«

Mahlow griff sich einen Stuhl und trug den durch die finstere Stube. Er stellte ihn direkt neben den Sessel, auf dem seine Frau hockte. Dann setzte er sich und streifte die Lederstiefel von den Füßen. »Nischt. Er hat nischt jesagt. Er weeß och nich. Aber Hühnerjrippe hamse nich.«

Das klang zunächst überzeugend, war allerdings nur die halbe Wahrheit. Da der Bauer bei der Untersuchung der Henne im Manzettikeller nicht zugegen gewesen war, hatte er sich auf die anschließenden Schilderungen von Paul verlassen müssen. Und die waren wie üblich eine Mischung aus Wissen und Vermutung, zusammengenäht mit jeder Menge Seemannsgarn.

Das ahnte wohl auch Mahlows Frau. »Was nun? Haben sie die Grippe oder weiß er das nur nicht so genau? Die Marie hat doch aus dem Internet herausgefunden, dass sie vergiftet sind.«

Mahlow winkte ab und rieb sich mit den flachen Händen das Gesicht. Egal, was dieser Arzt auch herausfinden mag, ob nun Vogelgrippe oder Vergiftung, seine Tiere waren verloren. Mit der aufgehenden Sonne würden sie kommen und alles Leben im Stall auslöschen, das des Nachts nicht von selbst über den Jordan gegangen war. Warum sollte er jetzt noch herausfinden, woran seine Hühner wirklich erkrankt waren? Wem nützte es?

»Is doch ejal, wat se ham«, sagte er. »Morjen sinn se alle hin und aus is et mit den Hof.«

Seine Frau schloss die Augen und griff nach der Hand von Mahlow. »Dann ist es eben so, Freddi. Erst gehen die Hühner und dann gehe ich. Was soll unsereiner denn machen, wenn der Herrgott es so will?«

6

Samstag, 14. August

Eleonora Manzetti hatte Recht behalten. Es war ein Gelitter über Ketzür hinweggefegt, mit Bitz und Donna. Und wie immer, wenn das Unwetter aus Osten zu den Beetzseedörfern zog, war es über Ketzür hängen geblieben. Der See hatte ein Weiterkommen verhindert und das Gelitter sich über dem Dorf abgearbeitet. Nun hingen noch immer schwere Wolken am Himmel, nässten auf die Dörfer hinab und hielten die Menschen in ihren Häusern gefangen. Auch die Manzettis waren betroffen, weshalb sie an diesem Morgen nicht auf der Terrasse frühstückten, sondern grinnen, wie es die kleine Elli formulierte.

»Was möchtest du denn essen, mein Schatz?«, fragte Manzetti seine Enkelin.

»Cornflakes«, antwortete der kleine Wuschelkopf. »Und Ei.«

»Ei können wir heute nicht essen, Elli«, erklärte Manzetti, der noch am gestrigen Abend alle Eier von Bauer Mahlow entsorgt hatte, die wie immer im Keller in einem Weidenkorb gelegen hatten. Ganz so, wie es Bremer ihm geraten hatte.

»Warumme? Ei ist lecker«, stellte die kleine Elli fest.

»Ja, aber die Eier sind vergiftet.«

»Welche?«

»Unsere Eier. Die sind alle vergiftet. Deshalb habe ich sie weggeworfen.«

»Warumme?«

»Uns wäre schlecht geworden, wenn wir sie gegessen hätten.«

»Warumme?«

»Weil Opa das gesagt hat«, half Kerstin, die mit einer Schale Cornflakes aus der Küche kam. Manzetti nickte seiner Frau dankbar zu, denn er hätte brav und artig weiter geantwortet, was wieder und wieder zum nächsten Warumme geführt hätte. Wahrscheinlich bis in den späten Nachmittag, so viel Ausdauer war Elli zuzutrauen, wenn sie nicht in den Garten und dort auf ihr Trampolin durfte.

Nach dem Frühstück zog sich Manzetti mit einem tiefschwarzen Espresso in sein Arbeitszimmer zurück und schaltete den Computer ein. Dieses Mal nicht, um mit der Kleinen die Geschichten von Peppa Wutz anzuschauen, sondern um die Telefonnummer des Amtstierarztes herauszusuchen. Er fand die Nummer schnell, zögerte jedoch, sie in sein Handy einzutippen.

Über Nacht waren ihm neue Zweifel gekommen, Gedanken, die mahnend in seinem Kopf kreisten. Was, wenn der Amtstierarzt ihn abblitzen ließ? Was, wenn der Amtstierarzt ihn fragen würde, warum sich die Polizei um die Hühner von Bauer Mahlow kümmere? Wo läge seine Zuständigkeit in diesem Fall? Und Bremer? Den würde er verprellen, das war vorprogrammiert, wenn er das Untersuchungsergebnis des Rechtsmediziners preisgab. Noch bevor Bremer am Freitagabend in sein Auto gestiegen war, hatte er Manzetti mit erhobener rechter Hand schwören lassen, dass niemand ohne jede Ausnahme, dass also niemand in diese dämliche Sache mit der Obduktion eines Huhns eingeweiht würde. Und damit war es nach Lage der Dinge unmöglich, den Amtstierarzt darauf hinzuweisen, dass es stichhaltige Zweifel gab an der amtlichen Diagnose *Vogelgrippe.*

Was also konnte er tun? Schweigen und darauf hoffen, dass sich die Angelegenheit von selbst erledigte? Oder den Amtsarzt mit unzulässigen Mitteln unter Druck setzen, bis der die Nerven verlor und seinen Fehler zugab. Egal wie Manzetti sich entschied, jeder Weg würde ihn zielgenau in den Wahnsinn treiben. Und am Ende wäre weder Bauer Mahlow, noch dem Amtstierarzt geholfen, doch er, Andrea Manzetti, hätte mal wieder so viel Staub aufgewirbelt, dass man damit gut und gerne eine einwöchige Sonnenfinsternis erzeugen könnte. Warum nur zog ausgerechnet er jeden Ärger dieser Welt magnetisch an?

Aber Hilfe war bereits unterwegs, auch wenn Manzetti das in dieser Sekunde nicht einmal ansatzweise erahnen konnte. Zwanzig Sekunden später klingelte nämlich sein Handy. Das Display zeigte ihm an, dass der Anrufer offensichtlich nicht erkannt werden wollte. Nummer unterdrückt. Trotzdem nahm er den Anruf an. In sein Ohr drang eine krächzende Stimme.

»Hallo, ist da Manzetti?«

»Ja, hallo, mit wem hab ich denn die Ehre?«

»Mit mir.«

Manzetti zog die Augenbrauen zusammen. »So genau wollte ich das eigentlich gar nicht wissen«, sagte er und legte auf.

Was war denn das? Und wie kam dieser Kerl an seine private Handynummer? Zwei Fragen, auf die er keine Antworten hatte. Das Handy klingelte erneut und zeigte sogar eine Nummer an. Es war die Nummer seines Diensttelefons in der Polizeidirektion in Brandenburg.

»Ja, Manzetti hier.«

»Das hätten Sie auch gleich sagen können, Herr Kommissar.« Es war die krächzende Stimme von Jürgen-Heinz Naumann, einem Polizeimeister, ehemals Hundeführer, über den es in der Direktion lange Jahre ein und denselben Witz gegeben hatte: Fragst du in die Runde, wer wohl lesen und schreiben kann, Jürgen-Heinz oder sein Hund, dann schauen alle auf den Hund. Nun aber war der Diensthund gestorben und Claasen, der Direktionsleiter, hatte Jürgen-Heinz Naumann zu Manzetti in die Mordkommission gesteckt. Aus dessen Sicht ein zutiefst böswilliger Akt.

»Was hätte ich gleich sagen können?«

»Das Sie es sind, Herr Kommissar.«

»Ja, ja, Jürgen-Heinz«, sagte Manzetti. »Aber was in Herrgotts Namen machen Sie an meinem Schreibtisch, verdammt noch mal?«

»Ich sitze dran, Herr Kommissar. Und ich telefoniere.«

»Und wie kommen Sie dahin?«

»Durch die Tür, Herr Kommissar.«

Manzetti nahm wieder das Handy vom Ohr und blickte auf das Display. War der jetzt völlig verrückt geworden, fragte er sich. Er war erneut gewillt aufzulegen, besann sich dann aber anders. Schließlich saß Jürgen-Heinz Naumann wahrscheinlich nicht umsonst da, wo er gerade saß.

»Und was wollen Sie von mir?«, fragte er schon versöhnlicher. »Was haben Sie auf dem Herzen?«

»Auf dem Herzen?«, fragte Naumann. »Auf dem Herzen habe ich nichts. Trotzdem schlage ich vor, dass wir uns treffen.«

»Wir beide?«, hakte Manzetti ungläubig nach.

»Ja, wenn es genehm ist.«

»Nun mal raus mit der Sprache. Was ist los?«

»Ein schwerer Fall von Kriminalität ist los, Herr Kommissar.«

»Wie schwer?«

»Eine Leiche sozusagen.«

»Eine Leiche?«

»Ja.«

»Wo?«

»In Drejan.«

»In Drejan?«

»Ja. Das ist gleich bei Ihnen um die Ecke, Herr Kommissar.«

Manzetti schnürte es den Hals zu. Drejan. Das war doch der Ort, in dem Freddi Mahlow auf seinem Hühnerhof lebte. »Wissen Sie noch mehr über die Leiche? Name, Geschlecht, Alter vielleicht.«

Am Handy blieb es still.

»Jürgen-Heinz? Wissen Sie noch mehr?«

»Gleich. Ich habe es vergessen, aber es kommt gleich wieder hoch.«

»Was? Was kommt hoch?«, fragte Manzetti unwirsch, konnte jedoch am Tonfall von Jürgen-Heinz erahnen, dass der den Tränen nahe war. »Jürgen-Heinz, beruhigen Sie sich. Es wird Ihnen schon wieder einfallen.«

»Gleich ... gleich ... gleich hab ich's ... Da ist es schon ... Ja, jetzt habe ich es wieder. Beate. Die Leiche heißt Beate. Beate Conrad, und sie ist eine Frau. Aber das Alter ...?«

»Hören Sie, Jürgen-Heinz. Sie rufen jetzt Frau Brinkmann an und wiederholen genau das, was Sie mir gerade gesagt haben. Und sagen Sie ihr auch, dass ich schon mal losgefahren bin.«

7

Fünf Minuten nach dem Anruf von Jürgen-Heinz Naumann hatte Manzetti die kleine Elli in die Obhut seiner jüngeren Tochter Paola gegeben. Die hatte erst protestiert, da sie der Meinung war, als frischgebackene Abiturientin jeden Tag so lange im Bett bleiben zu dürfen, wie sie es wollte, aber in dem Augenblick aufgegeben, als Elli zu ihr unter die Decke gekrochen war. Wie der Rest des Manzetticlans vermochte auch Paola Ellis Blick aus rabenschwarzen Augen nicht zu widerstehen. Ola, wie Elli ihre Tante nannte, war also wieder einmal wehrlos der Kleinen erlegen und Manzetti konnte sich auf den Weg nach Drejan machen.

Und der führte aus Ketzür heraus über die nahe gelegene Landstraße hinweg und danach ein paar Kilometer durch den Wald auf einem Fahrweg, den der Volksmund Bauernweg nannte. Hochkant in den Boden gedrückte gelbe Ziegel, verlegt im Fischgrätenmuster.

Schon nach gut fünfhundert Metern führte der befestigte Weg in den Wald, der dem aus Grimms Märchen in nichts nachstand – finster und bitterkalt. Und wegen der immer noch tiefhängenden Wolken sowie der Nässe im Boden dampfte der Wald so stark, dass Manzetti nicht nur die

Scheinwerfer, sondern auch die Scheibenwischer einschalten musste.

Links und rechts war der Waldboden dunkelgrün, dunkler noch als die Kiefern, die seit Jahrzehnten jeden Sonnenstrahl abschirmten. Kein Durchkommen, nur Dämmerung und dann Finsternis. Und dieses Dunkelgrün bestand aus nichts weiter als klatschnassem Moos. Allein der Anblick ließ Manzetti erschaudern. Bestimmt würde er in einem Sumpf versinken, sollte er den steinernen Untergrund des Bauernweges verlassen.

Als er den Wagen stoppte und die Seitenscheibe herunterfuhr, spürte er, dass nicht nur die Sonnenstrahlen fehlten. Tiere waren weder zu sehen, noch zu hören. Nicht einmal ein wachsamer Eichelhäher warnte vor dem Eindringling aus Ketzür. Endete an dieser Stelle wirklich die Zivilisation? Oft genug hatten Ketzürer ihm gesagt: In Drejan, da willst du nicht mal tot überm Zaun hängen. Manzetti hatte darauf bislang nichts gegeben, aber nun?

Als suchten seine Blicke nach einer weiteren Bestätigung des Grauens, ließen sie ihn nur einen Meter neben dem Auto, da wo die Grenze zwischen den Ziegeln des Bauernweges und dem Moos lag, eine schwarze Pfütze wahrnehmen. Das Produkt der vorherigen Gewitternacht. Würde die hier in dieser tropfnassen Atmosphäre je austrocknen? Egal, denn das, was den Blick von Manzetti eigentlich anzog, war nicht die Pfütze selbst, sondern Spuren von Pfoten in schwerem Schlamm darum herum. Es war die Hinterlassenschaft riesiger Pranken, vielleicht die eines gigantischen Schäferhundes. Oder gehörten sie doch zu einem Wolf, zu einem ganzen Rudel gar? Es gab einige in dieser Gegend und keines hatte in der Vergangenheit positive Schlagzeilen gemacht.

Manzetti schloss eilig das Fenster und drückte den aufkommenden Schauer in die Rückenlehne des Fahrersitzes. Edgar Wallace lässt grüßen, ging es ihm durch den Kopf.

Nach einem weiteren Kilometer, Drejan hatte sich noch nicht gezeigt, wechselte die Ausstattung der Landschaft. Genauer gesagt, kamen neue Requisiten hinzu, keine auch nur einen Funken einladender. Alte Telefondrähte, die mehrfach gerissen waren und lose von den Kieferzweigen hingen, zerbeulte Getränkedosen, links ein loser Haufen kaputter Dachziegel, rechts leere Bierflaschen und von Rost befallene Konservendosen. Ein alter Trabant war zwischen die Stämme zweier Kiefern geklemmt. Keine Räder mehr, keine Scheiben, das Grün des Waldes machte sich seit Jahren über ihn her, verschlang ihn, tilgte ihn langsam von der Bildfläche. Ganz klar, er kam der *Zivilisation* näher.

Und dann endlich entdeckte Manzetti das Ortsschild von Drejan. Aber auch das war ins Moos gekippt, ob nun von allein oder von fremder Hand umgestoßen. Manzetti war sich absolut sicher: Nein, hier wollte bestimmt niemand tot überm Zaun hängen.

Nichtsdestotrotz musste er in das Dorf, das eigentlich nur ein Weiler war. Hier gab es eine Leiche. In Drejan, woher der Mann stammte, der vor nicht einmal vierundzwanzig Stunden mit einem toten Huhn in der Hand bei ihm in Ketzür aufgetaucht war.

Der Bauernweg endete direkt vor der Kirche des Weilers, wurde dort von sogenannten Katzenköpfen ersetzt, runde, in den Boden gedrückte Steine, die das Laufen nicht gerade erleichterten. Und die Kirche selbst? Ein nicht sehr hoher Backsteinbau; Turm, Längs- und Querschiff. Nichts Aufregendes, aber das würde hier in Drejan wohl auch niemand erwarten. Ebenso wenig wie die gut ein Dutzend Polizisten, von denen einer, ein uniformierter Kollege, sofort auf ihn zukam.

Manzetti winkte ab und deutete mit dem Zeigefinger auf die Menschenmenge, die sich nahe einem Bauernhaus, eher einer Kate, versammelt hatte. Er wollte sich unter sie mischen, den Schaulustigen mimen, um ein wenig Atmosphäre aufzuschnappen. Dem Volk von Drejan aufs Maul schauen, lautete sein Plan, bevor sich die Münder bei den offiziellen Befragungen wieder schlossen. Solch ein kleines Dorf war verschwiegen. Zumal hier in der Mark Brandenburg.

Manzetti stellte sich an den äußeren Rand der Menschenmenge, na ja, der Ansammlung wohl eher, kaum mehr als fünfzig Personen. Erwachsene ausschließlich, was immerhin achtzig Prozent der Dorfbewohner waren. Vor ihm stand ein altes Paar, wie Manzetti annahm, das eher winzig von Wuchs war, er konnte mit seinen Einsfünfundachtzig gut über das schwarze Kopftuch und die graue Schiebermütze hinwegsehen. Doch aufzuschnappen von der Stimmung im Ort war nichts, rein gar nichts. Das ganze Dorf schwieg, kein Wort, nicht einmal ein Flüstern verirrte sich zu Manzettis Ohren. Wollte er trotzdem etwas erfahren, musste er sich also auf seine Augen verlassen.

Und das, was er sah, machte ihm keine Freude. Hinter dem Flatterband, das die uniformierten Kollegen als Absperrung eingesetzt hatten, traf sein ungetrübter Blick auf den Misthaufen des Bauernhofes. Quasi im Zentrum des Areals, das die Dorfbewohner gerade umzingelten. Und auf dem Misthaufen lag die Leiche, eine gewisse Beate Conrad, wie Jürgen-Heinz es ihm vor einer knappen halben Stunde verraten hatte.

Sie lag auf dem Rücken, die Arme dicht am Körper. Und sie war vollkommen bekleidet, fast jedenfalls, denn Manzettis Augen konnten nur einen Schuh ausmachen, den rechten. Der linke war für ihn nicht zu sehen, jedenfalls nicht in der Nähe der Leiche. Aber was hätte die Tote damit auch anfangen können? Der Mörder hatte ihr den linken Fuß abgehackt. Und auch der galt als verschwunden.

»Ach, die arme Bea«, sagte plötzlich die kleine Frau, die mit ihrem Mann direkt vor Manzetti stand. »Die Arme ... Und dann auch noch auf dem Mahlow seinem Misthaufen. Wenn das mal kein Fingerzeig ist.«

»Rede nicht so laut, Lore. Es müssen nicht alle hören, was du zu sagen hast.«

»Ich meine ja nur. Der Bea ihr Mann und der Mahlow, die haben doch so gestritten letzte Woche. Und nun liegt den Bürgermeister seine Frau auf dem Mahlow seinem Misthaufen. Das ist doch kein Zufall.«

»Halts Maul, Lore! Du bringst uns noch in Deibels Küche. Vielleicht war es ja auch wegen der vielen Kerle, mit denen die Bea ...« Der alte Mann drehte sich um. »Sie dürfen nicht alles glauben, was meine Lore so erzählt. Sie hat manchmal ihre Zunge nicht im Zaum.«

Aber Manzetti hatte längst alles im Hirn abgespeichert und suchte nun im Kreis der Gesichter denjenigen, den die kleine Frau gerade verdächtigt oder dem sie zumindest ein Motiv angehängt hatte. Freddi Mahlow.

Wieder und wieder strich sein Blick über die Gesichtszüge der Umstehenden. Finstere Züge, die keine Regung zeigten. Umwelt formt den Menschen, erinnerte sich Manzetti an einen Ausspruch seines deutschen Großvaters. Und da war sicherlich was dran. Auch Manzetti, hätte er sein Familiendomizil in Drejan gesucht, wäre das Lächeln irgendwann abhandengekommen. Gerade ihm wäre das passiert, dem Halbitaliener, für den die Sonne nicht einfach das Zentralgestirn war, um das alle Planeten des Systems kreisten, sondern ein unverzichtbares Lebenselixier, ohne das auch ein halber Italiener nicht leben mochte. Aber zum Glück wohnte er in Ketzür, wo es nicht nur den Beetzsee gab, sondern auch Sonne satt.

Und dann erblickten seine Augen ihn endlich, den Hühnerbauer. Ganz am Rand der Ansammlung von neugierigen Dorfbewohnern hatte er sich postiert, und als Manzetti Freddi Mahlow aus stahlblauen Augen heraus fixierte, dreißig Sekunden lang ohne mit der Wimper zu zucken, löste der sich aus der schweigenden Menge und verschwand wie ein Geist im nahen Wald, wo er dank der grauen Arbeitskleidung, die hier fast alle trugen, schon nach wenigen Metern von absoluter Dunkelheit verschluckt wurde.

8

Er ging langsam, sehr langsam sogar, denn er wollte um nichts in der Welt auffallen. Die Gummistiefel, die er an den Füßen trug, versanken bis zur Mitte des Stiefelschaftes im Morast, aber sie hielten die Füße trocken. Immer wieder blieb er stehen, immer wieder suchte sein Blick die Gesichter der Dorfbewohner. Er versuchte, ihre Sprache zu entschlüsseln, was ihre Augen sagten, ihre Münder. Doch nicht bei allen klappte das, denn die Sonne begann die dichte Wolkendecke zu durchbrechen, was in Drejan eine Seltenheit war, und da wo ihr das bereits gelang, blitzte sie auf und zwang den ein oder anderen in der Menge die Hand an die Stirn zu legen. Dadurch verstummten die Gesichter, weil sie für ihn nur noch schwer zu erkennen waren.

Sen Blick wanderte wieder zum Misthaufen. Ein zufriedenes Grinsen gewann die Herrschaft über seine Mundwinkel. Da habt ihr sie, sagte er mit innerer und erhabener Stimme. Da ist sie, eure Bea, das Luder, die Unersättliche. Ich weiß, was in euren Köpfen jetzt vor sich geht. Ich weiß, was ihr denkt, und ich weiß, welche Fragen ihr euch stellt.

Er ging weiter, blieb erneut stehen, als er aus den Augenwinkeln die Kirche gewahr wurde. Gott hab sie selig, denkt ihr grauen Gestalten. Aber hat er das, euer Gott? Hat er sie wirklich selig? Eigentlich wollt ihr das ja gar nicht wissen. Eigentlich seid ihr ein Haufen verdammter Voyeure und als solche interessiert euch viel mehr, wer jetzt trauert und wem Beas Tod das Herz zerreißt. Das ist es doch, womit eure ungezügelte Neugier euch piesackt. Ihr wollt wissen, zu wem die schöne Bea ins Heu gesprungen ist. Jeden einzelnen Namen wollt ihr kennen von denjenigen, denen Bea ihre Hüfte entgegengestreckt hat. Ihr braucht das alles mehr als der Wolf die Lämmer, ihr braucht das, weil eure Sucht nach Klatsch und Tratsch unersättlich ist.

Und dann der rote Schuh, den ich euch gelassen habe. Er wirft Fragen auf, viel mehr eigentlich der andere, den ich behalten habe, der jetzt mein Schuh ist. Mein schöner, mein wunderschöner roter Schuh.

9

Als Doktor Bremer und Sonja Brinkmann mit dem Team der Spurensicherung fast zeitgleich eintrafen, war es wie immer an Manzetti, den Reigen der Tatortarbeit zu eröffnen. Und wie immer tat er das mit einem Kopfnicken in Sonjas Richtung, die dann die notwendigen Kommandos geben würde.

Manzetti nickte.

Nun konnte es losgehen; jeder Stein würde ab jetzt zwei Mal umgedreht, mindestens, und nichts, aber auch gar nichts mehr an der Stelle liegen bleiben, an der es gegenwärtig lag. Dafür würde die Spurensicherung sorgen. Für sie alle waren die Abläufe am Leichenfundort zunächst einmal Routine, eine eingespielte Folge gleicher Tätigkeiten, ähnlich dem Abarbeiten der Checkliste in einem Flugzeugcockpit. Ein Algorithmus bar jeder Kreativität, denn von der würde Manzetti erst Gebrauch machen, wenn es galt, die gesammelten Puzzleteile zu ordnen und zu einem erkennbaren Ganzen zusammenzufügen.

Während die anderen also routiniert an die Arbeit gingen, zog sich Manzetti an den Rand des Geschehens zurück und setzte sich im Schatten der Kirche auf eine Bank, die aussah, als hätte man sie mit ein paar wenigen Axthieben aus einem einzigen Eichenstamm gehauen. Er wollte nachdenken. Und er wollte seine Fragen in eine für ihn sinnvolle Ordnung bringen.

Was wusste er bislang? Das war immer das Erste, das er sich fragte. Und hier in Drejan lautete die passende Antwort, dass es eine Leiche gab. Das war es aber auch schon mit dem gesicherten Wissen. Alles andere musste erst noch bestätigt werden. Alles andere war auch, dass es sich bei der Leiche wahrscheinlich um eine gewisse Beate Conrad handelte, die im Dorf Bea genannt wurde, und dass diese Bea wohl die Frau des Bürgermeisters war. Noch ungewiss, Manzetti ging jedoch davon aus, dass sich diese beiden Details in ein paar Minuten verifizieren ließen, denn die Quelle, nämlich die geschwätzige Dorfbewohnerin, deren Name offensichtlich Lore war, schien zuverlässig zu sein. Jedenfalls was die Identität des Opfers anging. Hier kannte schließlich jeder jeden. Aber galt das auch für Lores andere Einschätzung? Hatte der Mord an der Frau des Bürgermeisters wirklich etwas mit dem Streit zu tun, den Freddi Mahlow mit ihrem Mann gehabt haben soll? Und worum ging es bei diesem Streit? Vielleicht um die vergifteten Hühner des Bauern? War Mahlow deshalb in den Wald geflüchtet?

Manzetti griff in die Innentasche seines dunkelblauen Sakkos und holte Notizbüchlein und Stift hervor. Die Fragen notierte er untereinander und in genau der Reihenfolge, in der sie ihm in den Sinn gekommen waren. Und ganz unten stand: Die vielen Kerle ... War Beate Conrad eine, die es mit der ehelichen Treue nicht so genau nahm?

10

Julia Berg zog die Handbremse an, nachdem sie ihren weißen Caddy auf dem rechten der drei Parkplätze abgestellt hatte, die neben dem Kircheneingang angelegt waren. Die waren eigentlich immer frei, außer an Tagen, an denen es in Drejan eine Beisetzung gab. Und die, so wusste Julia seit etwa einer Stunde, die würde es in naher Zukunft wieder geben.

»Julia, du musst unbedingt kommen. Es ist etwas Schreckliches passiert«, hatte ihr die Vorsitzende des Gemeindekirchenrates am Telefon mitgeteilt und mit gehetzter Stimme hinzugefügt: »Die Bea ist ermordet worden. Sie liegt auf dem Misthaufen vom Freddi Mahlow. Komm schnell, wir brauchen dich hier dringend.«

Julia hatte, nachdem Ingrid Meier das Gespräch beendet hatte, ganz behutsam den Hörer aufgelegt. Die Nachricht hatte sie für einen kurzen Moment in Starre versetzt, sämtliche Muskeln schienen gelähmt. Die schöne Bea, war es ihr durch den Kopf gegangen, sie war doch noch jung.

Julia war mit der Bürgermeisterfrau zusammen zur Schule gegangen, von der ersten bis zur sechsten Klasse. Da die Grundschule in Radewege war, eines der Dörfer, die direkt am Beetzsee lagen, war sie mit Bea jeden Morgen gemeinsam mit dem Bus gefahren. Gute dreißig Jahre war das nun her. Gut zwanzig davon hatte sie Bea nicht mehr gesehen. Sie waren beide nicht sehr eng befreundet gewesen, aber gestritten hatten sie auch nicht. Nach der sechsten Klasse hatten sich ihre Wege getrennt. Während Julia in Brandenburg an der Havel das Gymnasium besucht hatte, war Bea morgens allein nach Roskow gefahren, zur dortigen Realschule. Und nachdem Julia das Abitur abgelegt hatte, sahen sie sich eine Weile nicht einmal mehr auf der Dorfstraße, denn Julia war nach Halle gezogen, wo sie Theologie studierte, und Bea hatte den Großbauer geheiratet. Dank seines Geldes war sie zu einer feinen Dame aufgestiegen, die nicht nur hübsch war, sondern auch die erlesenste Mode trug. Und nun war sie tot, die schöne Bea, und Julia Berg wieder in ihrem Geburtsort, der zum Beetzseesprengel gehörte, für den sie als Pfarrerin zuständig war.

Sie stieg aus dem Auto, und als sie im Begriff war die Kirche aufzuschließen, sah sie einen Mann auf der großen Eichenbank sitzen, der so gar nicht nach Drejan passte. Allein der offensichtlich maßgeschneiderte dunkelblaue Anzug und das hellblaue Hemd unterschieden ihn gehörig von den Männern, die in Drejan gewöhnlich anzutreffen waren.

»Guten Tag«, sagte Julia, als sie an die Bank trat, wo der Mann gerade ein dunkelbraunes Notizbuch in die Innentasche seines Sakkos steckte. »Sind Sie von der Presse oder von der Polizei?«, fragte sie.

Der Mann erhob sich, streckte ihr die rechte Hand entgegen und sagte: »Polizei. Andrea Manzetti. Ich bin der Leiter der hiesigen Mordkommission.«

Zwar schon im fortgeschrittenen Alter, aber adrett, dachte Julia und drückte Manzetti die Hand. »Julia Berg. Ich bin die Pfarrerin im Sprengel.«

Manzetti nickte. »Ich weiß, ich wohne in Ketzür.«

»Ah«, kam es Julia über die Lippen. Sie überlegte, ob ihr das Gesicht des Polizisten schon einmal begegnet war. »Dann haben wir uns vielleicht schon bei einem Gottesdienst gesehen?«

Manzetti setzte sich wieder und deutete auf den freien Platz neben sich. »Nein, das haben wir nicht. Und das wissen Sie sicher ganz genau, denn die fünf oder sechs Schäfchen, die in Ketzür in die Kirche gehen, kennen Sie bestimmt mit dem kompletten Lebenslauf.«

Julia war nun noch mehr von diesem Mann angetan. Er hatte Scharfsinn, was ihr gefiel. »Das ist wohl so. Und ich nehme an, dass Sie auch nicht zu denen gehören, die an Heiligabend zur Messe kommen, weil das irgendwie zu einem Event geworden ist.«

Manzetti schüttelte den Kopf. »Nein, das tue ich tatsächlich nicht. Ich bin konfessionslos. Wenn überhaupt, dann interessiert mich die Philosophie des Buddhismus.«

»Die ist nicht die schlechteste«, stimmte Julia dem Polizisten zu und erinnerte sich an die vielen Stunden in der Unibibliothek, wo sie versucht hatte, die Gedanken und Motive von Siddhartha Gautama zu ergründen. »Aber Ihr Name, der lässt italienische Wurzeln vermuten, und die Italiener sind bekanntermaßen dichter bei den Katholiken als bei Buddha, oder?«

Manzetti musste lächeln. Gut gemacht, lobte er die Pfarrerin im Stillen. Solche Gespräche lagen ihm, zumal mit so angenehmen Gesprächspartnern, die auch noch recht unkonventionell in Jeans und T-Shirt daherkamen.

»Meine Mutter ist Italienerin und mein Vater war Deutscher. Sie haben sich in Rom kennengelernt und als Produkt kam ich neunzehnhundertdreiundsechzig in San Gimignano auf die Welt. Ich bin nicht getauft und habe nie am Religionsunterricht teilgenommen.«

Julia rechnete blitzschnell nach. Er war also zwanzig Jahre älter als sie und hatte mit Sicherheit eine Frau, was sie schade fand, obwohl sie schon vor Jahren die traurige Erkenntnis gewonnen hatte, dass solche Exemplare entweder verheiratet oder aber schwul waren. Trotzdem wollte sie Gewissheit und versuchte, ihre Neugier hinter einer profanen Frage zu verstecken. »Und Sie sind wegen der Liebe von San Gimignano nach Ketzür gekommen, nehme ich an. Einen anderen Grund als die Liebe kann ich mir für einen solchen Ortswechsel nicht vorstellen.«

»Nein«, antwortete Manzetti. »Mit acht bin ich mit meinem Vater nach Deutschland gegangen, weil sich meine Eltern kurz zuvor getrennt hatten. Und wenn Sie wissen wollen, ob ich verheiratet bin«, er sah sie jetzt mit seinen tiefblauen Augen an, »ja, das bin ich, überaus glücklich sogar, und ich habe zwei reizende Töchter und eine dreijährige Enkelin, die mich voll im Griff hat.«

Julia konnte es nicht vermeiden, sie lief rot an und musste den Blick von Manzetti abwenden. Er hatte sie beziehungsweise den Grund ihrer Frage durchschaut und das war ihr nun unendlich peinlich. Aber Gott sei Dank, dachte sie mit einem kurzen Blick in den Himmel, ging er nicht weiter darauf ein.

»Wie gut kennen Sie die Menschen hier in Drejan?«, wollte Manzetti unterdessen wissen, was aus Julias Sicht halbwegs dienstlich klang.

Julia holte den Blick vom Himmel herunter und sah nun auf ihre Schuhe. »Ich kenne fast alle hier im Dorf, denn ich bin hier geboren und aufgewachsen«, antwortete sie überglücklich, dass ihre Wangen nicht mehr glühten.

»Also kannten Sie auch die Tote?«

Julia nickte. »Ja. Ich bin mit Bea zusammen zur Schule gegangen. Jedenfalls bis zur sechsten Klasse. Dann haben wir uns aus den Augen verloren, wenn man das in einem so kleinen Dorf wie Drejan überhaupt kann. Aber Bea und ich gingen nicht weiter auf dieselbe Schule, und nach dem Abitur habe ich die Gemeinde verlassen, um in Halle Theologie zu studieren.«

Manzetti holte wieder das Notizheft aus seinem Sakko. »Und wie war sie so, die Bea?«, fragte er, während er die Mine aus dem Kugelschreiber drückte.

»Wie meinen Sie das?«

»Soweit ich sehen konnte, ist Beate Conrad zu Lebzeiten eine attraktive Frau gewesen. Wie hielt sie es zum Beispiel mit der Treue?«

Wieder lief Julia rot an. War er jetzt immer noch dienstlich unterwegs, oder baute er nur eine Brücke, um auf ihre trickreiche Frage zurückzukommen, die zu ergründen gesucht hatte, ob er verheiratet war. Sie drehte sich erneut ein wenig weg von Manzetti und fing an, ihre Gedanken zu verteufeln. Warum nur reagierte ihr Gehirn immer wieder so, wenn sie einem adretten Mann begegnete? Das konnte doch nicht nur daran liegen, dass sie seit über zehn Jahren solo war.

Manzetti klappte das Notizbuch zu und sah hinüber zu dem etwa einhundert Meter entfernten Misthaufen von Freddi Mahlow. »Mir ist in meiner kurzen Anwesenheit hier in Drejan schon zu Ohren gekommen, dass es Streit zwischen dem Bürgermeister und Freddi Mahlow gegeben haben soll und dass im Leben von Beate Conrad nicht nur der Ehemann eine Rolle gespielt zu haben scheint. Hat sie sich mal an Sie gewandt, Frau Pfarrerin?«

»An mich?«, fragte Julia erstaunt. »Daran kann ich mich nicht erinnern. Aber mal ehrlich, selbst wenn Bea eine Ehebrecherin gewesen sein sollte, kennen Sie Freddi Mahlow?«

»Ja«, sagte Manzetti, »ich bin ihm kurz begegnet.«

»Dann können Sie sich wahrscheinlich denken, dass Frauen wie Bea niemals ein Verhältnis mit einem Bauer eingehen würden, wie der Freddi einer ist. Die suchen sich doch immer diejenigen aus, die sie wie ein Fahrstuhl nach oben bringen konnten. Und hier im Dorf gab es nur einen, der einer Frau das bieten konnte. Hajo Conrad, auch wenn der dreißig Jahre älter als Bea war und bestimmt nicht ihrem Schönheitsideal entsprach. Aber Hajo hat Geld, jede Menge sogar.«

»Was glauben Sie, weiß ihr Mann, dass Beate Conrad ihn betrog?«

Julia hob die Schultern. So gut kannte sie Bea und Hajo schließlich nicht. Sie könnte Ingrid fragen, die Kirchenratsvorsitzende. Die wusste gewöhnlich alles, selbst Sachen, die noch gar nicht passiert waren. Aber dann müsste sie den Platz neben Manzetti aufgeben, doch dazu war sie noch nicht bereit. »Das kann ich Ihnen nicht sagen«, antwortete sie deshalb. »So nahe standen wir uns wie gesagt nicht. Und so oft bin ich ja auch nicht in Drejan, dazu ist der Beetzseesprengel zu groß. Ich könnte Sie an die Vorsitzende des Gemeindekirchenrates verweisen. Die Ingrid Meier weiß alles, was hier im Dorf passiert.«

»Und wie sieht der Rest der Gemeinde das mit dem Ehebruch?«

Julia holte tief Luft. »Herr Manzetti, Sie wohnen in Ketzür. Viel mehr Einwohner als in Drejan haben Sie da auch nicht. Da müssten Sie also wissen, dass man solche Sachen in einem so kleinen Dorf nicht geheim halten kann.«

»Und wie ist es nun in Drejan?«, beharrte Manzetti auf seiner Frage.

»Wie überall auf der Welt«, antwortete Julia. »In den Versen des Johannesevangeliums wird eine Szene beschrieben, in der es um Jesus und eine Ehebrecherin geht. Auf die Frage der Schriftgelehrten und der Pharisäer, ob eine Frau, die soeben beim Ehebruch ertappt wurde, gesteinigt werden muss, antwortet Jesus: Wer von euch ohne Sünde ist, werfe als Erster einen Stein.«

»Und?«, fragte Manzetti.

»Sie gingen alle und keiner warf einen Stein«, sagte Julia. »Und so ist es auch heute noch. Nur jeder selbst kennt seine Sünden. Und die wiegen wie früher auch unterschiedlich schwer. Im Johannesevangelium heißt es: Jesus und die Ehebrecherin. Warum nicht: Jesus und der Ehebrecher? ... Ich will es Ihnen sagen, Herr Manzetti. Weil früher wie heute eine Frau, die mehrere Liebhaber hat, eine Schlampe ist, während ein Kerl, der mehrere Pferdchen am Laufen hat, im Dorfkrug als Held gefeiert wird.«

»Sie trauen niemandem hier in Drejan einen Mord zu?«, fragte Manzetti.

»Nein. Schauen Sie sich doch die Menschen dort hinten an. Sehen so Mörder aus?«

Manzetti sah hinüber zu der kleinen Versammlung an Freddi Mahlows Misthaufen. »Ein Mörder, Frau Berg, hat viele Gesichter. Glauben Sie mir, ich spreche da aus einer gewissen Erfahrung.« Er erhob sich und reichte Julia seine Visitenkarte. »Es war nett, mit Ihnen zu reden. Wenn Sie ein Detail für mich haben, das uns bei den Ermittlungen weiterhilft und nicht unter Ihre Schweigepflicht fällt, rufen Sie mich einfach an. Tag und Nacht.« Dann ging er, blieb aber nach ein paar Schritten stehen und drehte sich wieder zu Julia um.

»Und passen Sie auf sich auf, Frau Pfarrerin.«

»Warum?«, fragte sie erschrocken.

»Jeder Mensch ist ein Abgrund, hat Georg Büchner einmal gesagt, was zweifelsohne auch bedeutet, dass es Männer auf dieser Erde gibt, die den ersten Stein werfen würden.«

11

»Sonja, können Sie sich noch ein paar Minuten gedulden?«

Das war die Frage, die Kriminalhauptkommissarin Sonja Brinkmann zu hören bekam, als sie in kniehohen Gummistiefeln festen Halt auf dem glitschigen Misthaufen suchte, um ja nicht auszurutschen und vielleicht auf dem Allerwertesten zu landen. Doktor Bremer, der ihr diese Frage bei ihrem Erscheinen gestellt hatte, war für solche Orte regelmäßig besser ausgerüstet; er kniete in einer undurchlässigen Gummihose neben der Leiche und er hätte sich wahrscheinlich totgelacht, wenn sie neben ihm auf den Hintern gefallen wäre.

Auch wenn sie seit ein paar Jahren hinter Manzetti die Nummer zwei in der Mordkommission war, hatte Sonja es regelmäßig schwerer als andere, die aus den unterschiedlichsten Gründen an einen Tatort gerufen wurden. Wie sie es auch drehen und wenden wollte, es war und blieb eine von Männern dominierte Welt. Manzetti, ein Mann; Bremer, ein Mann, Klaus Rüdiger, der Leiter der Kriminaltechnik, ein Mann, selbst der Pressesprecher der Polizeidirektion war einer. Und solange Andrea Manzetti in Sichtweite agierte, war sie eben nur die Nummer zwei, was regelmäßig dazu führte, dass ihre Weisungen mit der Frage kommentiert wurden, ob das denn mit Manzetti abgestimmt sei. Und Bremer, der mit den Manzettis auch privat verkehrte, hatte dafür eine ausgesprochen ausgeprägte Ader. Deshalb wusste Sonja, dass seine Frage nach ihrer Geduld von dem wortgewandten Rechtsmediziner lediglich als solche getarnt wurde, um ihr nicht direkt ins Gesicht sagen zu müssen, er würde lieber auf Manzetti warten.

Sie entschied sich also für ein zustimmendes »Hmm« und lenkte ihren Blick auf die Leiche, an der Bremer mit allerlei Werkzeug hantierte. Die tote Beate Conrad war vollständig bekleidet. Sie trug ein dunkelrotes Kostüm, elegant geschnitten, und an dem verbliebenen Fuß einen aus Sonjas Sicht todschicken und wahrscheinlich sündhaft teuren hochhackigen Schuh. Sie war zu Lebzeiten eine schöne Frau gewesen, da war Sonja sich sicher.

Als Sonja festen Stand gefunden hatte, beugte sie sich leicht über den Kopf der Leiche. Sovie sie erkennen konnte, betrug der Durchmesser der Pupillen etwa fünf Millimeter, beide waren gleich weit geöffnet. Und die Bindehäute, fragte sie sich wie immer an dieser Stelle. Die hatten punktartige Einblutungen, was mit hoher Wahrscheinlichkeit darauf hinwies, dass Beate Conrad erwürgt oder erdrosselt worden war. Schon der nächste Blick bestätigte ihre Schlussfolgerung. Die Leiche wies unterhalb des Kinns ein gut sichtbares horizontales Drosselmal auf. Und dann fiel Sonja nur ein paar Zentimeter unter dem Mal ein Detail auf, das sie kurz grübeln ließ. Eine Narbe. Nicht übertrieben groß, aber doch gut sichtbar, etwa vier bis fünf Zentimeter lang und parallel zum Drosselmal verlaufend.

»Doktor Bremer, ist das da die Narbe einer Schilddrüsen-OP?«

»Ist sie, Kindchen«, bestätigte Bremer. »Und sie ist noch recht frisch, wenn ich das anmerken darf.«

»Woran erkennt man das?«

»Die Narbe ist noch ziemlich verhärtet, was darauf hindeutet, dass die OP etwa drei bis vier Wochen her sein wird. Vielleicht auch fünf. Nach diesem Zeitraum bildet sich die Verhärtung in den nächsten Monaten gewöhnlich zurück.«

Sonja konnte ein knappes Lächeln nicht unterdrücken und wollte es auch gar nicht. Wieder war es ihr gelungen, den aus ihrer Sicht mitunter sehr kauzigen Rechtsmediziner zu einer Antwort zu bewegen, ohne dass sie sich hatte gedulden oder der Mittel bedienen müssen, mit denen sich Andrea Manzetti durchzusetzen pflegte. Sie brauchte keine italienischen Flüche und auch keine deutschen Drohungen. Sonja hatte andere Waffen, derer sie sich sehr sicher war.

»Was glauben Sie, Doktor Bremer? Hat er sie mit ihrem Seidenschal erdrosselt?«

Bremer drehte den Kopf und sah Sonja mit großer Verwunderung an. »Mit einem Seidenschal?«, fragte er mit tiefen Falten auf der Stirn. »Wie kommen Sie denn darauf? Soweit ich weiß, konnte ein solches Accessoire bislang nicht gefunden werden.«

»Dass sie erdrosselt worden ist, ist offensichtlich«, führte Sonja siegesgewiss aus. »Dafür sprechen die punktförmigen Einblutungen in die Bindehäute, die schmale Drosselmarke am Hals und der Umstand, dass ihr noch verbliebener Fuß keinerlei äußere Verletzungen aufweist.«

Bremers Blick wanderte zu dem roten Schuh und weiter bis zum rechten Knie der Toten. Sie hat Recht, dachte er. Ein verdammt schlaues Luder hat sich Andrea da rangezüchtet. Und um Sonja nicht den gesamten Erfolg zu überlassen, entschloss er sich nun doch, ihr seine bisher gewonnenen Erkenntnisse mitzuteilen. Wie stünde er sonst da, wenn sie ihm, dem Rechtsmediziner, erklärte, was hier warum passiert war?

»Also, junge Frau«, begann er seinen Vortrag, »Sie sind auf der richtigen Fährte. Die Dame wurde wirklich erdrosselt, was Sie ja bereits erkannt haben. Aber das geschah nicht hier, sondern irgendwo anders.«

»Weil ihr wunderschönes Kostüm sonst wesentlich mehr verschmutzt wäre«, ergänzte Sonja.

»Richtig. Und auch dass ihr Fuß und ihre Unterschenkel keine Verletzungen oder andere Spuren aufweisen, deutet darauf hin, dass sie erdrosselt wurde. Denn anders als beim Erwürgen, wo sich das Opfer heftig zur Wehr setzt, wenn es nicht gefesselt ist, und sich durch Treten und Schlagen Verletzungen etwa an den Füßen zuzieht, wird das Drosselopfer vom Täter überrascht und die Schlinge sofort kräftig zugezogen«, erklärte Bremer.

»Mit einem Seidenschal«, ergänzte Sonja.

»Hören Sie doch mal mit Ihrem verdammten Seidenschal auf!«

Sonja nickte. Vorerst, sagte sie sich, vorerst höre ich damit auf, dann aber mache ich genau mit diesem Seidenschal weiter, bis du endlich die Nerven verlierst, mein Doktorchen.

»Also weiter«, forderte Bremer mit dem Unterton eines Hochschullehrers, denn er ahnte nichts von Sonjas Gedanken. »Wie gesagt wird die Schlinge kräftig zugezogen, wodurch fast sofort die Bewusstlosigkeit einsetzt und damit die Gegenwehr ausschließt. Der Tod tritt durch Sauerstoffmangel ein, genauer gesagt durch Hypoxie, die Behinderung der Atmung, sowie durch Hyperkapnie, die Behinderung der Ausatmung, was zu einem viel zu hohen CO2-Wert führt.«

»Und das«, gingen nun doch die Pferde mit Sonja durch, »wurde in dem uns zu Füßen liegenden Fall«, sie hob den Zeigefinger, »durch einen Seidenschal herbeigeführt. Wenn wir den finden, finden wir vielleicht auch den Mörder.«

Jetzt war Bremer kurz davor, zu explodieren. Er, davon war er vollends überzeugt, gab sich die größte Mühe, dieser Hauptkommissarin sein Fach zu erklären, und was machte sie? Sie verlor sich in Hirngespinsten.

»Frau Brinkmann, ich kann ihrer blühenden Phantasie nicht weiter folgen. Für mich zählen Fakten, und die habe ich Ihnen gerade erklärt. Wenn Sie mich hier nicht mehr brauchen, dann kann ich ja meine Sachen packen und verschwinden.«

Sonja ballte die Finger der rechten Hand zu einer Faust, wobei der Daumen gerade nach oben zeigte. »Punkt eins, Herr Doktor Bremer. Ihre Fakten sind gut und schön, aber damit allein kommen wir nicht auf den Mörder, den Sie in Ihrer kleinen Abhandlung mit keiner Silbe erwähnen.« Jetzt streckte Sonja auch den rechten Zeigefinger aus. »Punkt zwei. Der Seidenschal entspringt nicht meiner Phantasie. Sie«, Sonja zeigte auf die Leiche, »hat es mir selbst gesagt. Ich habe nämlich kurz mit ihr gesprochen, so von Frau zu Frau, wenn Sie verstehen, was ich meine. Und bei der Gelegenheit habe ich sie gefragt, ob sie einen Schal getragen hat, als sie auf ihren Mörder getroffen ist.«

Bremer verschränkte demonstrativ die Arme vor der Brust. »Sie wollen mich auf den Arm nehmen, oder?«

»Nein«, antwortete Sonja. »Ganz und gar nicht. Aber mein weiblicher Instinkt sagt mir, dass eine Frau wie Beate Conrad, an der jedes Detail teuer und perfekt war, dass eine solche Frau nach einer Schilddrüsen-OP die frische Narbe am Hals niemals frei sichtbar mit sich herumgetragen hätte. Nicht einmal hier in Drejan. Sie hätte sie in jedem Fall bedeckt. Und womit bedeckt eine Frau ihres Kalibers eine solche Narbe?«

»Mit einem Seidentuch«, antwortete Bremer und nahm die Arme wieder herunter.

»Richtig«, sagte Sonja und streckte auch den rechten Mittelfinger aus. »Und Punkt drei: Ja, Sie können von hier verschwinden, denn ich brauche Sie vorerst nicht mehr. Die Leiche schicken wir in Ihr Institut und den Obduktionsbericht erwarte ich am Montag um zwölf Uhr, wenn Sie das einrichten können. Guten Tag, Herr Doktor Bremer.«

12

Manzetti bewegte sich ruhig und bedächtig – achtsam, wie Buddhisten das nennen. Sein Ziel, das Treiben am und auf dem Mahlowschen Misthaufen.

Knapp zwanzig Meter vor den Dorfbewohnern, die spärlicher zwar, aber immer noch in kleinen Gruppen in der Nähe der hantierenden Polizisten ausharrten, blieb er stehen. Was hatte er gerade zu der Pfarrerin gesagt? Dass jeder Mensch ein

Abgrund ist und dass es auch hier in Drejan zweifelsohne Männer gibt, die den ersten Stein werfen würden? Sein Blick fiel auf die kleine Kate neben dem Misthaufen. Gehörte auch Freddi Mahlow zu diesen Männern? Manzetti kamen erste Zweifel. Der Hühnerbauer hatte Streit mit dem Bürgermeister gehabt, was gegen Mahlow sprach, und die Leiche wurde auf seinem Misthaufen gefunden, was für den Bauer sprach. So blöd konnte wahrscheinlich nicht mal Freddi Mahlow sein, dass er sein Mordopfer, wenn er denn der Täter war, direkt vor seiner Haustür ablegte. Aber wenn es nicht Mahlow gewesen war, wer dann?

Manzetti suchte in den Gesichtern der Dorfbewohner nach einer Antwort, wobei er sich nur auf die männlichen konzentrierte. Einer von euch war es, sagte er sich. Auch wenn die Tatortarbeit gerade erst begonnen hatte, war er von der These, dass der Mörder hier im Dorf lebte, felsenfest überzeugt. Er wusste, dass bei Tötungsdelikten in über achtzig Prozent der Fälle eine Beziehung zwischen Täter und Opfer bestanden hatte. Diese galt es herauszuarbeiten, und dann lag das Motiv für die Tat zumeist auch schon auf der Hand. Danach noch ein wenig auf den Täter einwirken und schon war der Fall gelöst. Doch galt das auch hier bei Beate Conrad, fragte er sich weiter. Auch da hatte Manzetti erhebliche Zweifel. Der fehlende Fuß der Toten war dabei der springende Punkt. Warum hatte der Täter ihr den Fuß abgehackt? Zu einem Mord aus niedrigen Beweggründen passte das nicht, aber hatten sie es hier überhaupt mit einem klassischen Mord zu tun? Fuß abhacken sprach eher für etwas anderes, für einen Fetisch. Und sollte sich das bestätigen, hatten sie es eher mit einem Serienkiller zu tun.

»Sonja«, rief Manzetti, um seine Kollegin zu sich zu beordern. Und da Sonja Brinkmann sowieso gerade auf dem Weg zu Manzetti war, stand sie nur Sekunden später neben ihm.

»Wo ist Bremer?«, fragte er. Der Rechtsmediziner war nirgends zu sehen und auch sein klappriger Kastenwagen stand nicht mehr dort, wo Manzetti ihn noch vor ein paar Minuten hatte stehen sehen.

»Den habe ich weggeschickt«, antwortete Sonja und sah mit festem Blick ihrem Chef direkt in die Augen. Sie würde sich nicht einschüchtern lassen, egal wie Manzetti jetzt reagierte, denn sie hatte sich nichts vorzuwerfen, ging es ihr durch den Kopf. Bremer war es gewesen, der sie provoziert hatte.

»Was hast du getan?«, fragte Manzetti, und Sonja konnte erkennen, dass in seinen blauen Augen ein leichtes Flimmern einsetzte. In aller Regel hieß das, dass der Vulkan gerade erwachte. »Du hast Bremer weggeschickt?«

Sonja nickte. »Ja, das habe ich«, sagte sie im Brustton tiefer Überzeugung. Sie ballte sogar die Fäuste, denn aus dem mit Bremer geführten Geschlechterkampf hatte sie als Siegerin große Befriedigung gezogen. Und dieses Gefühl wollte sie sich auch von Manzetti nicht kaputt machen lassen. »Ich habe ihn nicht mehr gebraucht.«

»Du hast ihn nicht mehr gebraucht?«, presste Manzetti hervor. »Aber ich vielleicht? Ist dir mal in den Kopf gekommen, dass ich ihn brauche?«

»Ja, ist es«, sagte Sonja. »Trotzdem, was ich fürs Erste wissen wollte, weiß ich. Alles andere kann er uns aufschreiben und bis Montag zusenden.« Ihre Überzeugung, richtig gehandelt zu haben, bekam nicht den kleinsten Riss. Auch nicht in dem Moment, da sie bemerkte, dass Manzettis Augenlider sich fast geschlossen hatten, was ihn bedrohlich aussehen ließ. Aber sie wusste, was sie tat, und sie wusste, dass sie gut in dem war, was sie tat. »Andrea, Beate Conrad wurde erdrosselt. Das hat Bremer bestätigt. Und ich nehme an, dass der Mörder dazu das Seidentuch benutzt hat, das Frau Conrad vor ihrem Tod um den Hals getragen hatte.«

»Ein Seidentuch? Wir könnten daran DNA vom Täter finden.«

Sonja schüttelte den Kopf. »Noch nicht, denn wir wissen im Moment nicht, wo es ist. Vielleicht finden wir das Tuch beim Mörder, wie auch den linken Schuh von Beate Conrad samt Fuß.«

»Und wie kommst du darauf, dass sie mit ihrem eigenen Halstuch erdrosselt worden ist, wenn wir gar keines gefunden haben?«

Jetzt war Sonja in ihrem Element. Mit ihrer schon gegenüber Bremer geäußerten Erklärung würde sie auch bei Andrea Manzetti punkten. »Die Narbe. Beate Conrad hat eine frische Narbe von einer Schilddrüsen-OP am Hals. Und ich gehe davon aus, dass eine Frau wie eben jene Beate Conrad solche körperlichen Makel bedeckt. Und da wir kein Tuch gefunden haben, tippe ich, dass der Mörder es mitgenommen hat.«

»Wie sieht Bremer das?«

»Er hält es für möglich.«

»Und was ist nun zwischen euch beiden vorgefallen? Er hat sich nicht einmal von mir verabschiedet, was darauf hindeutet, dass er sehr wütend gewesen sein muss.«

Und dazu hatte er allen Grund, ging es Sonja durch den Kopf. Aber auf sich selbst, auf seine verdammte, arrogante

Männlichkeit. »Ja, er kochte vor Wut«, bestätigte sie. »Wie es die meisten Männer tun, wenn sie gegen eine Frau verlieren.«

Auf eine Entgegnung musste Manzetti verzichten, denn unmittelbar neben ihm hielt plötzlich ein SUV, schwarz und riesig. Mit großen Lettern stand im Halbkreis auf der Fahrertür: BAUERN MIT ZUKUNFT und darunter waagerecht: HANS-JOCHEN CONRAD.

Als der Mann aus seinem Auto stieg, sah Manzetti ihm sofort an, wie es ihm ging. Hajo Conrad wirkte müde und sein Blick war das unübersehbare Attest seiner allgemeinen Erschöpfung, als er stumm zu dem Kreis der Dorfbewohner schritt, die noch immer an dem Misthaufen von Freddi Mahlow ausharrten. Und die, wer hätte das gedacht, erwachten plötzlich zum Leben.

13

Nachdem die Leute vom Bestattungsinstitut seine Frau in einen metallenen Sarg gelegt und in die schwarze Limousine geschoben hatten, bat Hajo Conrad Manzetti zu sich ins Haus. Es war das einzig sehenswerte Gebäude im Dorf, eine wunderschöne Villa, erbaut von einem früheren Dorfschulzen und dem heutigen nicht weniger würdig. Und der Bürgermeister selbst, fragte sich Manzetti, als er dem Mann in das Foyer der Villa folgte. Der war alt. Nicht nur auf dem Papier, sondern auch im realen Leben. Die Müdigkeit und Erschöpfung, die

Hajo Conrads Gesicht gezeichnet hatten, waren keine der letzten Minuten oder Stunden. Sie schienen zu ihm zu gehören wie die derben Schuhe und der Janker, den wohl alle Weidmänner im Schrank hatten.

»Sind Sie Jäger, Herr Conrad?«, fragte Manzetti.

»Ja«, bestätigte Hajo Conrad. »Aber leider nur gelegentlich. Brauchen Sie eine Rehkeule oder was vom Wildschwein?«

»Nein«, antwortete Manzetti und folgte dem Mann in die Bibliothek.

»Wirklich nicht? Meine Kühlkammer ist gut gefüllt.«

»Nein, danke«, kam es von Manzetti. »Meine Frau und ich sind zwar keine strengen Vegetarier, Fleisch steht bei uns trotzdem nur sehr selten auf dem Speiseplan.«

»Aber einen Grappa, Herr Manzetti, den werden Sie doch nicht ablehnen, oder? Ich meine ... Sie als Italiener.«

»Halbitaliener«, korrigierte Manzetti.

»Dann eben Halbitaliener«, wiederholte Hajo Conrad. »Vater oder Mutter?«

»Vater deutsch, Mutter italienisch.«

»Und woher genau kommt Ihre Mutter, wenn ich fragen darf?«

»San Gimignano in der Toskana.«

»Ein wunderschöner Ort.« Der Bürgermeister hielt Manzetti eine Flasche hin, die der sofort erkannte. Das Etikett war verräterisch.

»Poli Aromatica«, lobte Manzetti. »Wer kann da schon Nein sagen?«

»Ich lasse ihn mir immer aus dem Land Ihrer Mutter schicken. Gebrannt aus den Trauben der Traminerrebe. Ein

Gedicht, kann ich Ihnen sagen. Aber was rede ich. Das wissen Sie ja bestimmt selbst.«

Hajo Conrad goss zwei Gläser voll und bot Manzetti einen Platz in einem der zwei großen Ledersessel an. »Auf Bea«, sagte er und trank den Grappa in einem Zug. Äußerst großzügig füllte er sich nach. »Auch noch einen?«, fragte er in Richtung Manzetti.

Der schüttelte den Kopf. »Aber ein paar Fragen hätte ich an Sie. Fühlen Sie sich in der Lage, sie zu beantworten?«

Conrad nickte und zog ungelenk seinen Janker aus, der nur einen Augenblick später achtlos auf dem Teppich landete. »Das hätte ich noch gestern auf keinen Fall tun dürfen. Bea wäre ausgerastet. Selbst ein Sandkorn, das einem gelegentlich aus der Schuhsohle fällt, hat sie zur Raserei gebracht.« Er stand auf, nahm den Janker und hängte ihn über die Lehne von einem der Stühle, die um einen kleinen runden Tisch standen.

Respekt vor den Toten, dachte Manzetti, der von dieser Geste ein wenig beeindruckt war.

»Aber das wollen Sie bestimmt nicht wissen, Herr Manzetti. Fragen Sie also, was Sie fragen müssen.«

Manzetti trank das Glas leer, stellte es ab und schlug das linke Bein über das rechte. »Wie haben Sie vom Tod Ihrer Frau erfahren?«

»Ich war für drei Tage geschäftlich unterwegs. In Rostock. Und auf der Rückfahrt erreichte mich der Anruf von Hannes.«

»Hannes?«

»Mein Vorarbeiter, Hannes Roman. Er kümmert sich um die Endkontrolle unserer Produkte. Und er führt auch den Hofladen. Ein guter und ein treuer Mann. Findet man heutzutage sehr selten«, beschied Hajo Conrad, und sein Bedauern über den Umstand, dass es kaum mehr gute Leute gab, die sich für Landwirtschaft interessierten, war nicht zu überhören.

»Und was hat er zu Ihnen gesagt?«

Der Bürgermeister kippte sich den dritten Grappa ein und zog die Schultern hoch. »Was soll er gesagt haben? Dass Bea tot ist, wahrscheinlich ermordet, und dass sie auf dem Misthaufen dieses Idioten liegt.«

»*Dieses Idioten*, das hat er Ihnen am Telefon gesagt?«

»Herr Manzetti, wie ich gehört habe, leben Sie mit Ihrer Familie seit einigen Jahren in Ketzür. Ein Dorf, das nicht viel größer ist als Drejan. Da wissen Sie doch mittlerweile ganz genau, wer in Ketzür ein Idiot ist und wer nicht. Und ich lebe schon mein ganzes Leben in Drejan. Da muss mir nicht erst Hannes erklären, dass dieser Taugenichts von einem Freddi Mahlow ein Idiot ist, ein selten dämlicher noch dazu.«

Manzetti überlegte kurz. Dann nutzte er die Steilvorlage, die Conrad ihm gerade geboten hatte. »Ist er das für Sie schon immer oder erst seit dem Streit, den Sie vergangene Woche mit ihm gehabt haben?«

»Sie sind gut unterrichtet«, sagte Conrad und ließ trotz des Dramas um seine Ehefrau ein knappes Lächeln zu. »Die Leute im Dorf sollten sich besser um ihre eigenen Probleme kümmern. Davon haben sie weiß Gott mehr als genug. Aber sie tratschen halt gerne.« Er genehmigte sich Grappa Nummer vier. »Und ich nehme an, dass irgendeines von den alten Klatschweibern nichts Besseres zu tun hatte, als Ihnen von dem Streit zu erzählen, weil man Bea auf dem Misthaufen von diesem Hühnerfledderer gefunden hat.«

Manzetti nickte. »So ungefähr war es wohl.«

»Na gut. Wenn man Ihnen das also schon auf die Nase gebunden hat, werde ich mal meine Variante erzählen. Das ist nur gerecht, oder?«

»Bitte.«

»Der Mahlow war schon ein Idiot, als er noch zur Schule ging. Und wenn ich ihm nicht einen Job hier auf der damaligen LPG gegeben hätte, wäre er arbeitslos gewesen, was in der DDR natürlich nicht ging. Aber für eine normale Tätigkeit war er zu blöd.«

»Ich nehme an, Sie waren der Vorsitzende dieser ehemaligen LPG«, fragte Manzetti.

»Genau. Nach der Wende habe ich den Laden abgewickelt und als Agrar GmbH neu gegründet. Manche behaupten, dass ich die LPG einfach nur übernommen habe. Der Neid vernebelt ihnen die Sinne.«

»Haben Sie Freddi Mahlow einen Job in Ihrem neugegründeten landwirtschaftlichen Betrieb gegeben?«

»Dem Mahlow?«, stieß Conrad hervor und schüttelte heftig den Kopf. »Nie und nimmer wollte ich den noch haben. Faul, blöd und immer kam er mit Gewerkschaft oder so 'nem Kram. War nicht zu gebrauchen.«

»Ging es in dem Streit darum, hatte Mahlow das immer noch nicht verdaut?«

Conrad trank das Glas leer und kippte sofort nach. »Nein.« Er sah Manzetti aus mittlerweile eingetrübten Augen an. »Sie werden es ja doch erfahren. Der Hundsfott hat doch tatsächlich behauptet, dass ich seine Frau auf dem Gewissen habe. Ein kompletter Idiot eben.«

Manzetti ließ einen Augenblick vergehen. Dann fragte er: »Und, haben Sie?«

Conrad stieß jede Menge Luft durch seine kolbenartige Nase. »Ich nicht und auch kein anderer. Die alte Mahlow lebt nämlich noch, wenn auch mehr schlecht als recht. Krebs im Endstadium. Die Ärzte haben sie längst aufgegeben.« Der Bürgermeister schloss seine Augen und atmete tief durch. Der Grappa wirkte. Noch zwei, sagte sich Manzetti im Stillen und du kippst mir hier vom Sessel. Aber Conrad sah ihn wieder an. Mit tränennassen Augen. Manzetti wusste nicht, ob sie das Ergebnis der Trauer waren oder des Grappas.

»Wissen Sie was, Herr Manzetti? Einen trinken wir beide noch auf meine Bea und dann lassen Sie mich für ein paar Stunden in Ruhe. Ich muss mich um einige Sachen kümmern und stehe Ihnen gleich morgen früh wieder zur Verfügung.« Er füllte auch Manzettis Glas neu, wobei ein paar Tropfen auf dem Hosenbein des Bürgermeisters landeten, und hielt es dem Polizisten hin. »Auf meine Bea. Gott hab sie selig.«

Manzetti verabschiedete sich, wurde aber an der Tür noch einmal zurückgehalten.

»Herr Manzetti«, rief Conrad von seinem Sessel aus, »eines wird Sie sicherlich interessieren. Der rote Schuh, den Bea an ihrem rechten Fuß getragen hat …«

»Ja?«

»Der gehörte ihr nicht. Noch mehr als meine Unordnung hasste sie rote Schuhe.«

14

Die Sonne brannte mit der derselben Unbarmherzigkeit wie am Tag zuvor, als Manzetti wieder bei sich zu Hause in Ketzür ankam. Aber jetzt war er sehr glücklich über die Hitze, die er in Drejan, diesem Hort der Dunkelheit, schon sehr vermisst hatte.

Er hatte sich noch kurz mit Sonja abgestimmt und zwei Anweisungen erteilt: Der Beseitigung der toten Mahlow-Hennen durch das Amt könne man sich nicht widersetzen, jedoch sei eines der Tiere zu beschlagnahmen und zu Bremer ins Institut zu bringen. Und Freddi Mahlow sei mit Mann und Maus im Wald zu suchen.

Jetzt stand er in der Küche, denn er hatte einen Bärenhunger und er musste sich selbst etwas zu essen bereiten, denn sein Haus war menschenleer. Dem gelben Zettel, den er auf dem Küchentisch fand, konnte er entnehmen, dass Paola zu einer Freundin gefahren und Kerstin mit der kleinen Elli an den Strand gegangen war. Es war ihm sogar ganz recht, allein zu sein, denn so konnte er seine Gedanken sortieren, die um das kreisten, was er in Drejan erfahren hatte.

Doch zuvor öffnete er den Kühlschrank und ließ ein breites Lächeln zu, als seine Augen die blaue Schüssel entdeckten, in der Unmengen an Scacce darauf warteten, von ihm verschlungen zu werden. Seine Kerstin war und blieb die beste Ehefrau, die er sich vorstellen konnte. Er nahm die Schüssel aus dem Kühlschrank und biss mit Wonne in das erste Stück. Jede Kultur hat ihren Snack, hatte seine Maaama immer zu dem kleinen Andrea gesagt. Und bei Mutter Manzetti hieß der Snack eben Scacce. Kerstin hatte das Rezept von Maaama Manzetti übernommen, nicht nur des Genusses wegen, sondern auch, weil sie sich vehement weigerte, Lebensmittel wegzuwerfen. Und Scacce waren eine klare Resteverwertung. Egal ob Bratwurst, Gemüse, Käse oder Pilze in die Tomatensauce kamen, praktisch jede Füllung konnte von dem Teig umhüllt werden. Und heute bestand das Innenleben der Brottaschen aus Auberginen und Ricotta, was nach Manzettis Geschmack nicht besser ging. Nach weiteren drei Stücken zog er sich mit einem Glas Rotwein in sein Arbeitszimmer zurück und schloss die Tür.

An seinem Schreibtisch schaltete er den Computer ein und fand sofort, wonach er suchte. Alle regionalen Zeitungen berichteten auf ihren Onlineseiten bereits über den Mord in Drejan. Und das, da war sich Manzetti absolut sicher, würde in den nächsten Tagen kaum abebben. Fraglich war nur, inwieweit das seine Arbeit behindern würde.

Er überflog die Seiten und stellte fest, dass die Artikel keine Details enthielten, die ihm nicht schon bekannt waren. Einiges, wie etwa der Umstand, dass Beate Conrad rote Schuhe hasste, wurde noch mit keinem Wort erwähnt, was Manzetti beruhigt aufatmen ließ. Aber er wusste aus Erfahrung, dass derlei Dinge irgendwann doch die Medien erreichten. Und das bedeutete in diesem Fall, dass irgendein Journalist ihn in den nächsten Tagen fragen würde, ob hier ein Serientäter am Werk war. Manzetti konnte das nicht ausschließen, denn warum sollte der Mörder der Toten einen Schuh anziehen, den sie zu Lebzeiten nie getragen hätte, während er den anderen offensichtlich behielt? Dahinter konnte ein Fetisch stecken, eine Inszenierung, und Inszenierungen folgten in aller Regel der Handschrift eines Serienmörders.

Manzetti erhob sich, griff nach dem Weinglas und begab sich in den Garten. Dort fühlte er sich wohl, und wo er sich wohl fühlte, konnte er am besten nachdenken. Aber zuerst musste er noch etwas geradebiegen. Unmöglich konnte er Bremer mit dessen Frust, der durch Sonjas Attacken wegen der von ihr empfundenen Ungerechtigkeiten gegen ihr Geschlecht sicherlich ausgelöst worden war, und mit dem ganzen Gin, den der Rechtsmediziner sich zur Linderung seiner Qualen zu verordnen pflegte, alleinlassen. Er zog das Handy aus der Hosentasche und wählte Bremers Nummer. Er ging nicht ran. Manzetti setzte sich auf den Rasen, legte das Telefon vor sich ab, aktivierte den Lautsprecher und lauschte dem Tuten, während er einem Grünspecht zusah, der immer wieder den spitzen Schnabel in den Boden schlug, um nach Insekten oder Würmern zu suchen. Er war sicher, irgendwann würde Bremer die Nerven verlieren und rangehen. Aber anstatt Bremers Stimme erklang ein knapper Gong, das Zeichen, dass ein anderer Anrufer versuchte, ihn zu erreichen. Als er den Versuch, Bremer anzurufen, abbrach, ertönte aus dem Lautsprecher auch gleich *Azzurro* von Adriano Celentano. Sein Klingelton seit vielen Jahren.

»Manzetti.«

»Hallo, Herr Manzetti. Hier ist Julia Berg, die Pfarrerin des Beetzseesprengels. Sie erinnern sich?«

»Aber natürlich«, antwortete er. »Was kann ich für Sie tun?«

»Morgen Vormittag um elf Uhr halte ich in der Kirche von Drejan einen Gedenkgottesdienst für Beate Conrad ab. Ich wollte Sie recht herzlich einladen. Vielleicht haben wir im Anschluss noch etwas Zeit, um ein wenig zu plaudern. Kommen Sie?«

»Selbstverständlich«, sagte Manzetti. »Ich werde pünktlich sein.«

15

Sonntag, 15. August

Die Suche nach Freddi Mahlow war alles andere als einfach. In dem dichten Wald um Drejan hätte es einer Hundertschaft bedurft, um ihn zu finden, zumal davon auszugehen war, dass Mahlow sich hier auskannte wie Hase und Fuchs. Deshalb hatte Sonja die Kollegen bei Einbruch der Dunkelheit nach Hause geschickt und die Sache in die eigene Hand genommen.

Sie war nach Brandenburg gefahren, hatte bei ihrem Bruder geklingelt und dessen Jagdklamotten erbettelt. Darin eingehüllt saß sie nun kurz vor Sonnenaufgang am Waldrand von Drejan, gut getarnt und sowohl die Waldkante als auch das nur wenige Schritte entfernt gelegene Bauernhaus der Mahlows im Blick.

Obwohl das Thermometer am Tag auf annähernd dreißig Grad und höher kletterte, waren die Nächte im August schon empfindlich kühl. Und so fror sie seit zwei Stunden ganz jämmerlich, denn dankend hatte sie die Decke und die Zeltplane abgelehnt, die ihr Bruder ihr angeboten hatte.

»Du wirst sie brauchen«, hatte Karsten gesagt. »Besonders in den frühen Morgenstunden wird es sehr frisch.« Aber wie immer, wenn es galt, einen Rat vom kleinen Bruder anzunehmen, hatte Sonja nur abgewunken. »Brauche ich nicht«, hatte ihre knappe Ablehnung gelautet, die auch nicht ins Wanken geriet, als Karsten noch hinzugefügt hatte: »Ich weiß, wovon ich spreche.«

Daran musste sie jetzt denken, auch wenn es momentan recht albern klang, denn ändern konnte sie an ihrem frostigen Zustand nichts mehr. Sie musste ausharren.

»Mach dir warme Gedanken«, hatte die Großmutter immer zu ihr gesagt, wenn die kleine Sonja zu frieren begonnen hatte. Aber wie? Wie machte man sich warme Gedanken? Das hatte die Großmutter leider nicht verraten.

Sonja schaute auf ihre Armbanduhr. Es war genau fünf Uhr dreißig, in gut fünfzehn Minuten würde die Sonne aufgehen. Das hatte sie schon vor einer Stunde über ihr Handy im Internet nachgelesen. Fünfzehn Minuten, was war das schon? Die Viertelstunde sollte sie auch noch schaffen, dann würden endlich die wärmenden Sonnenstrahlen kommen.

Plötzlich hörte Sonja ein Knacken. Das Geräusch war nicht weit von ihr entfernt, kam aus dem dunklen Wald und klang verräterisch. Es hörte sich anders an, als die unzähligen Laute, die Rehe oder Wildschweine hervorbrachten. Dieses Mal, da war Sonja sicher, wurden die Geräusche von einem Menschen verursacht. Und der schlich an der Waldkante entlang, blieb immer wieder stehen, wohl um Ausschau zu halten, und kam anders als das Wild nicht aus der Deckung. Sonja spürte ein Trommeln im Hals, ihr Pulsschlag hatte sich deutlich erhöht.

Ganz langsam drehte sie den Kopf, während ihre Augen jeden Zentimeter der Waldkante absuchten. Und dann sah sie ihn, den Hühnerbauer Freddi Mahlow. Er war bis auf zwanzig Schritt an Sonja herangekommen, hatte beide Hände tief in seine Hosentaschen gestopft und paffte zwischen seinen schmalen Lippen an einer Zigarette. Ohne einen einzigen Ton zu erzeugen, zog Sonja ihre Pistole aus dem Holster. Krampfhaft versuchte sie, ihre vor Kälte erstarrten Muskeln anzuspannen. Das war schwer und kostete sie enorme Überwindung. Doch es gelang ihr, und sie richtete den Lauf der Pistole auf den rothaarigen Mann.

»Halt, stehen bleiben!«, befahl sie. »Freddi Mahlow, Sie sind verhaftet. Nehmen Sie die Hände über den Kopf und knien Sie sich auf den Boden. Sie haben das Recht, zu schweigen, tun Sie das aber nicht, kann alles, was Sie sagen, vor Gericht gegen Sie verwendet werden.«

Freddi Mahlow sah die junge Frau mit müden Augen an. Dann nickte er, hob langsam die Hände, spuckte den heruntergebrannten Zigarettenstummel aus und kniete sich in das nasse Gras. Es hatte den Anschein, als falle gerade eine große Last von seinen Schultern.

16

Manzetti hatte den Anruf von Sonja mit Freude entgegengenommen, selbst wenn ihm ihr Ehrgeiz ein wenig suspekt vorkam. Sie musste ihm nichts mehr beweisen, auch wenn sie das noch immer zu glauben schien. Er hatte sich längst entschieden, und diese Entscheidung auch Claasen mitgeteilt. Sonja würde in nicht allzu ferner Zukunft seine Nachfolgerin werden, dann nämlich, wenn er in den wohlverdienten Ruhestand gehen würde. Das sollte er ihr vielleicht sagen. Wie auch immer, sie hatte Mahlow geschnappt. Der Hühnerbauer, der wegen des Streits mit dem Ehemann der Toten zum ersten Verdächtigen im Mordfall Beate Conrad geworden war, saß nun im Vernehmungszimmer der Mordkommission.

Manzetti betrachtete den Bauer sehr genau. Ein rothaariges, spindeldürres Männchen mit knochigen Fingern und dicken Bartstoppeln in dem eingefallenen Gesicht. Du siehst genauso aus wie am Freitag, dachte er, als du im Schlepptau von Paul mit einem toten Huhn in der Hand aufgetaucht bist. Und Manzetti war absolut sicher, dass der Bauer sich auch dieses Mal lieber bis hinter eine Hausecke zurückgezogen hätte, aber aus diesem Zimmer war kein Entkommen, jedenfalls nicht, solange er als Leiter der Mordkommission das nicht ausdrücklich erlaubte.

»Kaffee?«, fragte Manzetti.

»Ja«, kam es leise aus dem Mund von Freddi Mahlow, der in seinem Leben noch nie Kontakt mit der Polizei gehabt hatte und der mit einem Kaffee in diesen Räumen für einen wie ihn nicht gerechnet hätte. Aber die freundliche Geste des Mannes, den er begleitet von Paul bei seinem Besuch in Ketzür bereits kennengelernt hatte, vermittelte Mahlow ein gewisses Maß an Zutrauen.

Während also der Hühnerbauer ein wenig aufatmete, winkte Manzetti zu dem Venezianischen Spiegel hinüber, hinter dem Sonja saß, um die Vernehmung mitzuhören. Er wusste, dass sie gleich mit dem Kaffee durch die Tür kommen würde. Und um ihr einen zweiten Gang zu ersparen, schob er eine weitere Frage an Freddi Mahlow nach. »Milch und Zucker?«

Der Bauer schüttelte den Kopf. »Keene Milch und och keen Zucker. Aber wenn se ... ick meine ... vielleicht een Kurzen ... wenn det bei Ihnen überhaupt möglich is ... meine ick.«

Manzetti tippte zwei Mal mit dem Zeigefinger gegen das Mikrophon, das mitten auf dem Tisch stand, und gab eine weitere Bestellung auf: »Den Kaffee bitte mit einem doppelten Whisky.«

Das konnte Sonja schon nicht mehr gehört haben, denn keine zehn Sekunden später kam sie mit einem Glas durch die Tür, und sowohl Manzetti als auch Freddi Mahlow stieg sofort der wohlige Duft des Irish Coffees in die Nase. Nur die Haube aus geschlagener Sahne fehlte dem Getränk. Manzetti nickte Sonja zu und würdigte sie stumm, denn auch ohne seine Durchsage war ihr klar gewesen, was Mahlow jetzt brauchte. Alkohol sollte dem Bauern helfen, sich zu berappeln und, was viel wichtiger war, seine Zunge lösen.

Als Sonja wieder verschwunden war, griff Freddi Mahlow nach dem Glas und führte es dicht an seine Nase. »Det riecht verdammt jut«, sagte er und ließ den Blick zum Mikrophon wandern. »Und det allet kommt aus Ihre Wundermaschine da?«

»Wenn Sie das so nennen wollen, dann ja«, sagte Manzetti. »Trinken Sie. Es wird Ihnen guttun nach einer Nacht im Wald. Der Whisky weckt die verborgensten Lebensgeister.«

Mahlow schniefte, wischte sich die Nase an seinem Jackenärmel ab und kippte anschließend, ohne mit der Wimper zu zucken, die Hälfte des heißen Getränks in sich hinein, als wäre seine Speiseröhre mit Asbest ausgeschlagen.

»Ja, det tut jut«, lobte er den Trunk. »Aber im Wald is et weniger gruselich, als Sie denken tun. Unsereener fühlt sich da wohler als unter de Leut.«

Nicht nur unsereener, dachte Manzetti, manchmal auch unsereiner. »Die Leut sind ein rechtes Gesindel«, sagte er, als ihm passend zu Mahlows Bemerkung ein Zitat von Nepomuk Nestroy einfiel. »Der Mensch an und für sich ist gut, nur die Leut sind ein rechtes Gesindel.«

»Ja, ja«, bestätigte Freddi Mahlow, schluckte den Rest des Irish Coffee hinunter, stellte das leere Glas vor sich auf den Tisch und sah Manzetti aus müden und traurigen Augen an. »Ham se die Hühner nu abjeholt?«

»Wer?«

»Na, det Amt. Ick konnte det ja nu nich mehr überprüfen, konnte ick nich. Ihre Kollejin hat mir ja gleich in ihr Auto jezerrt, hat sie.«

Ach ja, seine Hühner, ging es Manzetti durch den Kopf. »Der Amtstierarzt war von seinem Vorhaben nicht abzubringen.«

Freddi Mahlow nickte. »Denn hat et wohl nischt jebracht mit Ihrn Dokter, oder? Und der Paule war sich so sicher, det Sie und der Dokter wat erreichen könn.«

»In diesem Fall nicht«, entschuldigte sich Manzetti. »Es tut mir wirklich sehr leid. Wir sind wohl zu spät gekommen.«

»Na, macht nischt. Die Viecher wärn sowieso bald alle hinüber jewesen. Die warn doch bloß noch een einzijen Haufen Elend, warn die.« Dann hob Freddi Mahlow den Zeigefinger. »Aber eenet will ick Ihnen sagen. An Vogeljrippe sind die nich krepiert. Nich an Vogeljrippe, so wahr ick Freddi Mahlow heiße.«

»Und woher wissen Sie das so genau?«

»Ick bin Bauer solange ick denken kann. Und immer mit Hühner. Schon mein Vater und mein Großvater hatten Hennen. Da weeß man doch, wat los is mit seine Viecher.«

»Und was glauben Sie, woran Ihre Tiere gestorben sind? Ganz gesund war auch die Henne, die Sie mir am Freitag gebracht haben, ja nun weiß Gott nicht mehr, auch wenn Paul das immer wieder behauptet hat.«

»Ach, der Paule. Er wollte mir doch nur helfen, wollte der. Er kommt doch och vom Land und weeß, wann een Viech krank is und wann nich. Er hat zu mir jesacht, dass er een bisschen uff die Kacke hauen muss, weil Sie und Ihr Dokter uns sonst nicht helfen tun.«

»Und worunter haben Ihre Tiere nun gelitten?«, hakte Manzetti noch einmal nach, obwohl er das ja bereits aus dem Munde von Bremer erfahren hatte.

Freddi Mahlow hob die Schultern. »Wenn ick det wüsste. Meine Marie, wat meine Tochter is, die hat in det Internet nachjeschaut. Und da steht drin, dass meine Hühner keene Vogeljrippe nich haben. Wat se haben, det hat och die Marie nich rausjefunden. Aber sie hatte een Verdacht, hatte die. Sie sagte wat von Umweltsünden oder so.«

»Umweltsünden?«, fragte Manzetti.

»Ja. Und et soll eene Riesenschweinerei sein, soll det. Und darin verwickelt sollen mehrere hohe Persönlichkeiten aus Stadt und Land sein.«

Manzetti holte tief Luft. »Das passt zu dem, was ich bislang weiß. Ihre Tiere haben mit großer Wahrscheinlichkeit nämlich eine Bleivergiftung gehabt. Da genügen geringste Mengen, um die Hennen zu töten.«

»Mann, Mann, Mann«, seufzte der Bauer auf. »Mann, Mann, Mann. Dann is et wirklich aus mit den Hof. Aus und vorbei, wie mein Frau det jesacht hat. Und an allet is einzich und allein der Bürjermeister Schuld.«

»Hatten Sie deswegen in der letzten Woche Streit mit ihm?«

»Streit? Letzte Woche? Ne. Da jing et um wat anneret. Aber warum hat er mir det anjetan? Warum hat er meine Viecher verjiftet? Warum? Könn Sie mir det sagen?«

Manzetti schüttelte den Kopf, denn er ging nicht davon aus, dass Hajo Conrad etwas mit dem Zustand der Mahlowschen Hühner zu tun hatte. Und worum die beiden gestritten hatten, wusste er. Conrad hatte es ihm gesagt. Ob er schuld sei am Tod von Mahlows Frau, die an Krebs litt. Auch dafür konnte der Bürgermeister unmöglich verantwortlich gemacht werden. Trotzdem, der Hühnerbauer tat ihm leid. So, wie Mahlow vor ihm hockte, vollkommen in sich zusammengefallen, war er nicht mehr als ein Häufchen Elend. Noch dazu war Manzetti sich absolut sicher, dass da kein Mann saß, der fähig war, eine mitten im Leben stehende Frau zu töten und ihr auch noch post mortem einen Fuß abzuschneiden. Freddi Mahlow war ein armer Hund und kein Serienmörder. Aber ihm helfen, das konnte Manzetti nicht. Jedenfalls wusste er nicht wie.

»Herr Mahlow, Sie können gehen. Wenn ich noch Fragen habe, weiß ich ja, wo ich Sie finde.«

»Is jut«, sagte Freddi Mahlow. »Aber heut is Sonntag, wenn mir nich allet täuscht. Könn Sie mir vielleicht sagen, wie ick an een Sonntag nach Drejan komm?«

»Ich kann Sie mitnehmen«, bot Manzetti an. »Ich muss sowieso dorthin.«

»Danke, det is wirklich nett von Ihnen. Und ...«, Freddi Mahlow lächelte jetzt sogar ein bisschen, »Sie sind wirklich een feiner Mann, sind Sie. Da hat der Paule schon janz Recht.«

17

Am Küchenfenster habe ich den besten Platz, dachte er. Von dort kann ich den gesamten Dorfplatz einsehen. Der war zwar noch menschenleer, würde sich aber in spätestens einer halben Stunde füllen. Denn alle werdet ihr kommen, sagte er sich. Niemand kann es sich in einem so kleinen Kaff erlauben, dem Gedenkgottesdienst fernzubleiben, zumal es sich bei der Person, der gedacht werden soll, um die Frau eures Bürgermeisters handelt, sinnierte er lächelnd. Ein Bürgermeister, der euch alle fest im Griff hat, der euch zum Narren hält. Aber ihr habt es nicht anders verdient. Ihr nicht, presste er durch die geschlossenen Zahnreihen hervor. Und deshalb, meine lieben Idioten, werden wir uns an dieser Stelle wohl noch öfter sehen.

Sein Blick wanderte zum Kircheneingang. Nur ein wenig musste er dazu die Gardine beiseiteschieben. Gleich wird sie kommen, die hübsche Pfarrerin, war er sich sicher. Und sie ist es, die euch rufen wird. Immer wieder. Gedenken, Beerdigung, Gedenken, Beerdigung. Immer im Wechsel und immer dann, wenn ich wieder einen neuen Schuh mein Eigen nennen darf, so einen richtig schönen, einen wunderschön roten.

18

Bevor er sein Büro abschloss, Freddi Mahlow hatte er bereits in den Innenhof der Direktion geschickt, schaute Manzetti noch einmal bei Sonja vorbei. Sie saß an ihrem Schreibtisch, den Kopf auf den rechten Unterarm gelegt, und war eingeschlafen. Er nahm ein leeres Blatt Papier aus dem Drucker.

> Geh nach Hause und schlaf dich aus. Ich nehme mir Jürgen-Heinz mit. Morgen sehen wir uns in alter Frische. Gruß Andrea

Im Hof stieg er in sein Auto und fuhr mit Freddi Mahlow auf dem Beifahrersitz nach Drejan. Als er die Stadtgrenze in Richtung der Beetzseegemeinden passiert hatte, versuchte Manzetti, Jürgen-Heinz Naumann anzurufen. Vergeblich. Es hatte zwar fünf Mal geläutet, dann aber war er weggedrückt worden. Er probierte es erneut. Und wieder drückte Jürgen-Heinz ihn nach dem fünften Klingelzeichen weg.

»Verdammt noch mal«, fluchte Manzetti lauthals. »Soll dich doch der Teufel holen.«

»Mir, Herr Kommissar?«, fragte Freddi Mahlow etwas eingeschüchtert.

Manzetti sah zu dem Bauer hinüber. »Was?«

»Ick mein ja nur. Sie ham jesacht, dat mir der Deibel holen soll?«

»Quatsch«, antwortete Manzetti, »ich habe einen Kollegen gemeint. Entschuldigen Sie. Aber ich kann ihn nicht erreichen. Dabei hat er an diesem Wochenende Bereitschaft und müsste eigentlich an sein Telefon gehen. Jürgen-Heinz«, fluchte er wieder, »wenn ich dich in die Hände kriege.«

Für ein paar Sekunden blieb es still im Auto. Dann hob Freddi Mahlow ganz behutsam seinen spindeldürren rechten Zeigefinger. »Herr Kommissar, wenn ick vielleicht och wat dazu sagen dürfte, vielleicht?«

»Wozu?«

»Sie meinen nich zufällig unsern Jürgen-Heinz, den Polizisten, nich zufällig?«

Manzetti sah wieder hinüber zu dem Bauer, der brav auf dem Beifahrersitz hockte, eine gefühlte Etage unterhalb seiner Sichtachse. »Sie kennen ihn?«

»Wenn Sie den Jürgen-Heinz Naumann meinen, denn ja, den kenne ick.«

»Woher denn?«

»Det is mein Nachbar, is der. Der Jürgen-Heinz wohnt

schon seit seine Kindheit im Dorf. Und er is mit mir zusammen och zur Schule jejangen.«

Manzetti war fassungslos. Nicht etwa darüber, dass offensichtlich sowohl Freddi Mahlow als auch Jürgen-Heinz Naumann während des gerade erwähnten Schulbesuches geradezu auffällig und auch nachhaltig vom Pech verfolgt waren; sondern darüber, dass er erst nach über einem Tag erfuhr, dass einer seiner Männer Einwohner des Ortes ist, in dem ein Mordopfer gefunden worden war. Jürgen-Heinz hatte das mit keiner Silbe erwähnt.

»Und er ist wirklich Ihr Nachbar?«, fragte Manzetti noch immer ein wenig ungläubig.

»Wenn ick Ihnen det doch sage.« Freddi Mahlow kramte in seiner Hosentasche. »Hier, nehm Sie ruhich mein Telefon. Wenn er meine Nummer sieht, jeht er bestimmt ran. Er jlobt immer, det ick mit ihm angeln jehen will«, ergänzte Mahlow und kicherte wie ein kleines Kind in die Hand. »Soll ick mal seene Nummer anrufen?«

»Ja, bitte«, sagte Manzetti.

Es waren nur drei Klingelzeichen nötig, dann war die Stimme von Jürgen-Heinz am anderen Ende der Leitung zu hören. »Freddi, alter Junge, haben sie dich laufenlassen?«

»Ja, ham se«, brüllte Manzetti in den Apparat.

»Freddi, ist alles gut mit dir? Oder haben sie dir was angetan?«

»Ich werde gleich Ihnen etwas antun, Kollege Naumann. Sie haben Bereitschaft und deswegen in jedem Fall an Ihr Telefon zu gehen. Hier ist Hauptkommissar Manzetti.«

Am anderen Ende blieb es mucksmäuschenstill.

»Hallo«, brüllte Manzetti.

»Ja, hier auch hallo.«

»Also, wo sind Sie und warum gehen Sie nicht an Ihr Telefon?«

»Ich?«

»Ja, wer denn sonst?«

»Herr Kommissar, Sie dürfen mir das nicht übel nehmen.«

»Was?«

»Ich bin doch gefangen.«

»Wo?«, fragte Manzetti, der gerade gar nicht wusste, wie ihm geschah.

»Na, hier in Drejan.«

»Jürgen-Heinz, Sie machen Witze, oder? Treiben Sie es nicht auf die Spitze.«

»Ich? Herr Kommissar, der Blitz soll mich treffen. Aber haben Sie beim letzten Mord selbst gesagt, dass der, der gefangen ist, sich aus den Ermittlungen raushalten soll?«

Jetzt dämmerte es Manzetti. »Befangen, Jürgen-Heinz. Ich habe gesagt, wer befangen ist, der soll sich raushalten.«

Am anderen Ende blieb es wieder still.

»Jürgen-Heinz, haben Sie mich verstanden?«

»Ja, ich meine … befangen, gefangen … wer soll das denn auseinanderhalten können?«

Manzetti fiel wieder der Witz ein, den man in der Direktion früher über Jürgen-Heinz Naumann gemacht hatte: »Da fragen Sie doch mal Ihren Hund. Vielleicht kann der es Ihnen erklären.«

»Wie jetzt?«, fragte Jürgen-Heinz. »Der ist doch hin, ich meine gestorben. Wie soll ich den denn noch was fragen?«

»Schluss jetzt!«, brabbelte Manzetti. »Auch wenn Sie in Drejan leben, sind Sie nicht befangen. Basta!« Doch Manzetti kamen leise Zweifel. »Es sei denn, Sie sind mit dem Opfer verwandt oder verschwägert. Sind Sie das?«

»Ich?«

»Ja, Sie.«

»Warten Sie mal. Wie war das noch gleich ... Einen Moment noch, dann hab ich es wieder. Ach ja, jetzt kommt's wieder in mein Hirn. Meine Tante Hannelore, die eigentlich meine Großtante ist, mütterlicherseits, und die alte Kröser Maja, die nun wieder die Großnichte von der Bea ihre Oma ...«

»Schluss jetzt!«, schrie Manzetti. »Auch wenn in Drejan alle irgendwie verwandt oder verschwägert sind und in allen offensichtlich dasselbe Blut fließt, in Ihrem Fall liegt Befangenheit nicht vor, Kollege Naumann.« Er sah auf seine Armbanduhr. »Ich bin in zehn Minuten an der Dorfkirche, und Gnade Ihnen der liebe Herrgott, wenn ich Sie dort nicht antreffe.« Er gab das Handy an Freddi Mahlow zurück.

»Herr Kommissar«, sagte der Bauer. »Det mit die Kröser Maja und die Tante Hannelore, die och meine Tante ...«

Ein Blick von Manzetti genügte und der Bauer verstummte; vielleicht sogar bis in alle Ewigkeit.

19

Da Manzetti ziemlich spät dran war, überließ er sowohl Freddi Mahlow als auch Jürgen-Heinz Naumann sich selbst. Seinem Kollegen kündigte er an, dass er ihn nach dem Gottesdienst unbedingt zu sprechen wünsche.

Er öffnete die Kirchentür und setzte sich in die letzte Bankreihe nach ganz rechts außen. Das tat er immer, wenn er eine Kirche betrat, nie ging er weiter in das Innere als bis zur letzten Bankreihe. Selbst dann nicht, wenn er seiner Frau hineinfolgte, die zwar auch nicht gläubig, aber überall auf der Welt an Kirchen interessiert war, diese aufsuchte, um die Baukunst zu bewundern, mit der sie errichtet, und den Reichtum, mit dem sie ausstaffiert worden waren.

Und genau das war es, was Manzetti so an Kirchen störte. Der ganze Prunk und Protz. Er, der in der Toskana aufgewachsen war, also ziemlich im Herzen der katholischen Welt, war schon als Kind mit dem goldglänzenden Inneren erhabener Domkirchen und den Palästen der Bischöfe konfrontiert gewesen, und bis heute konnte ihm niemand erklären, warum die Kirchen und Paläste in dieser Pracht erbaut worden waren, während die Menschen, denen man das letzte Hemd noch abnahm, um die enormen Baukosten zu decken, vor den Toren der Gotteshäuser Hunger litten und sogar starben. Erst wenn die Kirche neben dem Eingang ein Schild aufstellt, hatte er zu Kerstin gesagt, auf dem steht, dass für die Errichtung dieses Bauwerkes Tausende Menschen ihr Leben lassen mussten, erst dann gehe ich weiter als bis zur letzten

Bankreihe. Da kein Pfarrer und keine Pfarrerin willens war, ein solches Schild aufzustellen, saß Manzetti nunmehr da, wo er saß, nämlich in der letzten Bankreihe, also ganz hinten rechts.

Außerdem war es ihm bei diesem Kirchenbesuch nicht ganz unwichtig, alle Dorfbewohner vor sich zu haben. Den schräg vor ihm sitzenden konnte er teilweise sogar in ihre Gesichter schauen und jede ihrer Regungen beobachten, die von den Worten der Pfarrerin ausgelöst wurden. Bei all denen, die ihm den Rücken zuwandten, achtete er auf die Körpersprache.

Was nun fiel ihm auf? Eigentlich nichts. Denn es passierte nichts, nicht einmal, als Julia Berg von ihrer Kanzel aus die Dorfbewohner aufforderte, der toten Beate zu gedenken. Soweit Manzetti erkennen konnte, sprach keiner ein Gebet. Wahrscheinlich kannte auch niemand eins. Und es schien ihm, dass auch keiner der Anwesenden auf die Idee gekommen war, wenigstens stumm die Hände vor der Brust zu falten, wie es die Pfarrerin ihnen vormachte. Warum auch, die Mark Brandenburg war heidnisch, und daran konnte auch Julia Berg nichts ändern.

Dann kam Manzetti eine Idee. Er suchte, den Witwer auszumachen, und erblickte den mächtigen Körper des Bürgermeisters in der ersten Reihe, gleich auf dem Platz links neben dem Mittelgang. Sofern Manzetti das aus dem Winkel, in dem er Hajo Conrad sah, erkennen konnte, bewegten sich dessen Lippen ebenfalls nicht und seine Hände ruhten auf den Oberschenkeln. Auch bei ihm also kein Gebet und keine gestenreiche Andacht.

Manzetti erhob sich und winkte auf dem Weg zum Ausgang Jürgen-Heinz Naumann zu, ihm zu folgen. »Kollege Naumann«, sagte er, als Jürgen-Heinz neben ihm an der massiven Holzbank erschienen war, »ich habe einen Auftrag für Sie.«

Jürgen-Heinz Naumann schlug die Hacken zusammen und drückte militärisch korrekt seine rechte Hand an die Stirn. »Stets zu Diensten, Herr Kommissar.«

»Lassen Sie den Quatsch, Jürgen-Heinz. Wir sind doch hier nicht bei der Bundeswehr. Wenn das einer sieht, halten die uns noch für verrückt.«

Jürgen-Heinz nahm zwar seinen Arm wieder herunter, doch seine Augen verrieten, dass da noch etwas war. »Herr Kommissar, mit Verlaub ... ich ... ich will nicht unhöflich sein. Aber das geht nicht, wenn Sie verstehen, was ich meine.«

Manzetti musste unwillkürlich die Stirn krausziehen. »Was geht nicht?«

»Na, dass uns einer sehen tut.«

»Und warum nicht?«

»Na, die sind doch alle in der Kirche. Das ganze Dorf sitzt da drin. Wie sollen die uns denn sehen?«

»Ja, gut«, sagte Manzetti. »Und da wären wir auch schon bei dem Auftrag, den ich für Sie habe.«

»Stets zu Diensten, Herr Kommissar«, schnellte es aus Jürgen-Heinz heraus, und auch seine rechte Hand flog mit Vehemenz wieder an die Stirn.

Manzetti schüttelte nur den Kopf. »Jürgen-Heinz, Sie gehen jetzt wieder in die Kirche und schreiben die Namen von denen auf, die unmittelbar neben oder hinter dem Bürgermeister sitzen, und von denen, die nicht gekommen sind, auch wenn Sie meinen, dass alle da sind. Vielleicht fehlt ja doch einer. Haben Sie das verstanden?«

Jürgen-Heinz schüttelte leicht den Kopf.

»Was? Das haben Sie nicht verstanden?«, hakte Manzetti ungläubig nach.

»Doch, das habe ich schon verstanden. Aber, Herr Kommissar, das geht auch nicht.«

»Warum? Ich denke, Sie kennen all die Leute hier.«

»Schon«, stammelte Jürgen-Heinz. »Trotzdem, es geht nicht. Ich bin doch ...«

»Befangen?«, fiel Manzetti Jürgen-Heinz ins Wort.

»Nein, das nicht. Aber ich bin nicht richtig ausgestattet für den Auftrag.«

»Was soll das heißen, Sie sind nicht richtig ausgestattet?«

»Na, eben mit den richtigen Utensilien.«

»Und an welche Utensilien denken Sie da?«

»Papier und ein Stift, Herr Kommissar. So was hat doch unsereiner hier im Dorf nicht einstecken. Und wenn ich die Namen aufschreiben soll, denn brauche ich das doch, oder?«

Manzetti griff in seine Sakkotasche und förderte Notizblock sowie Kugelschreiber zutage. Dann setzte er sich auf die Bank und dachte nach.

20

Als die Kirche schon wieder leer war und die Leute sich im Dorf verteilt hatten, saß Manzetti noch immer auf der Bank und hing seinen Gedanken nach, allerdings nicht mehr allein, denn Sonja Brinkmann hatte sich neben ihn gesetzt.

»Solltest du nicht besser im Bett liegen?«, fragte er.

»Nein. Ich kann nicht schlafen.«

»Aber du hast die ganze Nacht durchgemacht und vorhin, an deinem Schreibtisch, sah es nicht so aus, als könntest du nicht schlafen.«

»Das war nur so ein Moment. Jetzt bin ich wieder fit.«

»Wenn du meinst.«

Als Manzetti sich zurücklehnte, sah Sonja ihren Chef fragend an. »Woran denkst du, Andrea?« Und als Manzetti nicht antwortete, fragte sie weiter. »Du suchst nach einem Motiv, oder? Es wäre auch zu einfach gewesen mit Bauer Mahlow. Außerdem habe ich mich von Anfang an gefragt, warum er die Frau des Bürgermeisters hätte töten sollen? Den Streit hatte er ja mit ihm und nicht mit ihr.«

Als ginge ihn das alles nichts an, drehte Manzetti den Kopf nach links und blickte zum Misthaufen am Rande von Freddi Mahlows Hof. »Er muss sie extrem gehasst haben.«

»Warum? Doch nicht, weil er ihr den linken Fuß abgeschnitten hat?«, hakte Sonja nach, die nicht verstand, wohin ihr Chef gerade gedanklich auf dem Weg war.

»Nein, deshalb nicht. Aber vielleicht, weil er sie auf einen Misthaufen gelegt hat.«

Sonja rieb sich die doch recht müden Augen. »Dann kommen wohl alle ihre Liebhaber, die das ganze Dorf ihr andichtet, als Mörder nicht in Betracht«, schlussfolgerte sie.

»Kann sein«, antwortete Manzetti. »Wir sollten allerdings bedenken, dass verschmähte Liebe ein starkes Gefühl ist, eines der stärksten überhaupt. Und wenn einer dieser Herren billig abgespeist wurde und vielleicht sogar mit ansehen musste, wie ein anderer seinen Platz einnahm, könnte ihn das schon aus der Fassung gebracht haben«, sagte Manzetti und drehte seinen Kopf jetzt nach rechts, um Sonja anzusehen. »Das meintest du doch, oder?«

Sonja hob ganz kurz die Schultern. Ein Zeichen, dass sie sich nicht sicher war. Sie lebte immer noch als Single, hatte also wenig Erfahrung, wenn es darum ging, in die Gefühls- und Gedankenwelt von Männern einzutauchen. »Wer sollte es sonst gewesen sein, wenn nicht einer ihrer Verehrer?«, fragte sie. »Denk an den Fuß mit dem roten Schuh. Vielleicht hat er den anderen abgeschnitten, um ein Andenken an sie zu behalten, auch wenn das schon ein wenig pervers ist. Ich hätte den Fuß drangelassen und nur den Schuh mitgenommen, das hätte mir völlig gereicht.«

»Der Schuh hätte dir gereicht?«

»Ja, warum nicht. Etwas, das ich mit ihr verbinden kann, etwas, das sie mochte.«

»Eben«, sagte Manzetti und sah wieder zu dem Misthaufen hinüber, »Beate Conrad hat nie rote Schuhe getragen.«

»Nie?«, fragte Sonja überrascht.

»Nach Aussage ihres Mannes hasste sie rote Schuhe.«

»Ich verstehe«, sagte Sonja und sah nun auch zu dem Misthaufen hinüber. »Du gehst also davon aus, dass der Mörder ihr weh tun wollte, was ihm ja dann auch gelungen ist. Eine so elegante Frau auf einem Misthaufen, und das in einem Schuh, den sie vehement abgelehnt hat. Das ist schon starker Tobak. Aber was muss vorgefallen sein, dass jemand zu solch einer Handlung gereizt wird? Und wer könnte das sein, hier in Drejan?«

Manzetti drehte sich um einhundertachtzig Grad und blickte nun zu der Villa des Bürgermeisters.

»Ich weiß es noch nicht. An einen verschmähten Verehrer glaube ich jedenfalls nicht. Überprüf du doch mal, ob unser Witwer wirklich drei Tage lang in Rostock war, wie er es mir gegenüber erklärt hat. Und ich schaue mal, ob ich herausbekomme, wann sein Vorarbeiter ihn angerufen hat, um ihm mitzuteilen, dass seine Frau ermordet worden ist.«

21

Ein paar Minuten später erreichte Manzetti den Hofladen von Hajo Conrads Gehöft. Kerstin hatte ihm als Ersatz für einen ihrer gelben Zettel eine SMS geschickt, mit der sie ihn bat, aus dem Hofladen frische Kartoffeln und ein Kilo Bohnen mitzubringen, wenn er schon einmal in Drejan sei.

Der Laden war leicht zu finden, denn er war sogar ausgeschildert. Musste er wahrscheinlich auch, denn die Kundschaft stammte wohl eher nicht aus dem Dorf, wo alle ihren eigenen Garten hatten und deshalb nicht bei Hajo Conrad ihr Gemüse kaufen mussten. Manzetti war also den Schildern gefolgt und bald an Conrads Rinderställen angekommen, die bis auf ein gutes Dutzend Spatzen leer waren, denn jetzt im August waren die Tiere natürlich auf der Weide. Die war, auch wenn sie einen knappen Kilometer entfernt lag, gut zu erkennen, da sich hinter den Stallungen der Wald öffnete, der Drejan ansonsten nahezu gänzlich überdachte.

Im linken Teil des Stallgebäudes verwiesen große Holzbuchstaben über einem geöffneten Tor auf den Hofladen. Links und rechts neben dem Eingang standen farbenfroh befüllte Gemüsekisten mit Tomaten, Gurken und Blumenkohl auf der einen Seite, sowie Kohlrabi, Kartoffeln und Bohnen auf der anderen. Auch im Inneren, das Manzetti nun betrat, Gemüsekiste neben Gemüsekiste mit allerlei Feldfrüchten und jeder Menge Obst.

Der Verkaufsraum war menschenleer. Also sah er sich um. Auf verschiedenen Tafeln waren Preise notiert, andere machten darauf aufmerksam, dass alles aus eigener Produktion stammte, bio selbstredend, und ein Plakat kündigte das Dorffest für das kommende Wochenende an. Ob das noch stattfinden würde, fragte er sich unweigerlich. Hajo Conrad war wohl so etwas wie der Mäzen im Dorf, und Manzetti ging davon aus, dass er nicht nur die Festrede als Bürgermeister halten würde, sondern wohl auch der Hauptsponsor des Dorffestes war. Aber nun war seine Frau tot, ermordet, und der Bürgermeister, auch wenn er das auf den ersten Blick nicht zum Ausdruck brachte, in Trauer.

Trotzdem merkte Manzetti sich den Termin des Dorffestes. Denn würde es durchgeführt, böte es die Möglichkeit mit dem ein oder anderen ins Gespräch zu kommen, später am Abend, wenn der Alkohol die Zungen geschmeidig gemacht hatte.

Aber jetzt hätte er gerne Kartoffeln und Bohnen. Er ging zu dem kleinen Verkaufstresen, auf dem eine messingfarbene Klingel stand, wie man sie von den Rezeptionen einiger Hotels kannte. Ein heller Ton erklang, als Manzetti auf die Klingel schlug, doch es passierte nichts. Rein gar nichts. Manzettis Augen wanderten zu einem Vorhang, hellbraun und etwa drei mal drei Meter in den Ausmaßen. Vielleicht fand er ja dahinter jemanden oder wenigstens eine Spur von diesem Jemand.

Aber das, was er fand, war eine verschlossene Tür, die bis auf einen schmalen Rahmen fast gänzlich aus Milchglas bestand, so dass er nicht klarsehen konnte, was sich dahinter befand, sondern nur Umrisse erkennen konnte wie bei einem Schattenspiel. Und das Schattenspiel, das hinter der Tür gerade aufgeführt wurde, war nicht die Nachstellung einer Liebesszene, sondern die eines Dramas, eines handfesten Streits. Mann und Frau, so viel war zu erkennen, stritten heftig gestikulierend, wobei die Frau, zierlich und schlank, mit ihren kleinen Fäusten immer wieder auf die Brust des Mannes, groß und kräftig, einhämmerte. Dem Schauspiel fehlte es an jeder Herzlichkeit. Worum es in dem Streit ging, konnte Manzetti allerdings nicht ausmachen, denn nicht der kleinste Geräuschfetzen drang an sein Ohr. Da konnte Manzetti sich noch so sehr konzentrieren. Und da er nicht indiskret sein wollte, zog sich Manzetti an den Verkaufstresen zurück.

Wieder blickte er auf die Klingel. Sollte er noch einmal? Aber wenn die Tür zum Nebenraum keine Geräusche des streitenden Paares zu ihm durchließ, dann wohl auch nicht von ihm zu den beiden Streithammeln. Also ließ er die Hände in den Hosentaschen und entschied sich, weitere fünf Minuten zu warten.

Noch vor Ablauf dieser Zeitspanne bekam Manzetti Gesellschaft. Es waren die beiden Alten, die sich gestern neben dem Misthaufen von Freddi Mahlow über die darauf liegende Tote ausgelassen hatten. Eigentlich hatte nur sie es getan, er hatte sie mit Blick auf den hinter ihnen stehenden Manzetti ermahnt, ihre Zunge zu hüten. Wie hieß sie gleich noch? Es war Manzetti entfallen. Doch prompt kam ihm der alte Mann zu Hilfe.

»Lore, der Hannes ist wohl gerade nicht da. Wie viel brauchen wir denn?«, fragte er seine kleine Ehefrau.

»Ein Kilo. Nimm ein Kilo, das sollte reichen, denke ich«, antwortete sie. Dann bemerkte sie den am Tresen stehenden Manzetti und erkannte ihn sogar. »Guten Tag. Sie sind doch der Polizist, der schon gestern hier gewesen ist, oder? Haben Sie den Mörder schon gefasst?«

Auch der Mann erkannte nun Manzetti. »Lore, lass uns mal die Kartoffeln einpacken und wieder nach Hause gehen. Der Herr hat bestimmt zu tun und ist aus dienstlichen Gründen hier.« Flink ging er hinter den Tresen, angelte eine hellbraune Papiertüte hervor und schritt wieder durch das Tor des Hofladens, wo die Kisten mit den Kartoffeln standen.

Manzettis Blick wechselte zur Gattin Lore. »Ich habe den Mörder noch nicht gefunden und möchte hier eigentlich nur etwas einkaufen. Meine Frau hat mich gebeten, Kartoffeln und Bohnen mitzubringen.«

»Dann müssen Sie sich selbst bedienen«, kam es von dem an der Gemüsekiste hantierenden Mann. »Der Hannes ist wohl nicht da, weshalb Sie mal auch eine Tüte greifen und sich selbst die Kartoffeln und die Bohnen einfüllen. Die Waage steht ja direkt vor Ihnen und die Preise hängen an der Wand.«

»Und das Geld?«, fragte Manzetti, der diese unkomplizierte Art, einzukaufen, nicht erwartet hatte.

»Das legen Sie einfach auf den Tresen«, empfahl die kleine Lore und lächelte Manzetti an. »Haben Sie wenigstens schon einen Verdacht«, wollte sie jetzt wissen, kam nah an Manzetti heran und ergriff dessen rechten Arm, so ganz im Vertrauen.

»Im Fernsehen haben die doch immer gleich einen auf dem Kieker.«

Manzetti schüttelte den Kopf und hob wie zur eigenen Entschuldigung die Schultern. »Dazu ist es wohl noch zu früh.«

»Also haben Sie schon einen auf dem Kieker, wollen es mir nur nicht sagen«, schlussfolgerte sie, verstärkte ihr Lächeln und den Griff der dünnen Finger an Manzettis Arm.

»Ich dürfte das ja auch gar nicht«, sagte er und bekam umgehend Unterstützung von Lores Ehemann, der mit der vollen Papiertüte wieder in den Hofladen kam.

»Nun lass mal den Herrn in Ruhe, denn der muss ja noch sein Gemüse zusammenraffen und wieder nach Hause fahren. Die Gattin wartet bestimmt schon, denn es ist gleich Mittag und sie will anfangen zu kochen.«

Aber Lore stand der Sinn nicht danach, Manzetti einfach so abziehen zu lassen. Sie wollte wenigstens in einem Halbsatz erwähnt haben, wer denn für die Polizei als Täter in Betracht kam. »Nun«, sagte sie und zottelte an Manzetti Arm herum, »wem trauen Sie denn zu, unsere Bea umgebracht zu haben? Ist es jemand aus dem Dorf?«

Manzetti erkannte seine Chance und beugte sich etwas nach unten, um die Vertrauensbasis zu der kleinen Frau zu vergrößern, genau so, wie er es bei seiner Enkelin tat. »Wem trauen *Sie* das denn zu?«, fragte er mit zugekniffenem linkem Auge. »Wer hier in Drejan hat ein Motiv?«

»Lore!«, kam es von ihrem Mann. »Reiß dich ja zusammen. Du bringst uns noch in Deibels Küche.«

»Ach was«, beschwichtigte Lore. »Der Kommissar ...« Sie sah Manzetti noch durchdringender an. »Sie sind doch einer, oder nicht?«

»Ja«, antwortete Manzetti. »Ich bin Hauptkommissar.«

»Ein Hauptkommissar sogar«, bewunderte Lore ihren neuen Freund und presste ihre schmalen Lippen aufeinander, während sie anerkennend mit dem Kopf nickte. »Na gut, Herr Hauptkommissar, wenn Sie mich schon so direkt fragen, dann werde ich Ihnen auch so direkt antworten.« Doch dazu kam Lore nicht mehr.

»Lore, wir gehen!«, befahl ihr Mann, legte drei Euro auf den Tresen, griff vehement nach dem Arm seiner Frau und schob sie ohne weiteren Kommentar auf die Straße.

Was sie sich jetzt anzuhören hatte, konnte sich Manzetti gut vorstellen. Doch den Umstand, dass sie überhaupt bereit war, mit ihm zu reden, sollte er nicht ungenutzt lassen. Er wollte Notizbuch und Stift aus seinem Sakko holen, musste aber feststellen, dass die Innentasche leer war. Ach ja, fiel es ihm wieder ein, Büchlein und Kugelschreiber hatte er ja Jürgen-Heinz überlassen.

22

Manzetti war wieder im dunklen Teil von Drejan angekommen, da wo die Bäume des Waldes mit vereinten Kräften die Sonnenstrahlen abwehrten. An seinem Auto zog er sein Handy aus der Hosentasche, um Jürgen-Heinz Naumann anzurufen, der ihm dann unverzüglich Notizbuch und Kugelschreiber bringen sollte. Aber der Kollege musste von einem unbekannten Geistesblitz getroffen worden sein, denn beides hatte er bereits hinter den Scheibenwischer geklemmt.

Manzetti folgte einer inneren Eingabe, drehte sich noch einmal um, ging die drei Schritte auf die Dorfstraße zurück und blickte zu den Stallungen, respektive dem Hofladen. Vielleicht hatten die beiden Kampfhähne ihre Auseinandersetzung ja beendet und einer oder beide traten nun ins Licht der Sonne. Es hätte ihn schon sehr interessiert, wer da unmittelbar nach dem Gedenkgottesdienst für Beate Conrad so in Streit geraten konnte, dass es sogar handgreiflich wurde. Normalerweise war man nach einem Gottesdienst doch emotional eher mit niedrigem Tempo unterwegs, etwa so wie nach einem Film, der sehr zum Nachdenken anregte. Aber die beiden hatten sich eher am oberen Ende der Emotionsskala bewegt, wo das Schwert durch die Decke geht.

Und Manzetti hatte Glück. Gerade als er wieder zu seinem Auto zurückgehen wollte, trat die Streithenne aus dem Hofladen heraus. Sie stand im vollen Licht der Sonne, raufte sich deutlich erkennbar die Haare, stampfte mit dem Fuß in den Staub und stürmte los. In weniger als dreißig Sekunden würde sie neben ihm auftauchen, aber das wollte Manzetti nicht. Jedenfalls nicht jetzt. Denn die erregte Dame war niemand anderes als Julia Berg, die Pfarrerin.

Er sprang in sein Auto, startete den Motor und preschte über den Dorfplatz, hinein in den dunklen Wald.

23

Als Manzetti endlich aus dem finsteren Wald herausfahren konnte, bog er am Ende des Bauernweges nicht nach rechts ab, was der Weg in die Stadt und zur Polizeidirektion gewesen wäre, sondern steuerte seinen Wagen geradeaus, nach Ketzür, dahin wo die Sonne schien und wo seine Familie schon auf ihn wartete. Sein Blick suchte die Tüte auf dem Beifahrersitz und prompt zog ein befriedigtes Lächeln in sein Gesicht ein. Wie Lores strenger Gatte es ihm empfohlen hatte, war er seinem Vorbild gefolgt und hatte sich eine der großen Papiertüten gegriffen, je ein Kilo Kartoffeln und Bohnen abgewogen und schließlich etwas mehr Geld auf den Tresen gelegt, als er anhand der Preistafeln ausgerechnet hatte.

Jetzt war er hochzufrieden mit sich und betrat das Haus über die Terrasse. Aber es war wieder keiner da, und der Blick in den Kühlschrank verriet, dass noch niemand etwas gekocht hatte. Er konnte nur auf havelländische Wurst, Käse und Brot zurückgreifen, was der italienische Teil seines Gaumens jedoch ablehnte.

Er sah zum Küchentisch, und richtig, dort fand er einen gelben Zettel.

> Da wir nicht wissen, wann du wiederkommst, sind wir zu meiner Mutter gefahren. Kannst ja nachkommen, wenn du willst. Es gibt Lasagne und Schokopudding. Ich liebe dich – Kerstin.

Manzetti machte dicke Backen. Kannst ja nachkommen, wenn du willst. Was für eine Schnapsidee. Auch wenn seine Schwiegermutter genauso gut kochte wie Kerstin, auf einen Besuch bei ihr hatte Manzetti überhaupt keine Lust, selbst bei Aussicht auf Lasagne nicht. Dann doch lieber ein Käsebrot.

Aber auch dazu sollte es nicht kommen, denn als er sich gerade anschickte, noch einmal den Kühlschrank zu öffnen, klingelte sein Handy. »Manzetti«, meldete er sich.

»Claasen hier. Manzetti, sind Sie jetzt völlig übergeschnappt?«

Manzetti kniff die Augen zusammen und schlug sich mit der flachen Hand vor den Kopf. Er hatte ganz vergessen seinen Chef, den Direktionsleiter Ole Claasen, darüber zu informieren, dass es in Drejan einen Mord gegeben hatte. Und der Direktionsleiter kam auch sofort darauf zu sprechen.

»Als Leiter dieser Direktion muss ich über die Presse erfahren, dass es einen Mord gegeben hat!«, schnaufte Claasen, und es fiel Manzetti nicht schwer, zu erraten, dass Claasens Kopf mittlerweile rot wie eine Tomate sein musste. »Das gibt es doch wohl nicht. Manzetti, das hat ein Nachspiel, ein gewaltiges.«

»Herr Claasen ...«

»Nichts mit Herr Claasen! Sie setzen sich sofort in Ihr Auto und kommen umgehend in die Direktion. Der Leitende Oberstaatsanwalt ist auch schon hier. Wir erwarten einen umfassenden Bericht von Ihnen. Ist Ihnen eigentlich klar, dass es sich bei der Toten um die Frau eines unserer hochrangigen Parteifreunde handelt? Also zügig Manzetti, ich erwarte Sie hier in weniger als einer halben Stunde.« Und damit legte der Direktionsleiter auf.

Auch das noch, ging es Manzetti durch den Kopf. Reichte es denn nicht schon, dass er es mit Drejan und deren schweigsamen Bürgern zu tun hatte? Zu allem Überfluss war Hajo Conrad auch noch ein Parteifreund von Claasen, und was das bedeutete, hatte er bereits mehrfach erleben dürfen.

Dann kam auf einmal doch Bewegung in sein Haus. Wie ein Geist schlurfte Paola in die Küche. Ihre Augen waren nur halb geöffnet und auch sonst schien ihr Körper noch nicht vollends zu funktionieren.

Manzetti sah auf die Uhr, die neben dem Kühlschrank hing und gerade halb eins anzeigte. »Spät geworden gestern, oder?«

Paola schlurfte ohne Reaktion auf die Frage ihres Vaters weiter bis zum Herd. Da hob sie den Deckel eines Topfes hoch.

»Der ist ja leer!«, stellte sie mit erkennbarem Missmut fest.

»Mama hat nichts gekocht. Sie ist bei der Oma in Brandenburg. Ich könnte dich mitnehmen, weil ich auch in die Stadt muss. Es gibt Lasagne und Schokopudding. Aber in spätestens zehn Minuten fahre ich los.«

»Na gut«, sagte Paola und schlurfte ins Bad.

Manzetti sah ihr lange nach. Er liebte sie, die jetzt Zwanzigjährige, und er hatte sie gegenüber Lara, seiner um neun Jahre älteren Tochter, immer ein wenig vorgezogen. Paola war eben sein kleiner Stern, ein Wesen, das er beschützen musste, das nach seiner Vorstellung mit den Gefahren da draußen nicht allein fertigwerden konnte. Ein Irrtum, wie es Kerstin ihm gegenüber immer wieder zum Ausdruck brachte, ein schwerer Irrtum sogar. Aber Manzetti blieb unbelehrbar, er ließ sich nicht aus seiner Beschützerrolle drängen, auch nicht von seiner Frau. Und so hatte er in Nächten, in denen Paola sehr spät nach Hause gekommen war, gewartet, saß mit einem Buch im Wohnzimmer, solange bis endlich die Tür klappte, ließ noch zehn weitere Minuten verstreichen, bis er sicher sein konnte, dass sein Engel eingeschlafen war, was nach hohem Alkoholkonsum eher eine Sekundensache war. Mit einer Taschenlampe schlich er schließlich bis an Paolas Bett, schob das T-Shirt an den Armen nach oben und suchte im hellen Schein der Lampe nach Einstichstellen in den Armbeugen.

Und, hast du welche gefunden, fragte Kerstin am Morgen danach immer, und Manzetti konnte jedes Mal nur mit dem Kopf schütteln. Na fein, hatte Kerstin das kommentiert und angefügt, dass die Welt ja dann in Ordnung sei. Dem vermochte Manzetti überhaupt nicht zuzustimmen. Regelmäßig beruhigte er sich erst, wenn Kerstin darauf hinwies, dass sie beide sehr regelmäßig Wein tranken und dass Manzetti selbst bis zu seinem vierzigsten Geburtstag strammer Raucher gewesen war. Aber er beruhigte sich auch nur oberflächlich. Die Sorgen um seinen kleinen Engel konnte ihm Kerstin damit nicht nehmen. Dazu war nur Elli in der Lage gewesen, die mit ihrer Geburt vor gut drei Jahren die Ängste von Opa Andrea nicht auflöste, sie jedoch halbierte, ein Teil für Paola, ein Teil für Elli, was Paola seither einige Freiheiten verschaffte.

Manzetti ging in den Flur und blieb unmittelbar neben der Badtür stehen. An sein Ohr drang das Geräusch einer laufenden Dusche. »Paola, wie weit bist du? Ich muss los, Claasen wartet auf mich.«

Die Dusche wurde abgedreht, dann riss Paola, nur in ein Badehandtuch gewickelt, die Tür auf. Seine Tochter war hellwach, wie ausgewechselt. »Geht es um den Mord in Drejan?«, fragte sie.

»Ja«, sagte Manzetti. »Und die Antwort auf deine nächste Frage lautet nein.«

»Ohhhh Papa«, stieß Paola einen langen Seufzer aus.

Manzetti wusste ziemlich genau, was jetzt auf ihn zukam. Paola hatte schon als kleines Mädchen größtes Interesse an den Kriminalfällen gezeigt, an denen ihr Papa arbeitete. Nicht ganz das, was Kerstin befürwortete, denn es waren zumeist Tötungsverbrechen. Und diese Sucht nach dem ganz großen Grauen hatte Paola bis heute nicht losgelassen.

»Ich bin zwanzig und kann selbst entscheiden, was gut und nicht gut für mich ist. Dazu brauche ich nicht Mamas Fürsprache. Sie sagt doch immer, dass du mich nicht so beglucken sollst.«

»Ja, das sagt sie«, bestätigte Manzetti. »Aber ich kann selbst entscheiden. Und ich habe Nein gesagt.«

Da war er, der kleine Finger, den Manzetti seiner Tochter reichte, und mit dem sie ihm buchstäblich den Arm ausreißen konnte. Und sie tat es.

»Ich habe Nein gesagt, ich habe Nein gesagt«, säuselte Paola und tanzte über der Schwelle zum Bad jenen hüftbetonten Südseetanz, den sie mit der kleinen Eleonora immer wieder im Garten der gesamten Familie vorführte. »Du klingst ja schon wie Elli«, sang Paola weiter, »wie die kleine Elli, wenn sie ihr Zimmer aufräumen muss ... Opa, ich habe Nein gesagt.«

Manzetti hatte verloren, das wusste er. Seine Gegenwehr würde ins Leere laufen, dennoch wollte er es wenigstens versuchen. »Wir stehen ganz am Anfang, Paola. Das ist alles noch sehr langweilig. Es würde dich nicht interessieren.«

Paola schüttelte vehement den Kopf. »Aber Bremer, der hat doch bestimmt schon einiges herausgefunden. Nimm mich mit Paps, bitte.«

Was sollte er tun? Bremer hatte es Paola schon seit Jahren angetan. Sie liebte ihn gar, seine Schlauheit, wie sie das früher nannte, die Schnippelei an den Leichen, ohne dass ihr dabei übel wurde wie ihrem Vater, und neuerdings liebte sie auch immer mehr Bremers Schnaps, was hin und wieder schon zu heftigen Auseinandersetzungen zwischen den beiden Männern geführt hatte.

»Außerdem könnte ich dir vielleicht ein bisschen helfen«, bot Paola jetzt an.

»Du?«, fragte Manzetti. »Womit könntest du mir denn helfen?«

»Die sind ziemlich verschlossen da in Drejan. Die reden erst mit dir, wenn mindestens zwei Generationen deiner Familie auf ihrem Friedhof liegen. Kannst du das nicht nachweisen, bedeutet das nur, dass du ein Fremder bist.«

Damit hatte sie absolut Recht, dachte Manzetti. Er hatte es ja schon selbst erleben dürfen, dass der Hinweis des Bürgermeisters, alle in Drejan seien geschwätzig und tratschsüchtig, nicht zutraf. Doch woher wusste Paola das?

»Du tust ja gerade so, als seist du ein Kenner der Menschen in Drejan«, stellte Manzetti in den Raum.

»Das nun nicht«, sagte Paola. »Aber eine Mitschülerin wohnt in dem Dorf. Vielleicht könnte ich arrangieren, dass sie dir behilflich ist, wenigstens in die Nähe der Menschen dort zu kommen.«

»Ja, vielleicht«, sagte Manzetti, hatte allerdings wenig Hoffnung, dass Paolas Plan aufgehen würde.

»Im Moment aber könnte es schwierig werden«, sagte sie.

»Womit?«

»Na, dass sie dir hilft. Sie geht seit Donnerstag nicht an ihr Handy und ist gestern auch nicht zu unserer kleinen Abschiedsparty gekommen. Na ja, irgendwie ist sie schon auch ein bisschen komisch. Sie glaubt, der Mafia auf der Spur zu sein, ganz große Sache, schwere Umweltkriminalität, kann aber nicht darüber sprechen. Wir denken, sie hat einen halbvollen Farbeimer im Wald gefunden und will sich nun wichtigmachen«, sagte Paola, griff nach einem kleinen Handtuch, um sich die Haare zu trocknen, und wollte gerade die Badezimmertür schließen, als die rechte Hand ihres Vaters wie eine gewaltige Kralle ihren linken Oberarm packte.

»Wie heißt diese Mitschülerin?«

»Au«, schrie Paola auf. »Papa, du tust mir weh.«

»Entschuldigung. Aber wie heißt sie?«

Paola rieb die Stelle, die ihr Vater gerade noch im Zangengriff gehabt hatte und antwortete: »Marie. Sie heißt Marie Mahlow. Sie ist die Tochter des Hühnerbauern, der am Freitag mit Paul hier war.«

»Und sie ist seit Donnerstag nicht zu erreichen?«

»Jedenfalls nicht von uns. Ihr Handy ist sogar abgeschaltet«, sagte Paola. »Das machen doch nur Leute in eurem Alter.«

»Los«, sagte Manzetti, »zieh dich an. Wir müssen sofort nach Drejan, sofort.«

Dann setzte sich Manzetti an den Küchentisch und holte das Notizbuch hervor. Jürgen-Heinz hatte mit krakeligen Buchstaben einige Namen notiert. Oberhalb eines waagerechten Striches standen die, die während des Gedenkgottesdienstes für Beate Conrad rings um den Bürgermeister gesessen hatten, und unterhalb davon stand der Name der Dorfbewohnerin, die nicht an dem Gottesdienst teilgenommen hatte.

Marie Mahlow.

Manzetti verschlug es fast den Atem. Er griff nach seinem Handy und schickte eine SMS an Claasen: Kann jetzt nicht kommen. Muss sofort nach Drejan. Es geht um Leben und Tod.

Er erhob sich wieder und schrie in Richtung Bad: »Paola, wofür brauchst du so viel Zeit? Wir müssen los. Beeil dich!«

Und da öffnete sich die Badtür und Paola stand in Jeans, T-Shirt und Turnschuhen bereit. »Wir können, Commissario. Andiamo.«

24

Und wieder ging es für Manzetti von Ketzür aus über die Landstraße hinweg, auf den Bauernweg hinauf und hinein in diesen schrecklich dunklen Wald, der jedem Menschen glauben machen musste, dass die Sonne nur das Produkt menschlicher Träume war.

Auch Paola schlug der Wald sofort auf den Magen. »Ist das gruselig«, stellte sie fest, als nur etwa hundert Meter des Waldes hinter ihnen lagen.

»Warst du noch nie hier?«, fragte Manzetti.

»Nein«, antwortete Paola wahrheitsgemäß. »Was soll ich hier? Selbst Paul sagt immer, dass er in Drejan nicht einmal tot überm Zaun hängen will.«

Den restlichen Weg schwiegen Vater und Tochter, beide hingen ihren Gedanken nach. Auf dem Dorfplatz angekommen, stellte Manzetti seinen Wagen auf einen der drei Parkplätze an der Kirche ab. Paola stieg vor ihm aus und wartete unter einem Baum, der direkt neben der Tür des Gotteshauses wuchs.

»Komisch«, sagte sie. »Wenn ich diese Äpfel mit unseren oder mit denen von Paul vergleiche, dann sind die hier echt eine Bonsaiausführung. Und sie sind immer noch grasgrün. Krass, oder?« Paola pflückte einen der kaum hühnereigroßen Äpfel und roch daran. »Sie riechen nach nichts«, stellte sie fest und biss vorsichtig hinein. Aber diese Vorsicht half ihr nicht, sofort war ihr Gesicht zu einem einzigen Knoten verzogen und das Stückchen Apfel auch schon wieder ausgespuckt. »Boah«, stieß sie hervor und sah ihren Vater mit noch immer leidender Miene an. »Da werden einem ja die Zähne stumpf.«

»Es fehlt die Sonne«, erklärte Manzetti und zeigte auf die riesigen Kiefern, die ringsum aufgereiht standen. »Sie lassen nicht den winzigsten Sonnenstrahl durch. Aber das soll jetzt nicht unser Problem sein. Komm, wir müssen zum Hof der Mahlows. Ich will wissen, ob sie irgendeine Ahnung haben, wohin Marie gegangen oder gefahren ist.«

Das Haus von Freddi Mahlow lag still am Ende des Dorfplatzes. Die Container mit seinen gekeulten Hühnern waren abgeholt und neben dem Haus stand nur eine leere Schubkarre, die wohl ausgedient hatte, denn die Ställe waren leer, alle

Hühner getötet, so dass weder Futter noch Mist zu karren war.

In diesem Moment fiel Manzetti wieder ein, dass er unbedingt mit dem Amtstierarzt sprechen musste, der Hühner wegen, das war er nicht nur Freddi Mahlow schuldig, sondern auch Bremer und schließlich auch sich selbst, ohne Nachbar Paul zu vergessen.

Zwei Meter waren es noch bis zu dem Windfang vor der Haustür, als Manzetti stehen blieb. Wie sollte er das Gespräch mit Freddi Mahlow und dessen Frau beginnen? Und wie dann fortsetzen? Sollte er ihnen wirklich sagen, woran er, der Leiter der Mordkommission, gerade dachte? Es ging um Marie, um die Tochter der beiden, und wie alle Eltern dieser Welt würden auch die Mahlows sich ungeheure Sorgen machen, wenn Manzetti ihnen mitteilte, wovon er gegenwärtig ausging. Nämlich davon, dass sie es womöglich mit einem Serienmörder zu tun hatten, und dass Marie vielleicht ebenso in der Gewalt dieser Bestie war, wie es vor ein paar Tagen, genau genommen vor zweien, auch Beate Conrad gewesen war. Wollte er das wirklich? Durfte er das überhaupt?

»Du lässt bitte nur mich reden«, sagte er und sah Paola eindringlich an. »Nur ich! Das ist enorm wichtig, Paola. Erst wenn ich dich etwas frage oder dir ein Signal gebe, kannst du etwas sagen. Klar?«

Paola nickte. »Si, Commissario, si si.«

Freddi Mahlow stand hinter dem Fenster, die Gardinen waren nur einen Spalt geöffnet, niemand konnte ihn sehen, niemand hätte beobachten können, was in den vergangenen Stunden hier geschehen war. Niemand? Was aber machte dann der

Kommissar hier? Hatte doch jemand alles mit angesehen und die Polizei gerufen? Nicht auszuschließen, denn er kam direkt auf seinen Hof zu.

Da klopfte es auch schon an der Tür. Die Klingel hatte der Bauer bereits vor Wochen abgestellt. Es kam ja doch keiner, und Marie, die hatte einen Schlüssel. Mahlow ignorierte das Klopfen, ging in die Küche und goss sich einen weiteren Schnaps ein. Ein paar würde die Flasche noch hergeben, drei oder vier vielleicht, den Rest hatte er schon am Nachmittag in sich hineingekippt. Er starrte durch das kleine Fenster über der Spüle in den Hof.

Der Kommissar war hartnäckig, dachte Mahlow, denn er sah, wie Manzetti an dem Misthaufen vorbeimarschierte. Der Bauer stellte das leere Schnapsglas auf den Tisch und spürte deutlich, wie das scharfe Zeug ihn müde machte. Dann schlurfte er zur Tür und zog sie auf.

»Ham Sie noch wat verjessen?«, fragte er Manzetti, ging zum Küchentisch zurück und griff die Flasche am Hals. »Wolln Sie och een? Oder vielleicht det Fräulein?«

Manzetti schüttelte den Kopf. »Nein danke. Aber ein paar Fragen würde ich Ihnen und Ihrer Frau gerne noch stellen, wenn das möglich ist.«

»Mein Frau?«, stieß Mahlow hervor und begann breit zu grinsen. »Mein Frau is nich da. Sie is in Wald jejangen, wollt noch mal reine Luft inatmen, bevor et janz zu Ende jeht mit ihr«, erklärte Mahlow, während seine Augen mit großer Mühe den im Halbdunkel stehenden Kommissar suchten. »Müssen Sie sich wohl mit mir begnüjen, müssen Sie.«

Manzetti erkannte den Zustand, in dem sich der Bauer gerade befand, versuchte es aber trotzdem. »Herr Mahlow,

Ihre Tochter Marie ... wissen Sie, wo wir sie finden können?«

Mahlow antwortete nicht, konnte es auch nicht mehr. Der Bauer war auf seinem Stuhl eingeschlafen. Manzetti machte ein paar Schritte und stieß Freddi Mahlow gegen die Schulter. »Herr Mahlow?«

Der Bauer schreckte hoch, fiel aber gleich wieder in sich zusammen. Sein Körper hatte die größte Mühe mit dem Selbstgebrannten.

»Ja, ja ... wat is?«

»Ihre Tochter«, wiederholte Manzetti. »Können Sie uns sagen, wo wir sie finden können?«

»Die Marie ...«, war das, was der Bauer noch aussprechen konnte, dann brachen alle Dämme. Dicke Tränen quollen aus seinen Augen und stürzten über die hohlen Wangen, die Nase lief wie ein Wasserhahn und der Speichel verklebte ihm den Mund. Wie durch einen Schleier sah er Manzetti an. »Die is weg, is die. Und wenn die nu och noch ...«

Manzetti zog sich einen Stuhl heran und setzte sich neben Mahlow. »Seit wann ist sie denn weg?«

»Donnerstach«, sagte Mahlow.

»Und seit Donnerstag ist sie nicht wieder aufgetaucht?«

Der Bauer schüttelte den Kopf.

»Wissen Sie, wohin Marie wollte?«

»Ne«, schluchzte Mahlow. »Könn Sie mir nich helfen, Herr Kommissar? Wenn die Marie nu och noch weg is, wat solln da aus mir werden?«

»Was heißt denn *auch noch*?«

Bauer Mahlow seufzte einmal auf. »Ach nischt, det heißt nischt, heißt det.«

Manzetti rückte den Stuhl näher an Freddi Mahlow heran. »Wir werden Marie suchen, das verspreche ich Ihnen, aber Sie müssen mir alles sagen, was Sie wissen. Sonst kann ich Ihnen nicht helfen.«

Der Bauer nickte, verhalten zwar, doch er nickte. »Fragen Sie.«

Manzetti zog seinen Notizblock aus dem Sakko und einen Kugelschreiber. »Was hat Marie denn am Donnerstag gemacht, bevor sie gegangen ist? Hat sie vielleicht einen Freund oder eine Freundin, bei denen sie bleiben kann?«

»Een Freund?«, wiederholte Mahlow mit nach oben gezogenen Augenbrauen, als wüsste er nicht, was das ist, der Freund eines jungen Mädchens. Er machte eine Pause, die Wörter kamen nun schleppender, als es gut war für eine Unterhaltung, und sein bäuerlicher Körper hatte in den letzten Minuten wieder enorm an Spannung eingebüßt. »Ham Sie een Freund?«, fragte er fast flüsternd und schien die letzten Kräfte mobilisieren zu müssen, um Paola länger als für ein, zwei Sekunden im Blick zu behalten.

Paola sah zu ihrem Vater. Der nickte. »Ja, ich habe einen«, antwortete sie dann.

»Denn is ja jut«, sagte Mahlow. »Mein Mariechen hat nämlich keen, hat sie nich. Sie is uff den falschen Damm, is die. Und dafür wird der Herrjott mir strafen, Herr Kommissar«, erklärte der Bauer und suchte im Halbdunkel den Blick von Manzetti, was ihm aber nicht gelang.

Aber Manzetti gelang es, Mahlow in seiner finsteren Küche zu betrachten; das eingefallene Gesicht, die fast streichholzdürren Finger, die von den Tränen gezeichneten Augen. Und der Alkohol hatte die Gesichtshaut des geschundenen Mannes in den letzten Stunden unnatürlich rot eingefärbt. Freddi Mahlow war ein einziger Jammer.

Auch Paola war der Zustand des Bauern nicht entgangen. Sie nickte ihrem Vater still zu und der nickte still zurück. Er wusste zwar nicht, warum, aber innerlich glaubte Manzetti zu spüren, dass Paola jetzt etwas Wichtiges zu sagen hatte.

»Herr Mahlow«, begann sie, »vielleicht glauben Sie, dass ich eine Kollegin des Hauptkommissars bin, doch das bin ich nicht. Ich bin seine Tochter.«

Der Bauer unterbrach Paola zwar nicht, trotzdem spürte sie, wie sein alkoholverhangener Blick zwischen ihr und ihrem Vater nach Ähnlichkeiten suchte, die bestätigen würden, dass stimmte, was das Fräulein gerade behauptet hatte. Und er musste etwas gefunden haben; vielleicht die Nase oder die vollen Lippen, jedenfalls nickte er.

»Und ich habe meinen Vater heute begleitet, weil ich mit Marie gemeinsam zur Schule gegangen bin. Gestern haben wir ein kleines Fest gegeben und unseren Schulabschluss gefeiert, aber Marie ist nicht gekommen und seither auch nicht auf ihrem Handy zu erreichen. Sie hat mir einmal erzählt, dass Sie ihr sehr böse sind, weil sie lieber Frauen mag als Männer. Ist sie deswegen von zu Hause weggegangen?«

Ein Ruck ging plötzlich durch den dürren, fast leblosen Körper des Bauern. Als fahre der Teufel in ihn, sprang Freddi Mahlow von seinem Stuhl hoch. »Sie is vom Satan besessen, is die. Die bringt uns inne Hölle, bringt die uns, mitsamt ihre Bürjermeisterin. Hexen sin det, die Marie und die Bürjermeisterin, allet Hexen.«

25

Schon bald würde sie wiederkommen, die Pfarrerin. Julia, Julia, Julia summte er über seine leicht geöffneten Lippen. Was für ein Name, was für ein Klang. Nur Orchideen waren es wert, Julia genannt zu werden, nur Orchideen und sie natürlich, die schönste aller Blumen. Und wenn sie erst auf der Kanzel steht, hoch über ihm, begann er zu träumen, würden sie herabregnen, ihre warmen Worte, weich wie Federn, aus einem wollüstigen Mund.

Schade nur, dass sie nicht öfter auftaucht, schade, dass sie in Päwesin wohnt, dem Ort im Sprengel, in dem das Pfarrhaus steht. Wenn sie damals doch nur wieder nach Drejan gekommen wäre, hierher, wo sie groß geworden ist, dachte er und ließ seine rechte Hand in die Hosentasche gleiten. Dann, ja dann, ging es ihm durch den Kopf, dann könnte ich dich immer sehen, sagte er und begann mit der rechten Hand sein Gemächt zu massieren. Aber ich weiß, wie ich dich nach Drejan locke. Wie zuvor Bea wird dich nun Marie hierherbringen, die kleine lesbische Geliebte der Bürgermeisterin. Sie wird dich nach Drejan bringen, Frau Pfarrerin, sie wird dich an mich ausliefern.

26

Manzetti stand in Drejan, im Hintergrund Stimmen, die er nicht verstand, denn er war konzentriert auf das Telefonat, das er gerade führte. Am anderen Ende hörte Sonja aufmerksam zu, sie machte sich Notizen, schrieb, davon war Manzetti überzeugt, fast jedes seiner gesprochenen Worte auf. Und die enthielten Weisungen, die auch in diesem Fall vorhersehbar waren. Denn sie folgten dem Algorithmus, der immer dann abgearbeitet wurde, wenn die Polizei zu einem Ort gerufen war, an dem eine Leiche lag. Und das war wieder der Misthaufen des Mahlowhofes, allerdings befand sie sich nicht wie Beate Conrad darauf, sondern daneben, weshalb Manzetti, als er vor ein paar Minuten hier vorbeigegangen war, die Leiche nicht bemerkt hatte. Auch dieses Mal war es die einer Frau, und die hatte zu Lebzeiten auf den Namen Elfriede Mahlow gehört.

»Hast du alles?«, fragte Manzetti.

»Ich denke schon«, antwortete Sonja. »Kriminaltechnik, Bremer und drei Streifenwagen für die Absperrung des Leichen-Fundortes.«

»Genau. Und dann organisierst du bitte über die Fahndung, dass sofort nach Marie Mahlow gesucht wird. Mit allen zur Verfügung stehenden Mitteln.«

»Mache ich«, quittierte Sonja. »Glaubst du, dass er wieder zugeschlagen hat?«

Manzetti schaute zum Misthaufen. »Bei Elfriede Mahlow nicht, aber Marie hat er in seiner Gewalt. Da bin ich mir absolut sicher, auch wenn ich nicht weiß, warum.« Er legte auf und nahm Paola in den Arm. Sie zitterte wie Espenlaub. »Soll ich dich nach Hause bringen?«, fragte er seine Tochter.

»Nein«, antwortete Paola, »aber ich kann ja dein Auto nehmen. Es ist gruselig hier, Papa.«

Manzetti drückte sie noch fester an seine Brust. »Ja, das ist es. Fahr zu Oma. Da sind auch die Mama und die Elli. Das bringt dich auf andere Gedanken.«

Der Erste aus der Riege der Spezialisten, die Sonja herbeigerufen hatte, war Bremer, und der sah anders aus, als Manzetti das an einem Sonntagnachmittag erwartet hatte. Der Gerichtsmediziner wirkte ruhig, aber auch angestrengt, und er war offensichtlich stocknüchtern.

»Andrea«, rief Bremer schon aus einiger Entfernung und winkte wie ein aufgeregtes Kind seinem Freund zu, »hast du schon mit diesem Amtstierarzt gesprochen?«

Manzetti wartete mit der Antwort, er wollte nicht das ganze Dorf an dem Gedankenaustausch zwischen ihm und Bremer teilhaben lassen. Erst als Bremer direkt vor ihm stand, lächelte er ihn an. »Nein, habe ich noch nicht. Aber ich werde das umgehend nachholen.«

Bremer nickte. »Er wohnt doch hier im Dorf, oder nicht? Er soll bitte sofort herkommen, falls er zu Hause ist. Ich habe so einige Fragen an den Herrn.«

Manzetti angelte das Handy aus der Tasche seines Sakkos und rief Jürgen-Heinz an. »Sie kennen den Amtstierarzt?«, fragte er.

»Ja, der wohnt gleich bei den Pferdeställen.«

»Gut, bringen Sie ihn sofort hierher, auch gegen seinen Willen.«

»Wird gemacht«, antwortete Jürgen-Heinz. »Und was soll ich ihm sagen, weswegen ich ihn bringen soll?«

»Bringen Sie ihn einfach hierher zum Mahlowhof, erklären werde ich ihm das dann selbst.« Manzetti steckte das Telefon wieder weg und nickte Bremer zu. »Ich hoffe, du unterstützt mich bei dem, was ich Doktor Franke fragen werde.«

»Und ob«, erklärte Bremer, und Manzetti hatte das Gefühl, als wiche gerade die innerliche Ruhe aus dem Körper des Mediziners und mache Platz für aufsteigende Wut. »Ich werde ihm die Fragen um die Ohren hauen, dass ihm Hören und Sehen vergeht.«

»Komm«, Manzetti deutete auf die Kirche, »lass uns dort auf die Bank setzen. Da kannst du mir alles erklären.«

Dort sitzend betrachtete Bremer lange den Hof und den Misthaufen der Mahlows. »Mein erster Blick sagt mir, dass sie nicht das Opfer eines Serienkillers ist, den du hier in Drejan vermutest.«

»Nein, ist sie nicht«, bestätigte Manzetti. »Wahrscheinlich ist sie an dem verdammten Krebs gestorben und der Bauer hat versucht, den Mörder nachzuahmen, um uns dann auf Hajo Conrad zu hetzen.«

Bremer nickte. »Das hat er offensichtlich nicht mit großem Erfolg getan.«

»Genau«, sagte Manzetti. »Sie liegt zwar am Rande des Misthaufens, aber da sie seine Frau war, wollte er das nicht gar so heftig, weshalb er ihr eine Decke untergelegt hat ...«

»Was ein Serienmörder nicht getan hätte«, ergänzte Bremer.

»Mit Sicherheit nicht. Und er hätte ihr auch einen roten Schuh angezogen und nicht diesen Hauspantoffel.«

»Wahrscheinlich.« Bremer zog einen silbrigen Flachmann aus seinem Rucksack. »Willst du auch einen Schluck?«

»Nein«, sagte Manzetti.

»Hast du sie dir schon angeschaut?«, fragte Bremer und trank aus dem Flachmann.

»Ja, habe ich, wenn auch nur oberflächlich.«

»Hat sie ein Drosselmal?«

Manzetti schüttelte den Kopf. »Ich habe keines gesehen.«

»Hm«, machte Bremer, »dann war er es wirklich nicht, Andrea. Und vielleicht musst du dich sogar von dem Gedanken trennen, dass wir es hier mit einem Serienmörder zu tun haben könnten, der irgendeinen abgefuckten Trieb auslebt.«

»Warum?«

»Cäsium«, sagte Bremer und nahm noch einen ordentlichen Zug aus seinem Fläschchen, bevor er es wieder in den Rucksack rutschen ließ. »Cäsium 137, wenn du es ganz genau wissen willst.«

»Wie kommst du darauf? Hast du das in Beate Conrad gefunden?«

»Nein, ich hätte allerdings auch nicht danach gesucht. Jedenfalls nicht ohne einen triftigen Grund. Aber das Huhn, mein Bester, das Huhn von Bauer Mahlow ... ich habe es noch gestern Abend inspiziert und festgestellt, dass das arme Viech nicht nur eine Bleivergiftung hatte, sondern habe in dem Tierchen auch geringe Mengen Cäsium 137 gefunden.«

»Was ist das für ein Zeug – Cäsium 137. Hört sich radioaktiv an«, warf Manzetti ein.

»Richtig. 1861 haben Bunsen und Kirchhoff das Alkalimetall entdeckt und es Cäsium genannt.«

Manzetti, als Halbitaliener mit dem Lateinischen sehr vertraut, schloss die Augen und hob den Zeigefinger der rechten Hand. »Von caesius für himmelblau?«, fragte er.

»Auch wieder richtig«, lobte Bremer seinen Freund. »Sie nannten es so, weil sie das Element mit zwei blauen Spektrallinien nachgewiesen hatten. Doch Cäsium ist nicht giftig.«

»Aber?«, fragte Manzetti.

»Das radioaktive Isotop Cäsium 137 ist giftig, sehr sogar. Es ist ein Produkt der Kernspaltung und machte 1986 das erste Mal so richtig Schlagzeilen.«

»1986«, wiederholte Manzetti die Jahreszahl, öffnete die Augen und sah Bremer herausfordernd an. »Da war doch ...«

»Genau«, sagte Bremer, »Tschernobyl. Da wurde jede Menge Cäsium 137 freigesetzt, blieb aber bei uns wegen der großflächigen Verteilung und der damit einhergehenden geringen Konzentration im Wesentlichen ungefährlich.«

»Ich erinnere mich«, sagte Manzetti. »Man hatte in ganz Europa empfohlen, kein Wildbret und keine Pilze mehr zu essen. Glaubst du etwa, dass die Hühner vom Mahlowhof Pilze gefressen haben, die noch immer radioaktiv verseucht sind?«

»Nein«, sagte Bremer. »Aber jetzt pass auf und zähle eins und zwei zusammen. Sagt dir der Goiânia-Unfall etwas?«

»Nein.«

»Goiânia ist eine Stadt in Brasilien. 1987 ereignete sich dort das nächste Unglück mit schweren Folgen. Bei einem Einbruch in eine stillgelegte Klinik der Stadt ließen die Diebe in Unkenntnis ein medizinisches Gerät mitgehen, in dem sich eine gewisse Menge an radioaktivem Material befand. Dreiundneunzig Gramm zwar nur, doch die reichen bei Cäsium 137 aus, um eine mittlere Katastrophe auszulösen. Die Idioten hatten nämlich nichts Besseres zu tun, als diese dreiundneunzig Gramm unter Freunden und Familienangehörigen zu verteilen. Was sie sich dabei gedacht haben, weiß ich nicht, aber Hunderte Menschen wurden kontaminiert, von denen auch einige starben. Da Cäsium 137 eine Halbwertzeit von etwa dreißig Jahren hat, sind Teile von Goiânia noch heute radioaktiv belastet.«

»Und du meinst ...«

»Genau, das meine ich. Wir haben es hier wahrscheinlich nicht mit Altlasten des Reaktorunfalls in Tschernobyl zu tun, sondern mit radioaktivem Abfall jüngeren Datums. Viel gefährlicher als ein Unglück wie in Tschernobyl sind nämlich solche, die ausgelöst werden durch unsachgemäße Lagerung oder Entsorgung von Abfällen der heutigen Nuklearmedizin. Ich sage nur Goiânia.«

Wieder hob Manzetti seinen Zeigefinger. »Du meinst ...«

»Genau. Jetzt zähle eins – Blei und zwei – Cäsium 137 zusammen ...«

»Dann«, setzte Manzetti den Gedanken Bremers fort, »komme ich auf die von Marie Mahlow vermutete riesige Umweltsauerei.«

»Tja, mein Guter«, sagte Bremer und förderte wieder seinen Flachmann zutage, »radioaktiver Medizinabfall ist ein Sondergift, das aufwendig und kostenintensiv entsorgt werden muss.«

»Und wenn«, fiel Manzetti seinem Freund ins Wort, »man die immensen Kosten sparen oder in die eigene Tasche wirtschaften will, dann verbuddelt man dieses ganze Zeug einfach so unter der Erde und hofft, dass niemand das herausfindet.«

»Genau«, sagte Bremer und erhob das Fläschchen. »Es sei denn, irgendwelche Hühner picken es an die Oberfläche.«

27

Doktor Franke trug einen Anzug, der wahrscheinlich schon in den frühen fünfziger Jahren aus der Mode gekommen war, etwas grün, etwas ocker und ein paar Glitzereffekte; ein Sakko, das man eher bei einem drittklassigen Alleinunterhalter erwartet und das Manzetti als Halbitaliener gehörig auf den Magen schlug. Und auch sonst war dieser Doktor Franke nicht der Mensch, der einem sofort sympathisch war. Blassblaue Augen blickten aus tiefen Höhlen, ganze Haarbüschel wanden sich aus Nase und Ohren und das Weiß des Oberhemdes hatte seit dem letzten Waschgang einem schmuddeligen Grau Platz gemacht.

Widerstrebend verschränkte Manzetti die Hände hinter dem Rücken, um dem Amtstierarzt nicht die Hand geben zu müssen.

»Franke, mein Name, und ich nehme an, dass Sie hier der leitende Polizeibeamte sind«, sagte der Mann mit einem Rest Selbstsicherheit. »Warum lassen Sie mich vorführen wie einen Kriminellen?«

Weil du einer bist, dachte Manzetti und spürte, dass ein fester Griff ihn zur Seite schob.

»Krimineller?«, fauchte Bremer, nachdem er sich direkt vor dem Tierarzt aufgebaut hatte. »Krimineller ist noch sehr vorsichtig formuliert, Herr Doktor Franke. Ein Schwerverbrecher sind Sie, nichts weniger als ein widerlicher Schwerverbrecher.«

Der Amtstierarzt hatte aschfahle Haut und einen fast lippenlosen Mund, was seiner Unansehnlichkeit eine groteske Spitze aufsetzte. Offenbar hatte er Bremer erkannt, was bedeuten konnte, dass er die Lage für sich noch viel bedrohlicher einstufte, als er das im Zusammenhang mit Jürgen-Heinz Naumann und Manzetti getan hatte. Bremer war Mediziner, Rechtsmediziner sogar, den er nicht einfach so mit Phrasen abspeisen konnte, sollte das zu erwartende Gespräch auf die Hühner von Mahlow kommen.

Manzetti betrachtete den Mann eindringlich. Er versuchte, seinen Blick aus tiefen Augenhöhlen zu ergründen, ein Zeichen wahrzunehmen. Aber es gelang ihm nicht. »Sie haben gelogen. Warum?«, konfrontierte er den Tierarzt deshalb mit einem Vorwurf. Mal sehen, wie der reagierte.

Doch Franke schwieg, auch wenn es innerlich in ihm gehörig rumorte. Ich, gelogen, ging es ihm durch den Kopf. Das müsst ihr mir erst einmal beweisen. Das könnt ihr nicht. Franke war sich seiner Sache sehr sicher. Niemand konnte ihm etwas anhaben, und wenn doch, dann würde Hajo Conrad Hilfe für ihn organisieren, so wie er es immer getan hatte und auch immer tun würde. Hajo ließ niemanden im Stich, auch ihn nicht, den Tierarzt und Freund, der immer ergeben seinen Dienst geleistet hatte, treu, folgsam und ohne zu widersprechen, auch damals nicht, als ihn der Bürgermeister in diesen erlesenen Club derer geholt hatte, die mehr als nur die Geschicke von Drejan lenkten und leiteten. Eigentlich wollte er es nicht, denn seine Arbeit als Veterinär in der nahe gelegenen Schweinemastanlage reichte ihm vollkommen. Mehr wollte er gar nicht, mehr konnte er auch eigentlich gar nicht.

Wäre da nur nicht jener verdammte Abend gewesen. Der hatte eigentlich gut angefangen, die Chips in seiner Hand häuften sich an, wenn auch langsam, denn er hatte vorsichtig gesetzt beim Roulette. Dann jedoch hakte sich eine bildhübsche Frau bei ihm ein und geleitete ihn ohne Worte zu einem Tisch, an dem Black Jack gespielt wurde. Da nahm die Verdammnis ihren Lauf. Auf zwei oder drei Spielchen, die der Croupier ihn gewinnen ließ, folgten nur noch solche, die er knapp zwar, aber dennoch verlor. Der zuvor gemachte Gewinn schmolz schnell, selbst die Reserven, die er eigentlich an diesem Abend nicht angreifen wollte, hielten nicht länger als eine halbe Stunde. Und schließlich stand er da, nackt, fast wie ihn der liebe Gott geschaffen hatte, und die bildhübsche Frau war verschwunden, als hätte sie der Erdboden einfach verschluckt.

Wieder einmal war er Opfer seiner Sucht geworden, einer, die er längst besiegt geglaubt hatte; ein wiederkehrender Irrtum, der ihn immer aufs Neue an den Rand der Existenz führte. Auch an jenem Abend; wäre da nicht Hajo gewesen. Er sorgte dafür, dass ein Teil der Spielschuld getilgt wurde und Franke dadurch nicht aus seinem Haus ausziehen musste, in dem er groß geworden war. Gott sei Dank ließ Hajo Conrad niemanden im Stich, auch ihn nicht. Und so war es schließlich gekommen, dass er nicht nur Hajo in dessen erlesenen Kreis gefolgt war, sondern auch die Stelle des Amtstierarztes angenommen hatte, für die es merkwürdigerweise außer ihm überhaupt keine Bewerber gab.

Und das, ging es Doktor Franke in dem Moment durch den Kopf, als ihn der stechende Blick Manzettis traf, und das wollt ihr mir jetzt alles wegnehmen, ihr Hunde?

Frankes farblose Lippen zitterten wie bei einem Junkie auf Entzug, für Bremer ein gefundenes Fressen. Wie eine Furie sprang er dem Tierarzt verbal an die Kehle. »Von wegen Vogelgrippe, du Idiot!«, schrie Bremer lauthals, und Manzetti hatte wenig Zweifel, dass auch nur ein Dorfbewohner die Anklage des tobenden Rechtsmediziners nicht gehört hatte. »Du hast genau gewusst, dass die Hühner nicht an Vogelgrippe eingegangen sind, sondern an einer Bleivergiftung. Warum hast du das getan? Was wolltest du vertuschen?«

Franke verharrte bewegungslos und schaute zu dem großen Haus am anderen Ende des Dorfplatzes, der Villa des Bürgermeisters. Jetzt, dachte er, jetzt ist der Zeitpunkt gekommen, an dem du erscheinen solltest, Hajo Conrad. Sie ziehen sie zu, die Schlinge.

Aber dort tat sich nichts. Und so blieb dem Tierarzt nichts weiter übrig, als wieder auf Bremer zu schauen, der wie ein kleines Teufelchen wutentbrannt vor ihm herumsprang. Wenn dieser Rechtsmediziner bereits herausgefunden hatte, dass eine Bleivergiftung ursächlich für das Hühnersterben bei Bauer Mahlow gewesen war, dann war es eine Frage der Zeit, bis die Polizei ermitteln würde, woher das Blei stammte, das dafür verantwortlich war. Und dann war hier nichts mehr zu retten. Sie würden mit schwerem Gerät kommen, würden metertief in die alte Kiesgrube eindringen und schließlich auf all das stoßen, das da vergraben war. Und dann gute Nacht, Marie.

Wieder ging Frankes Blick zur Villa. Die große eichene Tür öffnete sich endlich und auf dem Treppenportal erschien der

Bürgermeister. Der Tierarzt spürte, wie die Augen von Hajo Conrad den Dorfplatz absuchten, an der Kirche Halt machten, da wo er mit den beiden Polizisten und diesem Irrwisch von einem Rechtsmediziner stand, und er spürte auch, dass der Bürgermeister die Situation sofort erfasste. Aber, flehte Franke im Stillen, du müsstest jetzt kommen. Jetzt, da dieser Bremer die Schlinge immer weiter zuzieht.

»Wie ist das mit deiner Medizinerehre, du Windhund, du verkommener?«, bellte Bremer heraus. »Ich habe in dem Huhn vierzehn Mal mehr Blei gefunden, als erlaubt ist. Nur Blei! Keine Spur von Viren, die auf Vogelgrippe hindeuten. Und das hast du gewusst.«

Jetzt sah Manzetti den Zeitpunkt für gekommen, einzuschreiten. Er ergriff Bremer an der Schulter, bugsierte ihn näher zur Kirche und drückte ihn auf die große Eichenbank, auf der sie gesessen hatten, bevor Jürgen-Heinz Naumann mit dem Tierarzt aufgetaucht war. Mit dem ausgestreckten Zeigefinger gebot er Bremer, Ruhe zu bewahren und sich nicht vom Fleck zu bewegen. Dann baute er seine Einsfünfundachtzig vor dem Amtstierarzt auf.

»Stimmt das?«, fragte er mit drohendem Unterton. »Haben Sie vorsätzlich eine falsche Diagnose gestellt?«

Der Tierarzt aber hatte seinen Blick noch immer zur Bürgermeistervilla gerichtet, wo ihm Hajo Conrad ein kaum sichtbares Zeichen gab. »Wie ist das eigentlich«, fragte er, nachdem er das Gesicht zu Jürgen-Heinz Naumann gewandt, die Augen jedoch zu Manzetti gedreht hatte. »Muss dein Chef mich nicht erst belehren, wenn er mich verhört? Und steht mir nicht ein Anwalt zu? ... Jürgen-Heinz, sag schon, weiß dein Chef das etwa nicht?«

Manzetti blieb gelassen. Er lächelte sogar.

»Doch, das weiß er. Sie sind vorläufig festgenommen, Herr Doktor Franke. Jürgen-Heinz, gleich treffen hier einige Streifenwagen ein. An einen davon übergeben Sie Herrn Franke. Die Kollegen sollen ihn in die Direktion bringen und in eine Zelle sperren. Zuvor darf er aber mit seinem Anwalt telefonieren.«

Dann trat Manzetti ganz dicht an den Tierarzt heran. »Recht so, Herr Doktor?«, fragte er mit einem noch breiteren Grinsen.

28

Als Manzetti sich umdrehte, um zu Bremer auf der großen eichenen Bank zu gehen, sah er, dass dessen Gesicht zur Hälfte verdeckt war. Der Rechtsmediziner hatte den silbrigen Flachmann aus dem Rucksack genommen und an die Lippen gesetzt. »Muss jetzt sein«, sagte Bremer und hielt Manzetti die kleine Flasche hin. »Sonst bleibt bei all dem Ärger mein Herz stehen. Willst du auch?«

Manzetti schüttelte den Kopf und schaute Jürgen-Heinz Naumann nach, der den Tierarzt Franke in Handschellen abführte. Hin zu den Streifenwagen, die gerade aus dem Wald kommend auf den Dorfplatz zusteuerten.

»Was für ein Ort«, sinnierte Bremer und steckte den Flachmann wieder weg. »Wie ein morastiger Sumpf, in dem alle bis zum Hals drinstecken. Hast du eigentlich mitbekommen, wie Conrad unserem Tierarzt ein Zeichen gegeben hat?«

»Nein, hat er das?«

»Als du mich auf die Bank gedrückt hast und das blöde Schwein schon recht eingeschüchtert war, hat er immer wieder zu dieser Villa geschaut wie ein streng Gläubiger, der in den Himmel starrt, um Gott anzuflehen. Und als Conrad sich hat blicken lassen, hat er Franke ein Zeichen gegeben.«

»Und welches?«

»Ich glaube, er hat ihn aufgefordert, sich zu entspannen, es komme schon alles wieder in Ordnung.«

Manzetti setzte sich neben Bremer. »Deshalb war er plötzlich so selbstsicher. Die Gewissheit, dass Conrad hinter ihm steht, hat ihm Oberwasser gegeben.«

»Wie lange wirst du ihn in der Zelle festhalten können?«, wollte Bremer wissen.

Manzetti hob und senkte die Schultern. Er wusste es nicht. »Maximal bis morgen, denke ich. Was kann ich ihm denn vorwerfen? Dass er eine falsche Diagnose gestellt hat, dass die Hühner vom Mahlowhof gar nicht an Vogelgrippe erkrankt waren? Das ist zu wenig. Selbst wenn ich berücksichtige, dass für Mahlow durch die Tötung seiner Viecher ein immenser Schaden eingetreten ist, wird kein Richter Franke einlochen. Die Hühner waren in einem so schlechten Zustand, dass sie in den nächsten Tagen sowieso verendet wären. Und dass seine Falschaussage etwas mit dem Tod von Beate Conrad oder dem von der Mahlowbäuerin zu tun hat, ist doch wohl nicht anzunehmen. Und einen Bogen zu spannen zu Hajo Conrad, das scheint vermessen und wir werden das wohl auch nicht hinbekommen«, schloss Manzetti seine Betrachtung der Dinge und eine gewisse Enttäuschung war seiner Stimme anzumerken.

Doch Bremer hatte eine Idee. »Noch können wir das nicht. Aber vielleicht in den nächsten Tagen.«

»Und wie sollte das funktionieren?«

Bremer erhob sich und postierte sich so, dass er sowohl die Villa des Bürgermeisters als auch fast alle anderen Häuser am Dorfplatz im Blick hatte. »Das da«, er zeigte auf die Villa, »das da ist die Zentrale, das Zentrum, der Sitz der Spinne. Und die hier«, Bremer deutete mit einer kreisförmigen Armbewegung auf die anderen Häuser, »die hängen in dem Spinnennetz fest und können der Tarantel nicht entkommen. Sollte es doch einer versuchen, schlägt die Tarantel zu und tötet ihr Opfer.«

Manzetti sah Bremer skeptisch an. »Du meinst, er hat seine eigene Frau getötet?«

»Oder töten lassen«, antwortete Bremer. »Das herauszufinden ist dein Job.« Er stieg auf die Bank und zeigte mit dem ausgestreckten Arm auf eine Anhöhe hinter dem Mahlowhof. »Was meinst du, Andrea? Bekommst du vom Staatsanwalt das Okay für eine groß angelegte Durchsuchungsaktion?«

Manzetti folgte mit den Augen dem ausgestreckten Arm Bremers. »Und was willst du durchsuchen lassen?«

»Den Hügel da hinten.«

»Und warum gerade den?«

»Weil wir da die Brücke zwischen Franke, all den anderen im Netz hängenden Kreaturen und der Tarantel finden könnten.«

Manzetti griff Bremer am Arm und zog ihn wieder zu sich hinunter auf die Bank. »Nimm es mir nicht übel, aber im Moment kann ich dir leider nicht folgen.«

»Dann hör mir einen Augenblick zu«, sagte Bremer. »Der Hügel da, ich hab mich mal ein bisschen umgehört, der war früher eine Kiesgrube. Jetzt ist sie zugeschüttet und es ist sogar eine kleine Anhöhe entstanden.«

»Ja und?«, hakte Manzetti nach.

»Wo würdest du Müll entsorgen, den du zu Hause nicht in die Tonne werfen darfst, den du aber auch nicht für viel Geld als Sondermüll entsorgen willst?«

»Bremer«, protestierte Manzetti, »ich würde nie ...«

»Nur mal hypothetisch«, beruhigte der Rechtsmediziner. »Du würdest ihn in irgendeiner entlegenen Ecke deines riesigen Grundstückes verbuddeln.«

Manzetti zog die Stirn kraus. »Nein, das würde ich gewiss nicht.«

»Aber viele unserer Zeitgenossen tun das. Und was würdest du machen, wenn du nicht nur ein bisschen, sondern enorme Mengen Müll hast, die gesondert entsorgt werden müssen, was du aus Kostengründen nicht tun willst?«

Manzettis Blick wanderte am Mahlowhof vorbei. »Die Kiesgrube.«

»Genau, mein Lieber«, lobte Bremer. »Du würdest das in die Kiesgrube kippen und Sand drauf verteilen.«

»Du meinst, das ist die Riesensauerei, die Marie Mahlow entdeckt hat?«

»Na ja, entdeckt ... Eher hat sie wohl beschlossen, das Schweigen zu brechen. Alle hier im Dorf wissen von dieser Umweltschweinerei, sagen aber nichts, weil sie fest im Netz der Tarantel gefangen sind.«

Manzetti verschränkte die Arme vor der Brust. »Das hört sich ja nach mafiösen Strukturen an.«

Bremer nickte zufrieden. »Warum nicht? Drejan liegt zwar am Arsch der Welt, aber auch mitten in Europa. Und die Mafia ist überall.«

»Alles Vermutungen«, stellte Manzetti fest. »Oder hast du noch etwas entdeckt?«

»Habe ich«, bestätigte Bremer. »Cäsium 137 wird schon bei geringen Temperaturen flüssig wie Quecksilber. Und wenn es dann ins Freie gelangt, vielleicht, weil Hühner es beim Scharren nach oben befördern, gefährden schon geringe Mengen die Gesundheit von Leuten erheblich, die mit dem Zeug irgendwie in Kontakt kommen. Du erinnerst dich an meinen Hinweis auf die brasilianische Kleinstadt? Das Immunsystem wird nämlich geschwächt, es entsteht möglicherweise Schilddrüsenkrebs und Leukämie.«

»Bremer«, unterbrach Manzetti, »komm zum Punkt. Was hast du gefunden?«

»Beate Conrad«, sagte Bremer, »sie hatte vor kurzer Zeit eine Schilddrüsen-OP, weshalb ich ihren toten Körper noch einmal genauer untersucht habe. Und was soll ich sagen, ihr Körper weist Spuren von Cäsium 137 auf.«

»Du meinst also«, fuhr Manzetti dazwischen, »dass sie mit diesem Zeug in Kontakt gekommen ist und dass sie Schilddrüsenkrebs hatte?«

»Ich meine das nicht nur; sie hatte Schilddrüsenkrebs. Und ich trinke nie wieder einen Schluck Alkohol«, sagte Bremer und sah zum Mahlowschen Misthaufen, »wenn sich bei mir im Labor nicht bestätigt, dass die Leiche der alten Bäuerin voll mit Cäsium 137 ist.«

»Du könntest Recht haben«, sagte Manzetti. »Wie ich erfahren habe, litt sie seit Langem an Leukämie.«

Bremer klatschte in die Hände. »Sag ich doch. Und die Ursache für all das finden wir in der alten Kiesgrube.«

In diesem Augenblick fuhr noch ein Fahrzeug auf den Dorfplatz, ein schwarzer Mercedes. Manzetti ahnte, wer der Limousine gleich entsteigen würde.

»Manzetti«, brüllte Ole Claasen, der Direktionsleiter, der gemeinsam mit dem Leitenden Oberstaatsanwalt aus der Limousine gestiegen war, »was geht hier vor und warum weigern Sie sich, mich endlich zu unterrichten?«

Als die beiden Männer, denen ein gehöriges Maß Wut von den Augen abzulesen war, bei der Kirche ankamen, hob Manzetti beide Arme, als würde er sich bedingungslos ergeben.

»Ich war gerade im Begriff, Sie anzurufen«, sagte er und wandte sich dann an den Staatsanwalt. »Und Sie auch. Wir brauchen einen Durchsuchungsbeschluss für die ehemalige Kiesgrube hier im Ort. Es besteht der dringende Verdacht, dass dort illegal radioaktiver Müll entsorgt wurde und dass dieser Umstand möglicherweise etwas mit dem Mord an Beate Conrad zu tun hat.«

Der Leitende Oberstaatsanwalt sah Manzetti eindringlich an. »Haben Sie dafür Beweise? Eine Vermutung wird nicht ausreichen.«

Manzetti presste die Lippen zusammen. »Die haben wir noch nicht, aber könnten sie in fünf Minuten beschaffen«, warf Bremer ein und öffnete erneut seinen Rucksack.

»Bremer«, mahnte Manzetti, denn er befürchtete, dass der Rechtsmediziner wieder seinen Flachmann zutage fördern und sich vor Claasen und dem Staatsanwalt einen kräftigen Schluck gönnen würde. Doch ganz so verrückt war Bremer nicht, er holte ein schwarzes Gerät mit einem etwa fünf mal fünf Zentimeter großen Display hervor.

»Das, meine Herren, ist ein Geigerzähler. Wenn Sie mich bitte zu dem kleinen Hügel begleiten würden, dann liefere ich Ihnen die Beweise, die Sie für Ihre weiteren Entscheidungen benötigen.«

29

Montag, 16. August

Wie an jedem Montag lag ein Berg Akten auf Manzettis Schreibtisch in der Polizeidirektion Brandenburg. Er hasste diesen administrativen Teil seiner Arbeit, konnte sich dem als Leiter der Mordkommission aber nicht entziehen. Und insbesondere heute nervte ihn das Quantum an Büroarbeit besonders, lieber wäre er nämlich gleich von zu Hause wieder nach Drejan gefahren, um der Durchsuchung der Kiesgrube mit schwerem Gerät beizuwohnen, sie gar zu leiten. Doch daraus würde wohl nichts werden, und so hatte er sich noch am Sonntagabend genötigt gesehen, Sonja diesen Part zu überlassen, denn Direktor Claasen hatte kein Wenn und Aber akzeptiert. Um Punkt neun Uhr wollte der Direktionsleiter einen kompletten Bericht über jede Minute, die seit Samstagvormittag vergangen war. Das einzig Positive an der Sache war, dass Manzetti ihn mündlich vortragen konnte, denn Ole Claasen las nicht gern.

Manzetti schaute auf die Uhr. Es war kurz nach halb acht. Er hatte also noch über eine Stunde Zeit, bis er bei Claasen antanzen musste. Schnell rechnete er nach. Bis Drejan bei zügiger Fahrt zwanzig Minuten, zurück natürlich auch, blieben ihm weitere zwanzig Minuten für die Kiesgrube. Das klang verlockend und flugs lagen die Autoschlüssel auch schon in seiner Hand.

Aber kaum hatte er die Tür zu seinem Büro aufgerissen, war ihm der Weg in den Flur auch schon wieder versperrt. Vor ihm stand eine junge Kollegin des Kriminaldauerdienstes in vollem Ornat. Eine hübsche junge Frau, etwa im Alter seiner großen Tochter Lara. Die Kollegin hatte Manzetti erst einmal zu Gesicht bekommen, nämlich an dem Tag, als sie mit anderen Absolventen der Polizeischule hier in der Direktion begrüßt worden war.

»Ja bitte«, sagte er, als er sich von dem Schreck erholt hatte, den diese unerwartete Begegnung ausgelöst hatte.

»Kann ich Sie einen Moment sprechen, Herr Manzetti?«, fragte die junge Kollegin.

Manzetti sah wieder auf die Uhr. Es waren erst zwei Minuten vergangen, seit er sich entschieden hatte, doch noch nach Drejan zu fahren. »Wenn es wichtig ist ja. Ansonsten bin ich ab Mittag wieder zu erreichen«, sagte er in der Hoffnung, dass sie mit den Achseln zucken und ankündigen würde, dann wiederzukommen.

Aber diesen Gefallen tat ihm die junge Kollegin nicht. »Meine Nachtschicht endet jetzt. Ich bin also zur Mittagszeit im Bett und schlafe wie eine Bärin. Deshalb wollte ich die Information jetzt noch schnell loswerden. Ob die für Sie wichtig ist, kann ich nicht beurteilen.«

Manzetti hatte ein Einsehen, holte tief Luft und trat zur Seite, um der Kollegin das Eintreten in sein Büro zu erleichtern. »Was haben Sie denn?«

Sie griff in die Beintasche ihrer Hose und förderte ein zusammengefaltetes Blatt Papier zutage. »Darum hatte mich Frau Brinkmann gestern Abend noch gebeten.«

Trotz einer ungelenken Verrenkung seinerseits, konnte Manzetti nicht erkennen, was auf dem Papier geschrieben stand. »Und was soll das sein?«, wollte er deshalb wissen.

»GPS-Daten«, sagte die Kollegin.

»Von wem?«

»Von einem gewissen Hans-Jochen Conrad.«

Jetzt erinnerte sich Manzetti wieder. Er hatte Sonja gebeten, herauszufinden, ob Hajo Conrad wirklich in Rostock gewesen war, und wenn ja, wie lange. Nach dem, was er jetzt dank Bremer alles wusste, und nach dem, was er wegen dieses Wissens vermutete, war das, was auf dem Papierchen stand, wirklich enorm wichtig. »Geben Sie her«, sagte er und riss der jungen Kollegin den Zettel auch schon aus der Hand.

»Aber das ist ja gar nicht sein Mobiltelefon«, stellte er enttäuscht fest, als er die Zeilen überflogen hatte, die den Besitzer des überprüften Telefons identifizierten.

»Nein«, bestätigte die junge Kollegin. »Und es handelt sich genau genommen auch gar nicht um ein Mobiltelefon, sondern lediglich um eine SIM-Karte.«

Manzetti, handytechnisch nicht auf dem neusten Stand, kam ins Grübeln. »Das ist doch aber ungefähr das gleiche, oder? Handy ... SIM-Karte«, fragte er.

»Nicht ganz«, entgegnete die junge Kollegin. »Denn die

SIM-Karte, deren Daten Sie auf meinem Ausdruck finden, gehört nicht Herrn Conrad, sondern BMW.«

»Dem Autohersteller?«

»Ja.«

Wieder blickte Manzetti auf die Uhr, und irgendwie hatte er das Gefühl, dass er die Idee, schnell noch zur Kiesgrube nach Drejan zu fahren, wohl wirklich vergessen konnte. Er deutete auf den Stuhl, der vor seinem Schreibtisch stand. »Bitte, setzen Sie sich doch.«

Als sie saß, begann die junge Kollegin ohne weiteres Zögern darzulegen, womit sie im Auftrag von Sonja in der letzten Nacht beschäftigt gewesen war. »Zuerst habe ich nach den GPS-Daten von der SIM-Karte gesucht, deren Telefonnummer mir Frau Brinkmann gegeben hatte.«

»Und?«

»Fehlanzeige. Das Handy, besser die SIM-Karte, hat sich seit Donnerstag ausschließlich in Drejan eingeloggt, nirgendwo sonst. Es lag also wahrscheinlich bei Herrn Conrad zu Hause auf dem Wohnzimmertisch.«

Manzetti strich sich mit Daumen und Zeigefinger über den Nasenrücken. »Dann hat er mehrere Geräte, nehme ich an.«

»Das kann sein, hat mir bei der Auftragserledigung für Frau Brinkmann allerdings nicht geholfen. Ich kenne ja die anderen Nummern nicht, bräuchte die aber, wenn ich von den Telefongesellschaften Auskunft haben will.«

Manzetti verlegte das Streichen von Daumen und Zeigefinger jetzt auf die Kinnspitze. »Und wie sind Sie auf BMW gekommen?«

»Ganz einfach«, sagte die junge Kollegin. »Frau Brinkmann hatte mir nebenbei auch gesagt, dass jener Hans-Jochen

Conrad ein mächtiger Mann sei, steinreich und dass er eine Frau hatte, die vom Alter her mindestens seine Tochter gewesen sein konnte. Ich habe im Internet mal nach ihm geforscht und festgestellt, dass er wie andere mächtige Männer ein sehr teures und sehr modernes Auto fährt. Nämlich einen BMW. Und da ich mich mit Autos ein wenig auskenne, habe ich eins und eins zusammengezählt.«

»Und worauf sind Sie dabei gekommen?«

»In der Fahrzeugbeschreibung auf der BMW-Seite im Internet habe ich gefunden, dass dieses Auto serienmäßig mit einem WLAN-Zugang ausgestattet ist. Der läuft über eine im Fahrzeug eingebaute SIM-Karte und die gehört vier Jahre lang BMW, der Autohersteller bezahlt auch die Gebühren dafür. Nach vier Jahren können Sie als Autobesitzer den Vertrag mit dem Netzbetreiber entweder kündigen oder weiterführen, dann aber auf Ihre Kosten.«

»Nicht schlecht«, lobte Manzetti, der so viel Autoverständnis nicht hatte und in derlei Angelegenheiten auf seine Töchter angewiesen war. »Und wie ging es weiter?«

»Ich habe mich an BMW gewandt, und die haben mir, als ich erwähnt habe, dass wir die Daten in einem aktuellen Mordfall benötigen, und mit dem Hinweis, dass der Staatsanwalt gerade deshalb mit einem Richter telefoniert, sofort geholfen.«

»Und?«

»Auf dem Papier können Sie nachlesen, dass Herr Conrad mit seinem Auto keine Minute in der Ostseestadt war, nicht einmal in der Nähe.«

Manzetti rieb sich gedanklich schon die Hände. Dann war Hajo Conrad wirklich nicht in Rostock gewesen, sondern die ganze Zeit in Drejan geblieben, weshalb er neben der Geschichte mit dem Cäsium 137 auch als Mörder seiner Ehefrau infrage kam. Schließlich, so hatte es Bremer formuliert, war Beate Conrad an Schilddrüsenkrebs erkrankt, und womöglich hatte Marie Mahlow den Zusammenhang von all dem Zeug, das die Polizei jetzt gerade aus der Kiesgrube in Drejan förderte, und eben jener Krebserkrankung ihrer Geliebten herausgefunden und es ihr natürlich gesteckt.

»Er ist«, setzte die junge Kollegin fort, »in den Morgenstunden am Donnerstag in Drejan abgefahren, aber genau in die entgegengesetzte Richtung.«

»In die entgegengesetzte Richtung? Er war also nicht in Drejan und auch nicht an der Ostsee?«, hakte Manzetti nach, dem gerade ein möglicher Täter abhandenkam.

»Nein, war er nicht. Mit nur einem kurzen Stopp, wahrscheinlich um zu tanken, ist er bis nach Bozen gefahren.«

»Bozen?«, fragte Manzetti ungläubig.

»Ja, Bozen. Das ist eine Stadt in Italien, genauer in Südtirol, aber das wissen Sie bestimmt.«

Manzetti nickte stumm. Conrad nicht in Rostock, sondern in Italien ... Sofort hatte er neue Fragen. Was hatte Bremer vermutet? Illegale Müllentsorgung, Mafia. Hatte Beate Conrad ihm wirklich vorgehalten, sie mit seinem illegalen Mist vergiftet zu haben; hatte sie ihm ins Gesicht gesagt, dass er für ihren Krebs und vielleicht auch für den der Mahlowbäuerin verantwortlich sei? Hatte sie deshalb sterben müssen? Und was war mit Marie Mahlow? War sie verschwunden, weil sie Licht in die Sache gebracht hatte? Hatte man Conrad nach Italien beordert, um ihm ein Alibi zu verschaffen für den Tag, an dem die Familie, also die Mafia, in Drejan die Drecksarbeit erledigen würde? Aber warum hatte er dann gesagt, er sei in Rostock gewesen, und warum hatte er sein Handy nicht mitgenommen, das über die GPS-Daten sein Alibi hieb- und stichfest gemacht hätte? Conrad musste doch wissen, dass die Polizei das überprüfen würde.

Nein, das passte alles nicht zusammen, jedenfalls jetzt noch nicht. Die Fahrt nach Bozen musste einen anderen Grund gehabt haben. Und der sollte nicht herauskommen, weshalb das Handy in Drejan geblieben war. Auch ein anderes würde Conrad wohl nicht mitgenommen haben, aus Sicherheitsgründen. Davon war Manzetti überzeugt. Und dass hier in Brandenburg eine junge Polizeibeamtin so vorzüglich mitdachte, damit hatte er wohl nicht gerechnet, aber sie hatte Conrads Fehler mit der SIM-Karte im BMW sofort entdeckt.

Ein kluges Mädchen, dachte Manzetti, und betrachtete die junge Kollegin etwas eingehender. Die Müdigkeit stand ihr deutlich in den Augen, was ihm vorher gar nicht so aufgefallen war und weswegen er sie nicht länger von ihrem Schlaf abhalten wollte. Doch eine Sache lag ihm noch am Herzen.

»Wie heißen Sie eigentlich?«, fragte er.

»Linda. Ich heiße Linda Steinicke.«

»Gefällt es Ihnen beim Dauerdienst, Linda?«

»Na ja ... was soll ich sagen?«

»Linda, möchten Sie mal ein Praktikum bei der Mordkommission machen?«

Die Müdigkeit verschwand augenblicklich aus ihrem Gesicht, sie galoppierte förmlich davon wie ein reinrassiger Araberhengst. »Oh ja«, antwortete sie, und Manzetti hätte es nicht gewundert, wenn sie als Nächstes fragen würde, wo denn das Klavier stand.

»Gut, dann gehen Sie jetzt nach Hause und schlafen ein paar Stunden. Um dreizehn Uhr will ich Sie hier wiedersehen. Um die Formalitäten Ihres Praktikums kümmere ich mich.«

30

Die Unterredung bei Direktor Claasen hatte nicht lange gedauert. Im Vorzimmer des Direktionsleiters hatte Manzetti erfahren, dass es für Claasen noch einen Anschlusstermin im Ministerium gab. Und den wollte der Direktor auf keinen Fall verpassen; zu schön fand er nämlich jene Momente, in denen er sich im Zentrum der Macht wähnen durfte. Und so hatte sich Manzetti in seinem Vortrag auf die Rolle von Hajo Conrad konzentriert, wohl wissend, dass Claasen ihn aus nur einem einzigen Grund herbeizitiert hatte. Es ging ihm nur darum, den Leiter der Mordkommission darauf hinzuweisen, dass die Unschuldsvermutung für alle Menschen galt. Ganz besonders aber für solche, die denselben Clubs und Vereinen und sogar derselben Partei angehörten wie der Direktor.

Nun aber war er wieder in Drejan, stand an der Kiesgrube, an der sich wie beim Auffinden der Leiche von Beate Conrad das ganze Dorf versammelt hatte. Nur der Bürgermeister fehlte, und da auch Sonja nicht zu sehen war, ging Manzetti davon aus, dass beide sich in einem sehr ernsten Gespräch befanden.

Ob es Zufall oder Schicksal war, wusste er nicht, aber wie von Zauberhand geführt stand Manzetti erneut hinter Lore und ihrem Mann, nickte der kleinen Frau zu, als die sich nach ihm umdrehte, und setzte sogar ein vertrauliches Lächeln auf.

»Ach, der Herr Hauptkommissar, auch wieder mal hier. Sie bringen Drejan ja richtig in Wallung. So viel war hier bei uns die letzten hundert Jahre nicht los.«

Dem Gesichtsausdruck des Ehemannes war unzweideutig zu entnehmen, dass er keinen Gefallen an der abermaligen Geschwätzigkeit seiner Frau hatte. »Lore«, keifte er, »kannst du nicht den Sabbel halten? Du bringst uns noch in den Deiwel seine Küche.« Dann drehte er mit festem Griff den Kopf der Gattin wieder so hin, dass sie nicht zu Manzetti, sondern zur Kiesgrube schauen musste.

Und da war mächtig was los. Kies und dunkle Erde bildeten große Haufen, eine riesige Maschine hatte ihren Rüssel in den Boden getrieben, und der Aufschrift auf dem Ausleger entnahm Manzetti, dass sie zwanzig Meter tief bohren konnte. Er zwängte sich durch den Kreis der Dorfbewohner und landete nach wenigen Metern neben Klaus Rudiger, dem Leiter der Kriminaltechnik, der sich mit beiden Händen die Ohren zuhielt. »Klaus, was habt ihr bis jetzt?«, schrie Manzetti gegen den Lärm der Bohrmaschine an.

»Lass uns dahin gehen. Hier versteht man ja sein eigenes Wort nicht.« Rudiger deutete mit einer Hand zu einem Apfelbaum. Dort erklärte der Kriminaltechniker dann, was an der Kiesgrube an diesem Morgen bislang passiert war. Dazu hatte er ein Notebook aus seinem Rucksack genommen, das er jetzt aufklappte. »Hier siehst du die Luftbilder unseres Hubschraubers, die wir gleich zu Anfang gemacht haben. Die Wärmebildkamera hat starke Temperaturunterschiede rings um die Grube festgehalten.« Rudiger deutete mit dem Zeigefinger auf verschiedene Stellen des Bildschirms. »Insbesondere hier, hier und hier.«

Manzetti sah sich in der näheren Umgebung um, aber an den Stellen, auf die Klaus Rudiger auf dem Bildschirm gezeigt hatte, waren jetzt nur noch große Löcher zu sehen. »Da habt ihr also schon gebohrt«, stellte Manzetti fest.

»Ja. Und wir sind auch fündig geworden. Der Bohrer hat sich durch mehrere Meter Marmorgranulat kämpfen müssen, bis er auf eine übel riechende Schlammschicht gestoßen ist.«

»Marmorgranulat?«, fragte Manzetti, der dieses Gestein eigentlich in seiner toskanischen Heimat verortet sah.

»Nimmt man, um radioaktive Abfälle abzudecken«, erklärte Rudiger. »Und unter dem Felsen da, den mit Sicherheit nicht die letzte Eiszeit hierhergebracht hat, haben wir dann wirklich Behälter mit Cäsium 137 gefunden. Die Radioaktivität war siebenmal höher als normal. Das war's, mehr haben wir erst einmal nicht.«

Manzetti schlug dem Kriminaltechniker anerkennend auf die Schulter. »Ich danke dir, Klaus. Wenn ihr noch etwas findet, ruf mich einfach an.« Er ging zu seiner Stammbank an der Kirche, um ungestört einige Notizen in sein kleines Büchlein zu schreiben. Doch dort wartete bereits Lore auf ihn.

»Ich wusste doch, dass ich Sie hier finde, Herr Hauptkommissar«, begrüßte ihn die kleine Frau, die offensichtlich erfolgreich ihren Mann abgeschüttelt hatte.

»Sie haben auf mich gewartet?«, fragte Manzetti.

»Na ja, vielleicht wollen Sie ja noch was wissen.«

Manzetti setzte sich.

»Ja, will ich«, sagte er. »Neulich im Hofladen ... da habe ich einen Streit mitbekommen zwischen einem Mann und einer Frau. Und als ich ein Stückchen entfernt war, kam Frau Berg, die Pfarrerin, aus dem Laden. Können Sie sich vielleicht vorstellen, mit wem sie gestritten hat?«

Lore brauchte nicht lange zu überlegen. Sie beugte sich zur Seite und betrachtete den aus ihrer Sicht riesigen Hauptkommissar mit fast zugekniffenen Augen. »Die Julia?«

Manzetti nickte.

»Und ob ich das weiß, mit wem die gestritten hat. Mit dem Hannes natürlich.«

»Hannes?«, hakte Manzetti nach. »Sie meinen Hannes Roman, den Mann, der den Hofladen führt.«

Jetzt nickte Lore.

»Und worum könnte es da gegangen sein?«

Lore winkte ab, als ob die Antwort entbehrlich sei. »Och, das ist mal die Sache und dann eine andere. Die streiten schon seit ihrer Kindheit.«

»Seit ihrer Kindheit?«

»Ja doch«, sagte Lore. »Die sind doch Bruder und Schwester, und deshalb sind die manchmal auch wie Hund und Katze.«

Keine Frage, Lore wusste Bescheid, was in einem so kleinen Dorf eigentlich kein Wunder war. Hier konnte man sich nur sehr schwer verstecken, hier drang fast alles ans Tageslicht.

Manzetti überlegte. Er schlug sein Notizbuch auf. Wenn Conrad nicht als Täter infrage kam, vielleicht dann einer seiner Vertrauten. »Sagen Sie, Lore ... Ich darf doch Lore sagen?«

Sie errötete ein wenig ob der sich anbahnenden Vertrautheit mit dem Hauptkommissar. »Natürlich dürfen Sie das.«

»Fein«, sagte Manzetti. »Schauen Sie mal hier in mein Büchlein. Da stehen die Namen von Leuten, die während des

Gottesdienstes für die tote Beate Conrad ganz dicht neben ihrem Mann, dem Bürgermeister, gesessen haben. Wissen Sie vielleicht etwas über die Herren, das auch mich interessieren könnte?«

Lore nahm das Notizbüchlein in die rechte Hand, mit der linken hielt sie eine Brille mit nur noch einem Bügel vor die Augen. »Na, klar kenne ich die allesamt. Alles Hajos Kumpane und alle hat er in der Hand.«

»Womit?«

»Der hier, das ist der Tierarzt. Den hat der Hajo schon oft rausgehauen. Auch dafür hat er Ärger mit der Bea bekommen, das ganze Geld, das er dem Tierarzt gegeben hat.«

»Geld, das Hajo Conrad dem Tierarzt geliehen hat?«, hakte Manzetti nach.

»Na ja, geliehen ist wohl das falsche Wort. Der Hajo hat die Schulden von dem Tierarzt bezahlt. Der Doktor ist doch spielsüchtig, und da hat er wohl immer mehr verloren, als dass er mal was gewonnen hat. Und der hier, das ist Bruno Schmidt, den hat der Hajo auch schon oft rausgehauen, wenn der bei Ihnen war.«

»Bei uns? Wie meinen Sie das?«

»Na, bei der Polizei. Der Bruno hat doch immer mit dem ganzen Zeug gehandelt, was eigentlich ja verboten ist.«

»Mit welchem Zeug?«

»Der ganze Keller war doch voll mit der Plantage.«

»Drogen?«, fragte Manzetti.

»Na klar. Und dafür hat er auch gesessen. Aber nur kurz, dann hat der Hajo ihn rausgehauen.«

»Und der hier?«, fragte Manzetti und zeigte auf einen weiteren Namen.

»Au, au«, stöhnte Lore, »das ist ein ganz schlimmer Finger. Der hat im Internet immer so 'n Schweinkram, wenn Sie wissen, was ich meine.«

»Pornos«, sagte Manzetti.

Lore nickte. Es war ihr anzusehen, dass sie lieber das Thema gewechselt hätte.

»Aber dafür musste ihn Hajo Conrad doch nirgends raushauen, oder?«

Lore schüttelte den Kopf. »Doch, doch. Da waren auch Bilder dabei ... Bilder halt ... mit kleinen Mädchen.«

»Kinderpornographie ... ist ja widerlich.«

»Ja, ist es«, bestätigte Lore. »Aber auch den hat der Hajo aus dem Gefängnis geholt, und seitdem macht der Meier alles, was der Hajo ihm aufträgt.«

Manzetti fiel wieder dieser Satz ein: In Drejan möchtest du nicht tot überm Zaun hängen. Das war ja der reinste Sündenpfuhl. »Der Meier«, fragte er dann, »trauen Sie dem zu, dass er jemanden tötet?«

»Sie meinen, ob er die Bea ermordet hat und die Mahlowbäuerin?«

Nein, das meinte Manzetti nicht, nickte aber trotzdem. Denn die Mahlowbäuerin war an ihrer Krebserkrankung gestorben, das war Stand der Ermittlungen, und den Fuß hatte ihr Mann, wenn auch mehr recht als schlecht, ihr abgeschnitten, um wie er es ausgesagt hatte, eine Lunte zu den Conrad zu lejen, damit die Polizei herausfindet, dat der Bürjermeister schuld is an den Krebs un an den Tod.

Lore schüttelte den Kopf. »Ich weiß es nicht, Herr Hauptkommissar. Und ich will auch keinem was Unrechtes antun. Wenn ich jetzt sage, dass der Meier ... ich meine, dass ich ihm das zutraue mit der Bea ... dann kommt der doch ins Gefängnis und da wahrscheinlich nie wieder raus, oder? Nein, das kann ich nicht machen. Man hängt doch keinem was an. Ich muss jetzt auch los, Herr Hauptkommissar. Sonst bekomme ich noch Ärger, wenn mein Mann mich hier findet. Verstehen Sie?« Sie erhob sich und verschwand nach wenigen Schritten hinter der Kirche.

Manzetti griff zu seinem Handy und rief in der Polizeidirektion an. »Gib mal bitte den Vornamen Lore in deinen Computer ein, wohnhaft in Drejan, etwa siebzig Jahre alt. Haben wir etwas über sie?«

»Warte mal einen Augenblick«, sagte der Beamte, und Manzetti hörte, wie dessen Finger auf die Tastatur eines Computers einschlugen. »Das könnte sie sein. Lore Bärmann, zweiundsiebzig Jahre alt, polizeilich bekannt wegen Verleumdung und übler Nachrede. Ist aber alles schon ein Weilchen her.«

»Danke«, sagte Manzetti und steckte das Handy wieder weg, während ein breites Lächeln in sein Gesicht zog. Das also bedeutet – man hängt doch keinem was an.

Drejan und die Sache mit dem Zaun ...

31

Als Manzetti sich von der Bank vor der Kirche erhob, erblickte er seine Kollegin Sonja. Er winkte ihr, was nichts anderes bedeutete, als dass sie zu ihm kommen sollte.

»Sonja, hat er etwas gesagt?«

»Du meinst den Bürgermeister?«

»Genau den.«

»Nein. Aussageverweigerungsrecht. Wir sollen wiederkommen, wenn sein Anwalt da ist.«

»Was sollen wir?«, fragte Manzetti mit einer gehörigen Portion Empörung in der Stimme.

»Wiederkommen, wenn sein Anwalt da ist.«

Manzetti sah Sonja durch gefährlich zusammengekniffene Lider an. »Das ist doch jetzt nicht wahr, oder?«

»Doch, ist es. Aber ich habe ihn festgenommen. Fluchtgefahr wegen der zu erwartenden Höhe der Haftstrafe – bei diesem Ausmaß an Umweltdelikten. Zwei Kollegen erlauben ihm, unter Aufsicht ein paar Sachen zusammenzupacken und seinen Anwalt durfte er auch anrufen. Ich denke, so schnell taucht er hier in Drejan nicht wieder auf.«

»Fluchtgefahr ist dünn, könnte aber funktionieren. Wenn ihn der Staatsanwalt wieder laufen lässt, müssen wir das akzeptieren«, sagte Manzetti und beruhigte sich deutlich. Dann erzählte er Sonja, was die Beamtin des KDD zu Conrads Aufenthalt in Bozen herausgefunden hatte. »Sie heißt übrigens Linda Steinicke und ich habe sie für die Mordkommission rekrutiert. Sie scheint gut zu sein.«

»Ist sie«, bestätigte Sonja. »Und hübsch ist sie auch.«

»Was ist sie?«

»Nun tu nicht so. Du hast ganz genau mitbekommen, dass sie klug und hübsch ist. Ansonsten hättest du ihr nie und nimmer angeboten, bei uns zu arbeiten.«

Manzetti zog die Augenbrauen zusammen. »Wie meinst du das?«

»Na so, wie ich es gesagt habe. Sie kann denken und sieht gut aus. Was ist daran nicht zu verstehen?«

»Nichts«, sagte Manzetti und schüttelte den Kopf. »Du kümmerst dich bitte um sie. Ich habe ihr gesagt, dass sie gegen dreizehn Uhr in der Direktion sein soll.«

»Hast du einen konkreten Auftrag für sie?«

Manzetti musste kurz überlegen. »Die roten Schuhe, von denen Beate Conrad einen trug. Woher sind die und wer hat sie gekauft? Sind sie aus einem Schuhladen oder von Amazon oder Zalando oder oder oder? Das sollte sie hinkriegen.«

»Okay, noch was?«

Manzetti zog sein kleines Notizbuch aus dem Sakko und reichte es Sonja. »Da drin stehen einige Namen. Die hat Jürgen-Heinz dort eingetragen, es sind alles Männer, die wohl zu Conrads Dunstkreis gehören und jeder hat bei uns eine mehr oder weniger intensive Vergangenheit. Wenn Conrad zur Tatzeit in Italien war, dann ist es möglich, dass einer dieser Herren den Auftrag bekommen hat, die schöne Bea, seine Frau, um die Ecke zu bringen. Überprüf doch mal deren Alibis.«

»Du glaubst nicht mehr an einen Serienmörder?«

»Warten wir ab, ob es noch weitere Leichen gibt. Aber nach derzeitigem Stand gibt es noch eine andere Erklärung, nämlich, dass Marie Mahlow ihrer Liebsten Beate Conrad all das gesteckt hat, was sie bislang über diese Sauerei herausgefunden hat.«

Manzetti drehte sich um und zeigte in Richtung Kiesgrube. »Und da hat die schöne Bea vielleicht eins und eins zusammengezählt und ihren Gatten für den Schilddrüsenkrebs, an dem sie litt, verantwortlich gemacht, wofür sie auf Weisung der Mafia ausgeschaltet worden ist. Möglicherweise war sie für den Fortgang dieser Art der Müllentsorgung zu gefährlich geworden. Und der Mann hatte nichts einzuwenden, weil er inzwischen das Interesse an seiner wesentlich jüngeren Frau verloren hat.«

Sonja nickte. »Könnte sein und macht die Aussichten für Marie Mahlow nicht besser. Denkst du, dass sie auch Marie umgebracht haben?«

Manzetti zuckte mit den Achseln. »Selbst wenn ich mir etwas anderes wünsche, ist die Wahrscheinlichkeit sehr hoch.«

In dem Moment klingelte Manzettis Handy. Auf dem Display erkannte er, wer ihn gerade anrief. Es war Kerstin. »Schatz, was hast du? Alles in Ordnung bei euch?«, fragte er.

Aber schon am ersten Ton, den seine Frau von sich gab, erkannte Manzetti, dass nichts in Ordnung war.

Kerstins Stimme war ein einziges Beben. »Andrea, du musst sofort nach Hause kommen. Sofort!«

»Was ist passiert? Ist was mit Elli?«

»Es ist etwas mit uns allen, Andrea.«

Manzetti atmete tief durch, doch Beruhigung wollte sich nicht einstellen. Kerstins Panik war auf ihn übergesprungen. »Schatz, entspann dich und erzähl mir kurz, was geschehen ist.« Er hörte, dass auch Kerstin tief durchatmete.

»In unserem Briefkasten war ein Blatt Papier. Die Nachricht geht an dich. Du sollst sofort die Finger aus Drejan nehmen, sonst müsse man zu bösen Methoden greifen. Und auf der Rückseite ist der Weg zu Ellis Kindergarten und zu Paolas ehemaliger Schule aufgezeichnet. Andrea, ich habe große Angst. Du musst sofort herkommen.«

32

Sie stochern immer noch im Nebel, diese Einfaltspinsel. Den Bürgermeister haben sie im Verdacht – na ja, verdient hätte er es allemal, dass man ihn lebenslänglich hinter Gitter bringt. Allein die alte Mahlow – wie die sich hat quälen müssen. Grauenhaft. Und nur, weil der Herr Bürgermeister sich mit den Italienern eingelassen hat.

Ich habe ihm das gleich gesagt: Hajo, lass die Finger davon. Das ist eine Nummer zu groß für dich. Und wenn was schiefläuft – die kennen kein Pardon. Die schicken dir einen Zettel, auf dem der Schulweg der Kinder aufgezeichnet ist, und du weißt sofort, was das heißt.

Er trat näher ans Fenster, ohne die Gardine zur Seite zu schieben. Dann sah er hinüber zur Kirche, neben der die beiden Polizisten standen, der Hauptkommissar und seine hübsche rechte Hand. Sonja hieß sie, das hatte er herausgefunden. Sonja Brinkmann. Aber warum nur trug sie diese hässlichen Turnschuhe, hellblau und ganz flach? Warum trug sie nicht einfach rote Pumps? Knallrot und mit einem hohen Absatz.

Na warte, meine Sonja, dachte er, ich besorg dir welche und ich zieh sie dir auch an.

Dann wechselte sein Blick zu Manzetti. Und du, Herr Hauptkommissar? Du weißt immer noch nicht, wer ich bin, du findest einfach keinen Ansatz, der dich zu mir führen könnte. Und nun auch noch der Zettel in deinem Briefkasten. Das macht dir zu schaffen, das kann man nicht aushalten. Auch du nicht.

33

Manzetti fand seine Frau in der Küche. Sie war dabei, ihre berühmte Gierschlimonade zuzubereiten, wahrscheinlich um sich abzulenken, aber wohl auch, um Paola und Elli etwas Gutes zu tun, als Ausgleich dafür, dass die beiden das Haus nicht verlassen durften, nicht einmal in den Garten zum Trampolin.

Er nahm Kerstin in den Arm, und schon brach es aus ihr heraus, jenes Schluchzen, das selbst Nicht-Eingeweihten verriet, in welchem Zustand seelischen Ungleichgewichts sie sich befand. »Was sollen wir denn jetzt machen, Andrea?«

Manzetti drückte noch etwas fester zu. »Ich werde euch beschützen«, versprach er. »Euch wird nichts passieren.«

Dann lösten sich die beiden und Kerstin gab ihm das Blatt Papier, das sie im Briefkasten gefunden hatte. Manzetti nahm den Zettel und betrachtete ihn lange schweigend.

Arial Narrow, schwarze Tinte, Schriftgröße 12, Blocksatz, links und rechts 2,5 cm Einzug, eineinhalbzeilig. Das war schon ein deutlicher Fingerzeig auf einen deutschen Verfasser, der die Standards amtlicher Schreiben verwendete. Ein Fingerzeig, dass ein italienischer Verfasser nicht infrage kam. Und da war noch der Inhalt des Zettels, der Manzetti vollends davon überzeugte, dass dieser hirnverbrannte Schreiberling nichts mit der italienischen Mafia zu tun hatte.

Herr Manzetti,
wir warnen Sie. Nehmen Sie Ihre Hände aus Drejan heraus. Sofort! Sonst nimmt sich meine Familie der Ihren an. Und Sie, der Sie in Italien geboren sind, wissen ganz genau, was das heißt. Wenn nicht, dann helfen Ihnen bestimmt die beiden Skizzen umseitig.
Ein Freund aus den Reihen der
Ndrangheta

Manzetti drehte den Zettel um und fand die beiden Skizzen, einmal der ehemalige Schulweg von Paola und einmal der Weg zu Ellis Kita.

»Kerstin«, sagte er schon ein wenig beruhigter. »Ich rufe meine Mutter an und bringe euch zum nächsten Flieger, der irgendeinen Flughafen in Mittelitalien ansteuert. Da seid ihr in Sicherheit und bleibt erst mal solange in San Gimignano, bis das hier vorbei ist.«

»Aber Andrea ...« In Kerstins Augen stand noch immer pure Angst, »in Italien sind wir doch fast vor ihrer Tür ... Ich meine, es handelt sich doch um die Mafia, oder?«

Manzetti schüttelte den Kopf. »Nein, derjenige, der uns diesen Zettel in den Briefkasten geworfen hat, der hat nichts mit der Mafia zu tun, auch wenn dieser Flachkopf sich auf die richtige Mafiaorganisation beruft, nämlich die Ndrangheta.«

Kerstin unterbrach ihn. »Gibt es auch eine falsche Mafiaorganisation?«

»Nein, nicht generell, in diesem Fall schon. In Drejan haben wir jede Menge illegal verbuddelten Giftmüll gefunden, und das ist das Geschäft der Ndrangheta, da der Giftmülltransport nach Afrika über Kalabrien organisiert wird, das Hoheitsgebiet der Ndrangheta.« Manzetti hielt den Zettel wie ein Beweisstück empor. »Das hier, das hat mit der Mafia überhaupt nichts zu tun. Rein gar nichts.«

»Ich möchte dir nicht zu nahetreten«, sagte Kerstin, »aber wie kannst du dir da so sicher sein?«

»Die Mafia droht nicht«, antwortete Manzetti. »Sie hätten mich nicht mit so einem Wisch gewarnt, sie hätten mich einfach mitsamt meinem Auto in die Luft gesprengt. Auch das mit dem Schulweg ... das hat die Mafia, und schon gar nicht die Ndrangheta, nie getan. Das ist so eine Geschichte aus Kino- und Fernsehfilmen. Und dann auch noch mit Ndrangheta unterschreiben!«, polterte Manzetti hervor. »Das beleidigt ja schon fast meine italienische Seele. Trotzdem fahrt ihr noch heute zu meiner Mutter nach San Gimignano, denn da seid ihr absolut sicher. Du weißt doch, dass sie sehr einflussreiche Freunde hat, die wiederum Fäden halten zu noch einflussreicheren Freunden, aber weder die einen, noch die anderen würden ein Drohschreiben loslassen und das auch noch mit so einem Schwachsinn unterzeichnen wie: *Mit freundlichen Grüßen, Ihre Mafia.* Auf so einen Blödsinn kommt nur jemand, der in der Düsternis von Drejan lebt.«

34

Manzetti hatte Kerstin, Elli und Paola zum Flughafen Schönefeld gebracht, hatte so lange gewartet, bis die Maschine gestartet und nach wenigen Minuten aus seinem Blickfeld verschwunden war, und saß nun in seinem Büro in der Polizeidirektion in Brandenburg. Er war allein in den Räumlichkeiten der Mordkommission, es war bereits zwanzig Uhr. Und er wusste im Moment nicht, welchem Strang, welcher Version er folgen sollte. Giftmüll oder Serienmörder.

Für die Entsorgung giftiger Abfallstoffe sprach einiges. So hatte er im Internet nachgelesen und herausgefunden, dass man in Italien mit der Genehmigung der italienischen Regierung seit den 1980er Jahren viel davon nach Afrika gebracht hatte. Hauptverdiener bei diesem Geschäft: die Ndrangheta. Unter dem Druck von Umweltorganisationen musste das ganze Zeug dann aber später zurückgeholt werden. Auch der Giftmüll von deutschen Unternehmen, die Kalabrien als Zwischenlager benutzt hatten. Hauptverdiener: wieder die Ndrangheta. Und gegen die lag der Verdacht vor, einiges von dem giftigen Zeug, das sie aus Afrika zurückgeholt hatten, nicht professionell als Sondermüll behandelt, sondern kostengünstig einfach unter die Erde gebracht zu haben, wie die Ndrangheta es gewöhnlich mit ihren zu laut gewordenen Gegnern tat.

Ob auch Hajo Conrad einer der Unternehmer war, der Anfang der 1990er Jahre ein solches Joint Venture mit der Mafia eingegangen war? Aber wäre er für die Ndrangheta nicht zu dilettantisch vorgegangen? Doch warum war er nach Bozen gefahren, eine ihrer Zentralen in Norditalien?

Und was sprach für einen Serienmörder? Er erinnerte sich an den Vortrag eines amerikanischen FBI-Agenten, der darauf spezialisiert war. Der hatte sich auf ein Thema konzentriert, das man gut und gerne überschreiben konnte mit *den Täter verstehen.* Zur Verdeutlichung hatte er ein banales Beispiel konstruiert, das zwar nichts mit Mördern, aber doch im weitesten Sinne mit Serientätern zu tun hatte: Ein Mann verließ ein Restaurant, woraufhin der Kellner die Polizei rief, weil der Kunde eine Gabel geklaut hatte. Später, als der Dieb von den Kriminalbeamten vernommen wurde, fragten sie sich, warum er das getan hatte?

Doch der Mann schwieg. Und die Beamten kamen nicht weiter, ihnen fehlte das Motiv. Sie konnten die Tat nicht einordnen. Würde aber ein Bekannter des Mannes ausgesagt haben, er horte zu Hause schon dreitausend Gabeln, dann hätte das Licht in den Gabeldiebstahl bringen können, weil es ihm ein regelrechtes Bedürfnis zu sein schien. Und wenn herausgekommen wäre, dass der Dieb einen großen Bruder hatte, der ihm in Kindheitstagen immer die Gabel weggenommen hatte, so hätte das erklären können, wo das Bedürfnis des Mannes lag und warum er zum Serientäter geworden war. Es galt also die Beweggründe eines Menschen zu verstehen. Und das, davon war Manzetti vollkommen überzeugt, galt insbesondere dann, wenn man einem Serienmörder auf der Spur war, dessen Identität, anders als bei dem Gabeldieb, unbekannt war. Das Motiv führte zum Täter, auch zum Serienmörder.

Er schloss die Augen und lehnte sich tief in seinen Sessel zurück, folgte wieder seinen Gedanken.

Warum tust du, was du tust? Was ist dein Bedürfnis? Ist es der rote Schuh? Was willst du damit? Was bedeutet er für dich? Stillt er dein Bedürfnis, gibt er dir das zurück, was dir dein großer Bruder früher weggenommen hat? Aber geh mir weg mit der Mafia! Mit deinem Zettel willst du mich doch nur auf die falsche Fährte locken. Du weißt, was wir machen. Du weißt, dass wir Hajo Conrads Giftmülldeponie ausgehoben haben. Du beobachtest uns. Du kennst jeden unserer Schritte. Du bist aus Drejan.

35

Dienstag, 17. August

Manzetti hatte nicht sehr gut geschlafen. Mehrmals war er aufgewacht, hatte sich minutenlang hin- und hergewälzt, bis er schließlich das Bett verlassen hatte, um sich einen Schluck Barolo und zwei Schlucke Wasser zu gönnen. Auch die abwesende Kerstin hätte gegen diese Mischung keine Argumente ins Feld führen können, zudem sie bestimmt bis in den frühen Morgen mit Signora Manzetti auf der Dachterrasse in San Gimignano sitzen würde, bei Chianti, Focaccine und Oliven. Er aber war wieder ins Bett gekrochen, wo ihn fortlaufend eine einzige Frage von ruhigem Schlaf abhielt.

Wer bist du? Und dann kamen sie wie Geister aus finsterem Wald, die Gesichter der Männer von Drejan, die wie Schäfchen von links nach rechts an Manzetti vorbeizogen. *Einer von euch war es. Aber wer? Wer hat ein Bedürfnis, das ihn morden lässt? Wer, wer, wer?*

Gegen drei Uhr hatte Manzetti genug und kochte sich in der Küche einen Kaffee. Vom wolkenlosen Nachthimmel erstrahlte der Mond, erhellte den Raum mit kaltem Licht, so dass Manzetti keine Lampe anknipsen musste. Er setzte sich an den Tisch, nahm sein Handy zur Hand und wählte eine Nummer aus seiner Kontaktliste. Es klingelte nur drei Mal, und schon war die Verbindung hergestellt.

Ohne Grußformel kam Manzetti gleich zur Sache. »Es ist ein Serienmörder«, sagte er in forschem Ton.

»Bist du dir da ganz sicher?«, fragte Sonja, die auch nicht sehr müde klang. »Ich denke schon die ganze Nacht darüber nach. Aber erst, wenn er uns weitere Opfer bringt und alles ist wie bei Beate Conrad, erst dann können wir von einer Serie ausgehen.«

»Sonja«, sagte Manzetti. »Marie Mahlow. Ich bin fest davon überzeugt, dass er sie in seiner Gewalt hat. Sie wird die Nächste sein, und das hat nichts mit dem Giftmüll zu tun, den wir gestern gefunden haben und auf den Marie bereits vor uns gestoßen ist. Der Umweltskandal interessiert unseren Mörder nicht. Er ist auf etwas anderes aus, aber auf was?«

Manzetti sah hinauf zum Mond, als stünde auf der hellen Oberfläche des Erdtrabanten die Antwort geschrieben. »Sonja, ruf die Kleine an, die Linda, und holt mich in einer halben Stunde hier bei mir ab.«

»Und dann?«, fragte Sonja überrascht.

»Dann streifen wir ein bisschen durch Drejan. Mal sehen, wem und was man da in der Nacht begegnet. Vielleicht erwischen wir ihn ja dabei, wie er Marie auf den Misthaufen des Mahlowhofes legt.«

36

»Guten Morgen«, sagte Manzetti, als er in das Auto zu Sonja und Linda stieg. Die beiden grüßten zurück und sahen ihren Chef erstaunt an, als der sich auf die Rückbank setzte.

»Willst du so mitkommen?«, fragte Sonja.

»Wieso?«

»Weil wir nicht zu einer Vernehmung fahren«, antwortete Sonja.

»Ist gut, ich verstehe. Bin in fünf Minuten wieder da.« Nach sieben Minuten stieg Manzetti wieder ins Auto, dieses Mal nicht mehr im dunkelblauen Anzug, sondern ebenso in Räuberzivil, wie seine beiden Kolleginnen.

»Na, geht doch«, kommentierte Sonja die Kleidung von Manzetti, die allerdings stark an einen Jäger erinnerte. »Und nun?«

»Nun«, kam es von Manzetti, »bringst du uns nach Drejan, und dann schauen wir, was da nachts passiert.«

Während Sonja den Wagen beschleunigte, schaute Manzetti aus dem Seitenfenster. Der Mond beleuchtete Ketzür mit einer großen Intensität. Sonja hätte die Scheinwerfer auch ausgeschaltet lassen können. Selbst die Zeiger der Kirchturmuhr waren deutlich zu erkennen, es war drei Uhr zweiundvierzig, Wolfsstunde, wie man hier im Havelland sagte. Zu dieser Stunde würden viele Menschen erwachen und nur schwer wieder in den Schlaf finden.

Als sie den Bauernweg erreichten, verschwand der Mond; der Wald hatte ihn verschluckt. Rechts und links neben dem Scheinwerferkegel herrschte absolute Finsternis. Manzetti lief ein leichter Schauer über den Rücken. Angestrengt versuchte er, in der Dunkelheit ein leises Lebenszeichen zu erkennen. War da jemand, der sie belauerte? Ein Wolf etwa, der auf Nahrungssuche durch die Umgebung der Beetzseedörfer streifte, oder beobachtete er sie, der Typ, dem sie auf den Fersen waren? Wolf oder Serienmörder, beides keine sehr angenehmen Vorstellungen.

»Ich würde vorschlagen, dass wir das Auto weit vor dem Dorf stehen lassen und zu Fuß weitergehen«, schlug Linda vor. »Wäre das in Ordnung, Herr Manzetti?«

»Andrea«, sagte Manzetti, »ich heiße Andrea.«

»Okay, wäre das in Ordnung, Andrea?«

Manzetti strich über die Gänsehaut auf seinem Unterarm und sah wieder hinaus in diese undurchdringliche Finsternis. »Muss das sein?«

»Ich denke schon«, beharrte Linda auf ihrem Vorschlag. »Wir haben beide unsere Waffen mit und starke Taschenlampen.«

»Na, von mir aus.«

Nach etwa zehn Minuten steuerte Sonja das Auto in einen rechtwinklig abgehenden Waldweg und schaltete den Motor aus. Jetzt war auch der Scheinwerferkegel verschwunden und hatte, so jedenfalls fühlte Manzetti es, jedes Geräusch mitgenommen. Totale Dunkelheit gepaart mit absoluter Stille. Nur seinen eigenen Herzschlag hörte er.

Dann ein kurzes Aufblitzen, als Linda ihre Lampe auf die Armbanduhr drückte. »Ich war einige Zeit beim MEK und habe da so einiges gelernt«, sagte sie. »Meine Uhr hat fluoreszierende Zeiger, die ich mit der Taschenlampe gerade aktiviert habe. Ich würde vorschlagen, dass ich meinen Arm mit der Uhr auf den Rücken drehe, dann könnt ihr mir folgen, ohne vom Weg abzukommen.«

Sonja stimmte zu, nur Manzetti war noch nicht völlig überzeugt. »Und an welcher Uhr orientierst du dich?«, fragte er.

»Wir haben eine sternenklare Nacht, außerdem scheint heute der Mond. Über dem Weg ist also eine Spur des hellen Nachthimmels zu sehen, den ich im Auge behalte. So können wir dem Verlauf des Weges folgen. Und wenn ich über einen Ast stürze, müsst ihr ja nicht unbedingt auf mich drauffallen.«

Wirklich ein kluges Mädchen, dachte Manzetti. Die musste er unbedingt auf Dauer an die Mordkommission binden.

Sie gingen langsam, Linda voraus, und Manzetti seitlich versetzt hinter ihr und Sonja. Die fluoreszierende Uhr, wie Linda sie genannt hatte, war deutlicher zu erkennen, als Manzetti es erwartet hatte, auch wenn die grünen Leuchtpunkte nur den Bruchteil an Helligkeit eines Streichholzes produzierten.

Plötzlich marschierten die leuchtenden Zeiger nach oben, wo Linda ihre Hand über ihrem Kopf zwei Mal hin und her bewegte. Das vereinbarte Zeichen für einen Stopp. Im Mondschein, den der kleine Spalt zwischen den Baumwipfeln über ihnen zuließ, erkannte Manzetti, dass Linda sich hinkniete, ihren Rucksack über die Schulter rutschen ließ und ein kleines Gerät herausholte.

»Was ist das?«, fragte er.

»Ein Nachtsichtgerät. Es verstärkt das Restlicht und wir können fast sehen wie am Tage. Da vorne ist schon das Dorf. Ich will erst einmal schauen, ob sich da irgendwas bewegt.«

»Gut«, sagte Manzetti und setzte sich zu Sonja ins Moos. »Du sagst uns, wenn es weitergeht.«

»Mach ich.«

Erneut trat absolute Stille ein. Nicht einmal seinen Herzschlag hörte Manzetti mehr, die Wolfsstunde hatte in die Stunde des Todes gewechselt. Es herrschte diese bedrückende Ruhe wie vor einem Sommergewitter, wenn die Vögel ihren Gesang einstellen, wenn keine Insekten mehr summen, wenn sich alles darauf einstellt, dass gleich die Hölle losbricht.

Manzettis Gedanken waren wieder bei der Leiche von Beate Conrad, nur bei der Frau des Bürgermeisters, denn die Mahlowbäuerin, gestorben an ihrem Krebs, interessierte ihn aus polizeilicher Sicht nicht. Freddi Mahlow hatte inzwischen ja zugegeben, dass er die Polizei auf die Fährte des Bürgermeisters hatte setzen wollen. Für den Hühnerbauer gab es nur einen Schuldigen am Tod seiner Frau, und das war Hans-Jochen Conrad, kein anderer. Aber hatte der auch seine eigene Frau getötet? Wer immer Beate Conrads Mörder war, hatte er sie auch in der Wolfsstunde auf den Misthaufen gelegt? Und von wo hatte er sich genähert?

Vieni a farti vedere! Komm und zeig dich, forderte Manzetti stumm. »Kannst du schon etwas sehen?«, fragte er Linda.

»Nein.« Sie nahm das Nachtsichtgerät vom Auge. »Nur ein Fuchs und ein paar Katzen. Sonst scheint das Dorf zu schlafen.«

»Hm«, machte Manzetti, worin auch etwas Enttäuschung mitschwang.

»Keine Panik. Ich versuche noch etwas anderes«, versprach Linda und griff wieder in ihren Rucksack. »Ich probiere es mal mit einem Infrarotgerät. Vielleicht sehen wir dann mehr.«

Wieder vergingen ein paar Minuten, in denen die Anspannung bei Manzetti wuchs. Er rutschte bis auf wenige Zentimeter an Linda heran. Im schwachen Mondlicht konnte er ihr glattes junges Gesicht mit ihren angespannten Lippen sehen. Wenn sie die Okulare ein wenig von ihren Augen entfernte, sah er in ihnen die grünliche Spiegelung vom Infrarotgerät.

Manzetti klopfte ihr mit dem Zeigefinger behutsam auf die Schulter. »Kannst du was sehen?«

»Nur noch mehr Katzen. Es scheint, als organisierten sie gerade ihre Jagd. Hier möchte ich jetzt nicht Maus sein.«

Und ich nicht tot überm Zaun hängen, dachte Manzetti. »Nichts anderes, nur Katzen?«, hakte er nach.

»Nein«, sagte Linda und hielt Manzetti das Infrarotgerät hin. »Willst du mal?«

Manzetti verstummte, nahm das kalte Gehäuse in die Hand und drückte sich die Gummilippen der Okulare vor die Augen. »Das ist ja Wahnsinn«, sagte er. »Man erkennt jedes einzelne Bein der Katzen. Irre.« Er gab die kniende Haltung auf und stellte sich neben Linda, wollte mehr sehen, einen besseren Überblick haben.

»Bleib unten«, mahnte Linda ihn. »Solch ein Gerät hat heutzutage jeder Jäger. Und ich nehme an, dass unser Mörder Jäger ist.«

»Wie kommst du darauf?«, fragte Manzetti.

»Der Fuß, den er der Bürgermeisterfrau abgeschnitten hat. Laut Akte war der fachmännisch abgetrennt. Dafür kommen Ärzte, Fleischer und Jäger infrage. Ärzte und Fleischer gibt es in Drejan nicht, also bleibt nur noch ein Jäger.«

»Und wer ist hier Jäger? Weißt du das auch zufällig?«, fragte Manzetti.

»Neben dem Bürgermeister haben noch fünf weitere Männer einen Jagdschein. Eine Liste habe ich in meinem Rucksack.«

Zwei Meter von den beiden saß Sonja hochkonzentriert im weichen Moos. Sie bekam nicht mit, was oder worüber Andrea und Linda sprachen, sie hatte alle Sinne auf das nächtliche Drejan gerichtet. Sie hatte ausgezeichnete Augen und konnte auch nachts Bewegungen wahrnehmen. Und ganz rechts am Dorfrand hatte sie einen Hund ausgemacht, der wie ein verstörtes Zootier an einem Zaun hin- und herlief, ohne dabei zu bellen. Ein wenig verwirrte Sonja diese Beobachtung. Gewöhnlich blafften doch die Dorfköter sofort los, wenn sich ihnen und ihrem Revier ein Lebewesen näherte, das nicht die Gestalt des Herrchens hatte. Selbst die, die in Gebäuden eingesperrt waren, bellten los, wenn man sich ihnen näherte. Aber warum der nicht, den sie da am Zaun hin- und herlaufen sah? Was war mit ihm los?

Ungläubig schüttelte Sonja den Kopf. Sie hob die Hände, als wollte sie nach irgendetwas greifen. Dann sah sie, wie der Hund aufhörte, hin- und herzurennen, sich am Zaun aufrichtete, die Vorderpfoten auf der obersten Latte abgelegt. Sie nahm eine dunkle Gestalt wahr, einen kompakten Körper, unförmig und doch ein Mensch. Sonja dachte sofort an Quasimodo, an dessen übermäßigen Buckel. »Schnell, das Nachtsichtgerät«, sagte sie bestimmt.

Linda war geistesgegenwärtig und reichte es ihr. Sonja setzte es sofort an ihr Auge, sondierte die Umgebung des Hundes, drei, vier Meter links und drei, vier Meter rechts von dem Tier. Sie war aufs Äußerste angespannt. Und dann hatte sie ihn wieder, Quasimodo. Doch er wirkte anders, als noch vor wenigen Sekunden, irgendetwas fehlte ihm, irgendetwas ließ ihn anders aussehen.

Es war der Buckel!

Er war verschwunden, stattdessen lag er zu Füßen des Mannes. Er hatte offensichtlich etwas Großes über der Schulter getragen. Jetzt stand er ganz ruhig an dem Zaun und hielt etwas in der Hand, das er sich vor die Augen gehoben hatte.

Ein Zielfernrohr.

Sonja erkannte den roten Laserpunkt, der suchend von Baum zu Baum sprang und schließlich auf Manzettis Brust kleben blieb.

»Runter!«, schrie sie. »Sofort runter!«

37

Manzetti hatte die Augen geschlossen, als Linda ihn auf das Kommando von Sonja zu Boden gedrückt hatte. Er lag auf dem Bauch, seine rechte Wange berührte das weiche Moos, er atmete tief und regelmäßig. Nach etwa zwanzig Sekunden öffnete er die Augen und sah in das Gesicht der jungen Kollegin, das von hellem und kalten Mondlicht beschienen war. Ob sie atmete, konnte er nicht ausmachen, aber sie blinzelte gleichmäßig. Sie schob ihren Kopf näher zu Manzetti, so als wolle sie ihm etwas ins Ohr flüstern.

»Er hat nicht geschossen«, raunte sie, und es klang, als müsse sie, die junge Kollegin, die seit nicht einmal vierundzwanzig Stunden zur Mordkommission gehörte, ihn, den erfahrenen Mordermittler beruhigen.

Manzetti nickte stumm, wobei seine Wange über das samtige Moss strich. »Wer?«, fragte er. »Wer hat nicht geschossen?«

»Der Serienkiller. Er stand da am Zaun und hatte einen schweren Gegenstand auf der Schulter. Sonja hat ihn Gott sei Dank entdeckt, und schon hattest du einen roten Punkt auf der Brust.«

»Ich?« Manzetti spürte augenblicklich ein ungutes Gefühl im Bauch.

»Ja, du. Er wollte womöglich auf uns schießen.« Linda lächelte. »Aber er hat es nicht getan.«

»Alles gut bei euch?« Es war Sonja, die sich nun auch näher zu den beiden schob, bemüht, kein Körperteil weiter als handbreit über das Moos hinausragen zu lassen.

»Nichts passiert«, beruhigte Linda.

»Wo ist er?«, fragte Sonja.

»Ich weiß es nicht«, antwortete Linda und fügte hinzu: »Ich seh mal nach. Ihr beide bleibt hier liegen und hebt auf keinen Fall den Kopf.« Sie tastete nach der Wärmebildkamera, fand sie nur eine Armeslänge rechts neben ihr und hielt sie sich vor die Augen.

Auch Sonja blieb nicht untätig neben Manzetti liegen, sie beobachtete die Umgebung durch das Nachtsichtgerät. Nur Manzetti selbst lag, den Blick auf Lindas Schulter gerichtet, untätig auf dem Bauch. Die beiden jungen Frauen taten alles, um ihn, einen Mann, der gut und gerne ihr Vater hätte sein können, zu beschützen. Ein komisches Gefühl für jemanden, der auch mit knapp sechzig Jahren noch glaubte, geistig und körperlich jede Lebenslage zu meistern. Aber konnte er das wirklich noch? War er wirklich in der Lage, seine Familie zu beschützen? Allein, ohne fremde Hilfe? Er hatte berechtigte Zweifel.

»Sonja, siehst du etwas?«, fragte Linda und unterbrach damit Manzettis Gedanken.

»Nein. Und du?«

»Auch nicht. Er scheint verschwunden zu sein.«

»Kannst du sehen, was er da am Zaun abgelegt hat?«

»Nein, es ist zu weit weg. Aber die Wärmebildkamera zeigt mir für den Klumpen die Farbe Grün, also kalt. Es ist kein menschlicher Körper, der noch lebt.«

Nein, ging es Manzetti sofort durch den Kopf. Wenn er es wirklich war, der da am Zaun gestanden hatte, dann hatte er höchstwahrscheinlich Marie Mahlow auf der Schulter, die tote Marie Mahlow, und die war nun leider mal grün, also kalt.

38

Eine Stunde später hatten sich die ersten Sonnenstrahlen, in Drejan allerdings nur sehr wenige, durch die dichten Baumkronen gekämpft und versorgten den Dorfplatz mit dämmrigem Licht. Fünf Streifenwagenbesatzungen kümmerten sich um die Absperrung des Platzes, an dem die Leiche von Marie Mahlow lag, eine Seelsorgerin hatte sich zu Freddi Mahlow begeben, der mit einer Flut von Tränen auf die Nachricht vom Tod seiner Tochter reagiert hatte.

Nun saß Manzetti auf der eichenen Bank neben der Dorfkirche, sein Stammplatz in Drejan, und wartete darauf, dass Bremer zu ihm kam, um das preiszugeben, was er bei der ersten Begegnung mit der Leiche festgestellt hatte. Da Manzetti aber wegen des dichten Ringes an neugierigen Dorfbewohnern nichts sehen konnte, stand er schließlich auf und begab sich an den Ort des dörflichen Interesses.

Bremer kniete neben der Leiche, Linda stand gebückt daneben, jeden Handgriff des Mediziners mit fast übermächtiger Neugier beobachtend. Auch Manzetti schaute auf seinen Freund, der mit fast jugendlichem Elan an dem toten Körper hantierte; keine Spur von Müdigkeit, keine von einem Kater nach einer durchzechten Nacht.

»Wo ist Sonja?«, fragte Manzetti, der befürchtete, dass sie sich aus dem Staub gemacht haben könnte, um nicht wieder mit Bremer zusammenzuprallen. Noch war der Konflikt zwischen den beiden, der neben dem Leichnam von Beate Conrad ausgebrochen war, nur wenige Tage her.

»Sie wollte etwas nachschauen«, erklärte Linda, ohne die Augen von Bremers Händen zu nehmen.

»Wie bitte?«, fragte Manzetti irritiert, denn bei Beginn der Tatortarbeit hatte jeder seinen Job, ihr Vorgehen war eingespielt und abgestimmt, da war eigentlich kein Platz, um mal eben etwas auf eigene Faust abzuklären. »Und was wollte sie nachschauen?«

Linda sah jetzt doch zu Manzetti. Ihre Augen verrieten ein aufkommendes schlechtes Gewissen. »Entschuldigung, ich habe sie nicht danach gefragt, hätte ich tun sollen. Aber ich glaube, es ging um den Hund, der nicht gebellt hat.«

»Ein Hund, der nicht gebellt hat?«, fragte Manzetti. »Was soll das bedeuten?«

»Ich weiß es nicht«, antwortete Linda. »Tut mir wirklich leid.«

»Schon gut«, kam es von Manzetti, »sie wird ja hoffentlich gleich wiederkommen.« Er wandte sich an Bremer. »Und was ist mit dir los, mein Lieber?«

»Mit mir?«, fragte Bremer zurück, ohne dabei aufzuschauen. »Was soll mit mir sein? Ich hocke wie immer, wenn ihr mich ruft, vor einer Leiche und konzentriere mich darauf, all deine neugierigen Fragen zu beantworten, die du gemeinhin viel zu früh stellst.« Manzetti konnte nur ahnen, welch breites Grinsen sich in Bremers Gesicht eingestellt hatte.

»Aber sonst hockst du mürrisch, übel gelaunt und total verkatert neben den Leichen, wenn ich dich vor neun Uhr morgens holen lasse. Heute jedoch scheinst du erst vor einer halben Stunde einem Jungbrunnen entstiegen zu sein. Was ist los, Bremer? Es ist gerade sechs Uhr durch, für dich nicht die Zeit von Gemütlichkeit.«

Ohne zu antworten, zog Bremer sein Handy aus der Brusttasche seines Overalls und reichte es Manzetti. »Was siehst du?«

»Dein Handy, warum?«

»Und was siehst du auf meinem Handy?«

»Zahlen.«

»Und was für Zahlen?«

»Drei, vierzehn, vierundzwanzig. Was bedeuten die?«

»Drei Tage, vierzehn Stunden und vierundzwanzig Minuten. Wenn du genau hinschaust, siehst du in kleiner Schrift auch die Sekundenangaben. Das ist eine App, die mir anzeigt, wie lange ich trocken bin«, erklärte Bremer und sah Manzetti mit leuchtenden Augen an.

»Du bist was?«

»Trocken, abstinent oder wie immer du das bezeichnen willst.« Er nahm sein Handy zurück und schaute jetzt selbst auf das Display. »Ich habe seit mehr als drei Tagen keinen Alkohol getrunken. Der letzte Schluck war bei dir auf der Terrasse.«

Manzetti zog die Augenbrauen zusammen, als sein Blick hinüber zu der Bank an der Kirche wanderte. »Aber«, er deutete mit ausgestrecktem Arm auf die Stelle, die seine Augen gerade anpeilten, »wir haben doch erst kürzlich da drüben gesessen und du hattest deinen Flachmann sogar mehrmals in der Hand.«

»Ja«, bestätigte Bremer »gefüllt mit Eistee. Solltest du auch mal probieren.«

Manzetti schwieg eine Weile und beobachtete seinen Freund ganz genau. »Was ist los mit dir?«, fragte er. »Willst du mit mir reden?«

»Nein, will ich nicht.«

»Aber irgendetwas ist doch vorgefallen, sonst hört doch jemand wie du nicht mit der Sauferei auf.«

Linda kam ganz dicht an Manzetti heran, zupfte an seinem Arm und flüsterte ihm ins Ohr: »Auch wenn ich Herrn Doktor Bremer noch nicht persönlich kenne, tippe ich mal auf eine Frau.«

Bremer, der jedes Wort dieser Flüsterei verstanden hatte, lief rot an und wandte seinen Blick wieder der toten Marie Mahlow zu. Linda hatte offensichtlich ins Schwarze getroffen.

Manzetti, der für derartige Gedankengänge überhaupt keine Antenne hatte, wäre allein nie im Leben darauf gekommen. »Eine Frau?«, fragte er verblüfft. »Du?«

Bremer fuhr mit der Hand durch die Luft, als würde er versuchen, Manzettis Fragen und Hirngespinste wegzuwischen. Da das nun einmal nicht ging, versuchte er es mit Sachlichkeit. »Herr Manzetti«, Bremer sprach mit besonders sonorer Stimme, »wir haben uns hier einzig und allein aus einem dienstlichen Grund versammelt und dem sollten wir uns jetzt endlich widmen.«

Aber Manzetti schüttelte noch immer den Kopf. »Mein Bremer und eine Frau ... dass ich das noch erleben darf ... das muss ich gleich Kerstin erzählen ...«

Bremer ballte die rechte Hand zur Faust. Ja! Jetzt, dachte er, konnte er Manzetti einbremsen, ihn auf eine andere Bahn schieben. »Apropos Kerstin«, sagte er, wohlwissend, dass Manzetti sich gleich vor Schreck gegen die Stirn schlagen würde, »hast du viel beschäftigter Mann daran gedacht, dass deine Frau heute Geburtstag hat?«

Zwei Augenpaare fixierten Manzetti und sahen zu, wie der Leiter der Mordkommission sich mit der flachen Hand und voller Wucht vor den Kopf schlug.

»Opa Dummkopf!«, stieß Manzetti, seine kleine Elli zitierend, hervor. Dann sah er Bremer mit weit aufgerissenen Augen an. »Gut, dass ich dich habe, mein Lieber. Ich ziehe mich mal kurz zurück.« Hinter dem Ring, den die Dorfbewohner noch immer bildeten, wählte er die Telefonnummer seiner Frau.

»Buongiorno«, kam es aus dem Handy.

»Elli, bist du das?«

»Buongiorno, Opa.«

»Elli, mein Schatz, gib das Telefon mal bitte der Oma.«

»Buongiorno, Opa.«

»Elli, hast du mich verstanden? Gib das Telefon mal bitte der Oma.«

»Opa, ich verstehe dich nicht.«

»Was? Warum nicht?«

»Ich bin in Italien und da kann ich nur noch italisch.«

»Nur noch italisch? So, so. Wer hat dir denn das Italisch beigebracht?«

»Tante Ola, die kann ganz viel italisch.«

»Und was kannst du schon?«

»Buongiorno und Krrazie.«

»Buongiorno und grazie«, wiederholte Manzetti mit anerkennendem Nicken, auch wenn Elli das gerade nicht sehen konnte. »Das ist ja schon ganz schön viel italisch, mein Schatz.«

»Ich bin schlau, Opa.«

»Si si.«

»Was, Opa?«

»Si si heißt ja ja. Gibst du nun bitte der Oma Kerstin mal das Telefon?«

»Si si, Opa.«

»Krrazie.«

»Manzetti«, kam es nach wenigen Sekunden aus dem Handy.

»Hallo, mein Schatz. Alles, alles Gute zum Geburtstag, Gesundheit, Glück und denk immer daran, dass das Alter irrelevant ist, es sei denn, du bist eine Flasche Wein.«

39

»Hast du sie erreicht?«, fragte Bremer, als Manzetti bei ihm zurück war.

»Natürlich. Es geht ihnen gut bei meiner Mutter. Alle werden verwöhnt.«

»Na, dann können wir uns ja mal um die junge Dame hier kümmern, oder?«, fragte Bremer und deutete mit dem rechten Arm auf die vor ihm liegende Tote, bevor Manzetti wieder auf jene Frau zu sprechen kommen würde, die ihn seit drei Tagen vom Trinken abhielt.

»Wenn du mich fragst, haben wir es wohl, wie du schon befürchtet hast, mit einem Serienmörder zu tun. Gleicher Modus Operandi und auch sonst gleicht alles auffällig dem ersten Mord.« Bremer nickte, wie um sich selbst zu bestätigen. »Zwei

Unterschiede gibt es jedoch. Das neue Opfer ist schon ein paar Tage tot und es liegt hier am Gartenzaun. Aber wie mir deine reizende Kollegin gerade verraten hat, war er offenbar zu dem Misthaufen von Bauer Mahlow unterwegs und hat die Leiche nur deshalb hier abgelegt, weil ihr ihn gestört habt.«

Manzetti strich sich wie immer, wenn er angestrengt nachdachte, über die Nasenwurzel. »Du sagst, sie ist schon länger tot? Wie lange ungefähr?«

»Etwa so lange wie die Frau des Bürgermeisters, vielleicht ein paar Stunden weniger. Er muss sie aber in einem Kühlschrank oder so gelagert haben, denn sie ist nahezu eiskalt, was bei den gegenwärtigen sommerlichen Temperaturen eigentlich nicht sein kann.«

Manzetti beugte sich über die Leiche. »Linker Fuß fehlt, der rechte trägt einen roten Pumps, kennen wir ja schon von Beate Conrad. Noch was?«

»Das war bestimmt nicht ihr Schuh«, sagte Bremer. »Ist ihr mindestens drei Nummern zu klein. Er hat ihren Fuß förmlich reingequetscht wie meine Oma saure Gurken ins Einweckglas.«

»Und den anderen hat er wieder behalten«, sinnierte Manzetti. »Was glaubst du? Was will er mit dem Schuh? Warum behält er den?«

Bremer überlegte nicht lange. »Vielleicht eine Art Trophäe. Einen lässt er uns und einen behält er. Vielleicht in Erinnerung an irgendwas oder irgendjemanden.«

»Aber an was? Und warum lässt er uns den anderen Schuh? Das hat alles keinen Sinn.«

Bremer hob den rechten Zeigefinger. »Nicht für uns. Doch für ihn hat es bestimmt einen Sinn.«

Manzetti rieb sich jetzt auch über das Kinn. Und um den zu verstehen, dachte er im Stillen, muss ich herausfinden, warum ihm sein Bruder früher die Gabeln weggenommen hat.

40

Manzetti hätte seine Gedanken zum Hintergrund der aktuellen Mordfälle gerne weiterentwickelt. Er erinnerte sich an die Kernaussagen im Vortrag des FBI-Mannes, als dieser beispielhaft von der Motivlage des Seriengabeldiebes gesprochen hatte. Vielleicht, und sofort wischte Manzetti das Vielleicht weg und ersetzte es durch ein eindeutiges Bestimmt, fand er ja mithilfe des amerikanischen Kollegen Denkansätze für den Serientäter aus Drejan, der ihn seit Tagen auf Trab hielt. Nur sammelte der keine Gabeln, sondern rote Damenschuhe, in denen noch ein Stückchen Fuß steckte. Doch als er mit seinen Überlegungen an dieser Stelle angekommen war, klingelte sein Telefon, und ein Blick auf das Display genügte, um zu erkennen, wer der Anrufer war. »Sonja«, sagte er in deutlich missgelauntem Ton. »Wo steckst du, verdammt noch mal?«

Vom anderen Ende kam allerdings keine Antwort, es trat eine ungewöhnlich lange Pause ein. Für einen Augenblick glaubte Manzetti gar, dass Sonja den Ernst der Lage nicht begreifen würde und sich sogar herausnahm, ihn ein wenig auf den Arm zu nehmen. Denn was er hörte, war lediglich ein intensives und stoßweises Atemgeräusch, ein regelrechtes Stöhnen. Aber in den Versuch hinein, Sonja dafür zu maßregeln, drang eine robotergleiche Stimme an sein Ohr, irgendwie unterdrückt, kaum stärker als ein Flüstern. Manzetti gelang es nicht, sich zwischen männlich und weiblich zu entscheiden.

»Hallo?«, sagte die Stimme.

»Sonja, bist du das?«

»Hallo?«

»Sonja, was soll der Quatsch?«

»Hallo?«

»Manzetti hier. Mit wem spreche ich?«

»Hallo, Herr Manzetti. Schön, dass ich Sie erreiche.«

»Mit wem spreche ich denn nun? Und wie kommen Sie an das Handy meiner Kollegin?«

»Beruhigen Sie sich bitte, Herr Manzetti. Ihre Kollegin war so nett, mir ihr Telefon zu borgen.«

»Wo ist sie? Ich möchte sofort mit ihr sprechen. Geben Sie ihr das Handy.«

»Das geht jetzt nicht, Herr Manzetti. Das müssen Sie doch verstehen.«

»Was heißt hier verstehen? Sagen Sie mir, was Sie von mir wollen, und dann geben Sie meiner Kollegin sofort das Telefon zurück. Ich muss sie dringend sprechen.«

»Ich kann mich nur wiederholen«, sagte die Stimme, wobei die ausgesprochenen Buchstaben einander in der Geschwindigkeit folgten, wie es die Starter bei einem Schneckenrennen tun würden. »Beruhigen Sie sich, denn Sie brauchen jetzt einen kühlen Kopf. Sie müssen Ihr italienisches Temperament ein wenig zügeln, wenn Sie nicht noch mehr Schaden anrichten wollen.«

»Schaden? Welchen Schaden?«, brüllte Manzetti in sein Handy.

»Haben Sie meine Nachricht aus Ihrem Briefkasten nicht gelesen?«

Jetzt legte Manzetti eine Pause ein. Kurz und heftig drückte er die Finger der freien Hand gegen die linke Schläfe. »Wer sind Sie und wie kommen Sie an das Handy meiner Kollegin?«

»Das Schreiben, Herr Manzetti, haben Sie es nicht gelesen?«

Manzetti spürte Wut in sich aufsteigen, blanke Wut, nicht wegen des Drohschreibens in seinem Briefkasten, sondern wegen ihm, der mit ihnen spielte und der Sonja in seiner Gewalt hatte.

»Haben Sie es nun gelesen, Herr Manzetti?«, hakte die Stimme nach.

»Habe ich«, antwortete Manzetti und sah sich auf dem Dorfplatz um, ohne das Handy vom Ohr zu nehmen. Sein Blick tastete jeden einzelnen der Dorfbewohner ab, die sich immer noch um Bremer und Linda versammelt hatten, dann sah er zu den Häuserecken und anderen dunklen Winkeln des Dorfes, von denen es in Drejan bekanntermaßen jede Menge gab. Aber nirgends konnte er jemanden ausmachen, der gerade telefonierte.

»Wo sind Sie?«, knurrte Manzetti ins Handy. »Und sagen Sie endlich, was Sie von mir wollen!« Jetzt schloss er die Augen. Höchste Konzentration. Verflixt, fluchte er still vor sich hin, wenn er sich doch nur erinnern könnte, wie man ein Gespräch mit dem Handy aufzeichnet, Paola hatte es ihm schon einmal gezeigt. Aber die konnte ihm jetzt nicht helfen. Also musste er sich jedes Wort merken, jeden Laut, jede Schwingung, denn alles war wichtig. Alles, was die Stimme von sich gab. Alles, was um diesen Psychopathen und um Sonja herum passierte. Vielleicht würde er einen Vogel hören, eine Elster, die erschreckt aufflog und die ihm zeigte, wo dieser Typ Sonja gefangen hielt.

»Wer ich bin, Herr Manzetti«, sagte die Stimme immer noch ruhig und langsam sprechend, »das wissen Sie doch, oder? Sie kennen meinen Namen nicht, aber Sie wissen, was jetzt mit Ihrer reizenden Kollegin passieren wird. Wenn Sie ihr wiederbegegnen, wird sie ihre unansehnlichen Turnschuhe gegen wunderschöne rote Pumps getauscht haben, von denen ich mir allerdings vorbehalte, einen zu meinem kleinen Nachlass zu nehmen. Und was ich von Ihnen will, Herr Manzetti, das habe ich Ihnen aufgeschrieben! Und Sie können mir doch nicht erklären wollen, dass Sie mich nicht verstanden haben. Warum sonst haben Sie Ihre Familie denn nach San Gimignano geschickt?«

Manzetti erschrak. Woher wusste dieser Nichtsnutz, dass Kerstin und die beiden Mädchen in der Toskana waren? Hatte er sich doch getäuscht, als er Kerstin erklärte, dass die ganze Sache nichts mit der Mafia zu tun habe? Er musste das sofort überprüfen, jetzt und hier.

»Nach San Gimignano?«, fragte er. »Warum sollte ich meine Familie nach San Gimignano schicken?«

»Herr Manzetti«, sagte die Stimme, »das ist zu billig. Sie sind dort geboren, soviel ich weiß.«

»Das schon, aber meine Mutter lebt jetzt in Bozen. Wegen des milderen Klimas.« Am anderen Ende blieb es still. Das Zeichen für Manzetti, dass er es wirklich nicht mit der Mafia zu tun hatte, denn die hätten gewusst, dass er gerade gelogen hatte.

»Hören Sie«, sagte Manzetti, »entweder Sie sagen mir augenblicklich, was Sie von mir wollen, oder ich beende das Gespräch. Aber kommen Sie mir nicht mit dieser lächerlichen Mafianummer. Sie gehören nicht zur Ndrangheta; Sie sind nichts weiter als ein schwachsinniger Psychopath, ein bemitleidenswerter Einzelgänger, ein Arschloch mit einer grausamen Kindheit.« Und in dem Moment kam Manzetti eine Idee, auch wenn er nicht genau wusste, woher. Sie hatte etwas mit dem Kollegen vom FBI zu tun und mit dessen Beispiel um den Gabeldieb.

»Sagen Sie, hat Ihr großer Bruder Ihnen immer die schönen roten Pumps weggenommen, die Sie sich heimlich aus Mamis Schuhschrank besorgt haben? Und hat er sie dafür verprügelt, denn ein kleiner Junge zieht solche Schuhe nicht an auf dem Dorf? Hat er das?«

Im anderen Ende der Leitung blieb es still.

»Hat er also«, sagte Manzetti. »Und eines kannst du dir merken, du Bestie. Früher oder später werde ich dich bei den Eiern packen, ich werde sie dir zerquetschen und abreißen, wenn das nicht schon dein großer Bruder getan hat. Das verspreche ich dir, so wahr ich Andrea Manzetti heiße.«

Jetzt war es raus, alles, seine ganze Wut, die er unmöglich zurückhalten konnte. Doch einen Wimpernschlag später traf Manzetti ein schwerer Schlag, der ihm den Atem nahm. Warum hatte er seinen Wutausbruch nicht aufhalten können? Er bereute die gegen die Stimme ausgesprochene Beleidigung aus tiefstem Herzen und das, was er damit heraufbeschworen hatte. Er konnte nichts, gar nichts tun, als der markerschütternde Aufschrei einer jungen Frau, der Beleg für unermessliches Leiden, an sein Ohr drang.

»Sonjaaa ...«, schrie er in sein Handy und in das ganze Dorf.

41

»Dein Chef ist ein böser alter Mann, ein ganz böser«, sagte der Mann, den Sonja keine Sekunde aus den Augen lassen wollte, während er mit ihrem Handy ein Gespräch mit Manzetti geführt hatte. Jedes Wort hatte sie mit angehört, auch die von Andrea, denn die Kreatur, wie sie den Mann inzwischen nannte, hatte in ihrem Handy den Lautsprecher aktiviert.

»Und er glaubt bestimmt, dass ich dich gerade gequält habe. Der Schrei aus meinem MP3-Player ist aber auch ein besonders grauenvoller. Und was ist mit dir? Mit dem Knebel im Mund siehst du aus wie die ganz Kleinen mit ihren niedlichen, pausbäckigen Gesichtern«, sagte er und riss Sonja mit einer kräftigen Bewegung den Stofffetzen aus dem Mund.

Tief atmete sie ein, dann aber stockte ihr erneut der Atem, als er sich nach unten beugte, wo Sonja gefesselt an einer kalten Wand saß und wo er heißhungrig ihren Hals küsste.

Sonja schüttelte sich angewidert; sie hatte Angst, denn sie war dieser Kreatur absolut ausgeliefert. Ihm, dem sie seit ein paar Tagen auf der Spur waren, ohne zu wissen, wer er war, wie er hieß. Nur sie wusste es jetzt, gefesselt und ohne die kleinste Chance, sich ihm zu entziehen, ihm zu entkommen, einem Mann, dem sie bislang keinen Gedanken gewidmet hatten. Er stand nicht in der Liste derjenigen, die während des Gedenkgottesdienstes rings um den Bürgermeister versammelt waren, und gehörte nicht zu denen, die in irgendeiner Abhängigkeit zu Hajo Conrad standen. Und er war nicht Jäger, Fleischer oder Arzt.

Sonja saß noch immer regungslos und mit feuchten Augen an der kalten Wand. Die Kabelbinder, mit denen er sie gefesselt hatte, fraßen sich unaufhaltsam in ihr Fleisch. Ausdruckslos sah sie die Bestie an, als ihr im Angesicht ihres nahen Todes ein Geistesblitz kam.

Ich, Sonja Brinkmann, werde dich zeichnen. Ich werde dir ein Mal verpassen, das die ganze Welt sehen kann, ein drejanisches Kainsmal.

Wieder beugte er sich zu ihr hinunter, näherte sich mit geifernden Lippen ihrem Hals. »Keine Angst. Ich will dich nur küssen, ein wenig von deinem Geruch einsaugen. Nicht mehr ... vielleicht noch den linken Fuß ... Ja, den will ich auch noch haben ... aber später erst.«

Als er sich wieder aufrichtete, schürzte sie die Lippen, als wolle sie seine Küsse erwidern. Ganz langsam, mit männlicher Siegesgewissheit lächelnd, beugte er sich erneut hinunter, flüsterte im Stile eines großen Verführers: »Warum denn nicht gleich so?«, und drückte seine schweren feuchten Lippen auf die von Sonja.

Und dann passierte es.

Wie eine zuhackende Klapperschlange riss Sonja ihren Mund auf und schlug ihre Schneidezähne mit aller Kraft in seine Unterlippe. Er versuchte, sich sofort loszureißen, merkte aber, dass Sonjas Biss zu stark war, und griff ihr an die einzige Stelle des Kiefers, die ihren Biss öffnen konnte.

Er hatte zwar nicht aufgeschrien, doch Sonja erkannte an seinem Gesichtsausdruck, dass er große Schmerzen hatte, denn im linken Teil seiner Unterlippe klaffte ein großes Loch. Er tastete mit zwei Fingern nach der stark blutenden Stelle, nahm den ehemals als Knebel benutzten Stofffetzen und drückte ihn auf seinen Mund, drehte sich um und verließ wortlos den Raum.

Sonja holte durch die Nase tief Luft, lächelte zufrieden über das ganze Gesicht und spuckte das Stück Unterlippe der Kreatur vor sich auf den kahlen Fußboden.

42

Manzetti senkte den Arm, in dessen Hand noch immer das Telefon lag, ganz langsam nach unten. Seine Konzentration galt nicht mehr dem gesprochenen Wort dieser Bestie, sondern der Umgebung. Seine Augen tasteten jedes Gebäude ab, das den Dorfplatz säumte, als wären sie in der Lage, durch die Wände zu schauen wie ein Röntgengerät.

In welchem Haus hatte er sich verschanzt? Wo hatte er Sonja versteckt? Und was, verdammt noch mal, hatte er ihr gerade angetan? Fragen über Fragen, die sich wie glühende Schmiedeeisen in seine Seele einbrannten und die schnell, sehr schnell beantwortet werden mussten.

Manzetti war auf diese Entwicklung nicht vorbereitet, er hatte keinen Plan, denn dass die Bestie sich an seiner Mitarbeiterin vergehen könnte, hätte er noch vor einer halben Stunde kategorisch ausgeschlossen. Aber dieser Typ hatte es wirklich getan, daran gab es seit Sonjas markerschütterndem Schrei keinen Zweifel. Also galt es, nachzudenken, dringend, denn es musste eine Lösung her, sofort.

Doch seine Gedanken gehorchten ihm nicht, sie waren nicht unter Kontrolle zu bringen. Wie die haarigen Flugschirmchen der Pusteblumen flogen sie in alle Richtungen davon. Wie sollte es ihm da gelingen, die Bestie zu verstehen; wie konnte er hinter deren Rätsel kommen?

Als Manzetti sich durch den Ring der Dorfbewohner geschoben hatte, fiel sein Blick wieder auf die tote Marie Mahlow und auf das, was die beiden ermordeten Frauen vereinte.

Die roten Schuhe.

Aber ging es wirklich nur um die roten Pumps, so wie er es der Bestie vor ein paar Minuten um die Ohren gehauen hatte? War das die Lösung? Wie war das mit dem Gabeldieb? Der hatte die Gabeln gestohlen, um sie zu besitzen, um sie zu Hause tausendfach zu horten. Du hingegen, sagte sich Manzetti, du sammelst die roten Schuhe nicht nur, du tötest auch, was eine ganz andere Qualität ist. Doch warum? Reichen dir die Schuhe nicht oder geht es hier um etwas ganz anderes?

Manzetti drehte sich um und forderte mit ausgebreiteten Armen das Dorf auf, ihm zuzuhören. Die Bewohner von Drejan schauten ihn mit den Augen kleiner Kinder an, die vor dem Christkind standen und das Gedicht vergessen hatten.

»Mein Name ist Andrea Manzetti«, begann er mit einer Stimme, die nach dem Röhren eines Hirsches klang. »Ich bin der Leiter der Brandenburger Mordkommission, die sich um die Aufklärung der Tötungsverbrechen an Beate Conrad und Marie Mahlow kümmert. Ich gehe mittlerweile davon aus, dass nicht nur die Opfer aus Drejan stammen, sondern dass auch der Mörder Einwohner dieses Ortes ist.« Wie auf ein verstecktes Handzeichen ging ein langes Raunen durch die Reihe der Dorfbewohner.

»Und wenn er wirklich in Drejan wohnt, bedeutet das, dass Sie ihn kennen. Sie alle«, sagte Manzetti und deutete mit dem Zeigefinger, den Arm im Halbkreis führend, auf den Ring der Dorfbewohner. »Ich habe gerade mit ihm telefoniert und dabei erfahren, dass er meine Kollegin in seiner Gewalt hat. Sie alle kennen Sonja Brinkmann, sie war seit Samstag immer an meiner Seite. Ich werde nicht zulassen, dass sie sein nächstes Opfer wird, und bitte Sie alle um Hilfe. Sagen Sie mir, was Sie wissen; brechen Sie endlich Ihr Schweigen und verhindern Sie damit, dass Sie sich mitschuldig machen am Tod unschuldiger Frauen.«

Manzetti unterbrach seine Ansprache kurz, zeigte nun mit dem ausgestreckten Arm auf die Kirche und fuhr dann fort: »Wer nicht mit mir reden will, der kann das, was er mir zu sagen hat, auf ein Blatt Papier schreiben und es auf den Altar der Dorfkirche legen. Ich werde die Pfarrerin bitten, die Kirchentür nicht abzuschließen. Und informieren Sie bitte auch Ihre Nachbarn, die jetzt nicht hier zum Dorfplatz gekommen sind. Aber beeilen Sie sich, wir haben nicht mehr viel Zeit, das Leben von Sonja Brinkmann, einer noch sehr jungen und unschuldigen Frau, zu retten.«

Als Manzetti sich wieder umdrehte und dem Dorf den Rücken zukehrte, stand direkt vor ihm Bremer. Und Linda?

War sie etwa auch verschwunden? »Wo ist Linda?«, bellte Manzetti den Rechtsmediziner an.

Bremer zeigte zu dem weiß gestrichenen Bauernhaus, das in seinem Rücken stand. »Sie wollte nach irgendeinem Hund schauen, der nicht bellt, wenn ich das richtig verstanden habe.«

Manzetti schaute zu dem Zaun des Bauernhauses und stieß mit großer Erleichterung geräuschvoll einen Schwall Luft aus, als er die junge Kollegin ausmachte, die telefonierend auf ihn zukam.

»Er bellt«, sagte Linda, als sie wieder zwischen Manzetti und Bremer stand.

»Wer bellt?«, wollte Manzetti wissen.

»Der weiße Hund. Er bellt, und wie.«

»Und warum interessiert dich das?«

»Wegen Sonja. Ihr ist heute Morgen, als wir das Dorf beobachtet haben, aufgefallen, dass der Hund nur hin- und hergelaufen ist, aber nicht gebellt hat, als der Mörder aufgetaucht ist. Das fand sie merkwürdig, würden doch ihrer Meinung nach alle Dorfköter kläffen wie vom Teufel besessen, sobald sich jemand ihrem Grundstück nähert, der da nicht hingehört.«

»Und was hast du rausgefunden?«

»Na, dass Sonja Recht hat. Als ich um die Hausecke kam, stand er da, sah mich an und hat sofort angefangen zu bellen. Also hat er denjenigen, der Marie Mahlow auf der Schulter trug, richtig gut gekannt, wenn der Hund nicht sogar sehr vertraut mit unserem Serienmörder ist.«

Manzetti blickte zu dem Bauernhaus, auf dessen Grundstück der große weiße Hund noch immer bellte. »Wer wohnt denn da?«

»Ein älteres Ehepaar«, antwortete Linda. »Sie kommen aber für die Morde nicht infrage.«

»Und warum nicht?«

»Sie sind bei Verwandten im Erzgebirge. Die Nachbarn kümmern sich derweil um den Hund, und die sagten mir, dass das Ehepaar bereits über eine Woche weg ist. Ein wasserdichtes Alibi.«

»Und diese Nachbarn?«, fragte Manzetti. »Was ist mit denen?«

»Bei denen bellt der Hund auch«, erklärte Linda. »Auch eine Art Alibi.«

Es verging einige Zeit, bis Manzetti den Blick von dem Bauernhaus löste und den nächsten Gedanken kundtat. »Den nicht bellenden Hund legen wir bei unseren Überlegungen erst mal beiseite. Vielleicht kommen wir später auf ihn zurück, wenn wir alle Indizien nebeneinanderlegen, die uns als Gesamtbild dann hoffentlich zu ihm und, noch viel wichtiger, zu Sonja führen, bevor er ihr die roten Schuhe anzieht.«

Bremer löste sich aus seiner Starre und legte Manzetti eine Hand auf die Schulter. Er kannte seinen Freund schon sehr lange, und er war deshalb in der Lage, von Manzettis Gesicht dessen Gefühlswelt abzulesen. Auch jetzt. »Du wirst sie finden.« Er sah Manzetti tief in die Augen. »Wer, wenn nicht du? Das weiß auch Sonja.«

»Aber *ich* weiß es nicht«, sagte Manzetti mit erstickter Stimme. »Ich habe erhebliche Zweifel, ob ich noch der Richtige bin für diesen Job. In den letzten Tagen hatte ich mehrmals das Gefühl, dass meine Zeit abgelaufen ist. Nicht ich habe Linda und Sonja heute Nacht beschützt, sondern die beiden mich. Ich glaube, ich bin zu alt, zu langsam und mittlerweile auch zu wenig kreativ. Und jetzt, da mir diese Bestie klarmacht, dass er Sonja in seiner Gewalt hat, habe ich keinen Plan.«

»Lass uns zusammen einen schmieden«, schlug Bremer vor. »Was hat er dir denn alles gesagt am Telefon? Vielleicht können wir aus seinen Worten etwas ablesen und halten dann den roten Faden in der Hand, der uns zu ihm führt.«

Manzetti nickte, und Bremer erkannte in den Augen des Kriminalisten, dass er zu alter Stärke zurückfinden wollte und würde. »Er spricht nicht dieses Brandenburger Platt, sondern Hochdeutsch, sehr ausgefeilt und ohne die grammatikalischen Fehler, auf die man hier sonst trifft. Also ist er kein typischer Bewohner Drejans. Jedenfalls hat er nicht immer hier gelebt. Und er wusste, dass ich in San Gimignano geboren bin, weshalb er vermutet, dass ich Kerstin und die Mädchen dorthingeschickt habe, nachdem sein Schreiben in unserem Briefkasten aufgetaucht war.« Manzetti schloss für einen Moment die Augen und strich sich mit Daumen und Zeigefinger über die Nasenwurzel. »Ach ja, das Schreiben. Es entsprach in Layout und Schriftart den Standards amtlicher Dokumente, was den Schluss zulässt, dass er möglicherweise eine Ausbildung in der Verwaltung erfahren hat.«

»Noch mal zu San Gimignano«, unterbrach Linda. »Wem hier in Drejan ist denn bekannt, dass du aus der Toskana kommst? Ich glaube, die meisten der Dorfbewohner wissen nicht einmal, dass es diesen Ort überhaupt gibt. Hast du mit jemandem darüber gesprochen?«

Manzetti musste überlegen. »Ja«, sagte er dann, »mit dem Bürgermeister. Als ich bei ihm in seiner Villa war, hat er mir einen Poligrappa angeboten und kurz über die Schönheit der Heimat meiner Mutter philosophiert. Dabei muss ich ihm wohl auch gesagt haben, dass ich in San Gimignano geboren bin.«

In Lindas hübsches Gesicht zog ein Lächeln ein, ein sieges-gewisses. »Das passt«, sagte sie. »Als ich gerade bei dem weißen Hund war, rief mich ein Freund an. Sonja hatte mich nämlich gebeten, zu recherchieren, woher die roten Schuhe kommen.«

»Richtig«, sagte Manzetti. »Lass mich raten. Amazon oder Zalando.«

Linda schüttelte den Kopf. »Nein. Rizzoli.«

»Rizzoli?«, fragte Bremer nach. »Noch nie gehört.«

»Aber ich«, sagte Manzetti. »Bozen, Laubengasse sechzig. Wenn deine neue Flamme auch so eine ist wie Kerstin, dann mein Bester, wirst du sehr schnell wissen, wer Rizzoli ist. Das beste Schuhhaus in Bozen, alter Familienbesitz.« Und wieder zu Linda gewandt: »Und du bist ganz sicher, dass die Schuhe bei Rizzoli gekauft worden sind?«

Wieder nickte Linda. »Ein Freund von mir ist Schuhdesigner. Dem habe ich den Schuh gezeigt, den wir am rechten Fuß von Frau Conrad gefunden haben. Rizzoli hat er gesagt, weil er das Logo auf der Ledersohle erkannt hat. Und«, sie hob den Zeigefinger, »der Herr Rizzoli hat mir gerade am Telefon erzählt, dass man die Schuhe vor dreißig Jahren aus dem Sortiment genommen hat, weil die Manufaktur, die sie hergestellt hatte, in Konkurs gegangen war. Und das letzte Dutzend hat ein deutscher Tourist gekauft, der eher wie ein Jäger gekleidet war, also derbes Schuhwerk trug, weshalb man sich gewundert habe, dass er an so einem feinen Schuh interessiert war.«

»Und dann auch noch zwölf Paar«, warf Bremer ein.

Manzetti bückte sich, zog der toten Marie Mahlow den roten Schuh aus und drehte ihn, um auf die Ledersohle schauen zu können. Auch er erkannte jetzt das Logo. Kerstin hatte mindestens fünf Paar Schuhe bei Rizzoli gekauft und alle waren sie gleich gekennzeichnet.

»Hajo Conrad«, sagte Bremer. »Er weiß, dass du aus San Gimignano stammst, er trägt Jägerklamotten. Gut möglich, dass er es war, der ein Dutzend Paar rote Pumps bei Rizzoli gekauft hat. Mich soll ein Grizzly küssen, wenn das ein Zufall ist.«

»Ist es nicht«, sagte Manzetti, »auch wenn nicht er es war, der vorhin mit mir telefoniert hat. Aber er weiß, was hier gerade abläuft, weil er es angeordnet hat ... Linda, du fährst sofort in die Direktion und schleppst diesen Bürgermeister her. Das große Programm mit Handschellen, Fußfesseln, Blaulicht und Sirene. Wär doch gelacht, wenn wir dem Dorf nicht klarmachen können, dass es aus ist mit ihrem Paten. Vielleicht öffnet ja doch irgendwer den Mund.«

43

Manzetti hatte sich in Bremers Kastenwagen zurückgezogen, in dem der Rechtsmediziner Drejan kurz verlassen hatte, was besorgen, hatte er gemurmelt, war aber schnell zurückgekehrt, um sich nun wieder mit Marie Mahlow zu beschäftigen. In dem Auto fand Manzetti die nötige Ruhe, um nachzudenken und sich Notizen zu machen. Manchmal, und das hoffte er auch für diesen Moment, schrieb sein Kugelschreiber einfach von allein weiter, spann die Gedanken fort, wie von Geisterhand geführt. So jedenfalls kam es Manzetti gelegentlich vor. Doch trotz angestrengten Hoffens tat der Stift ihm den Gefallen nicht, er war sogar in den Fußraum gefallen, weil Manzetti eingeschlafen war. Die letzte Nacht war kurz gewesen und hatte sich kräfteraubend fortgesetzt.

Nach etwa zehn Minuten schreckte er hoch. Wie zum Teufel hatte er einfach so einnicken können? Er hätte sich selbst in den Hintern beißen können, wäre er dazu in der Lage gewesen. Sonja in der Gewalt dieser Bestie und er machte ein Nickerchen, als gäbe es nichts Dringenderes zu tun. Nicht zu fassen!

Dann aber beruhigte er sich, blickte sich um. Drejan, der Ort, an dem die Menschen im Wald leben und in dem du nicht tot überm Zaun hängen willst. Dieser Ort war nichts für Manzetti, er wirkte lähmend auf ihn, das diffuse Licht erstickte jeden Gedanken an Frohsinn, die Menschen waren merkwürdig, manche nicht auszuhalten; alles hier setzte ihm zu, verschlang seine Seele.

Und zu allem Überfluss war Sonja in diesem Dorf in großer Gefahr. Manzetti spürte, dass nur wenige Meter zwischen ihm und Sonja lagen, doch die waren kaum zu überwinden. Das Ungeheuer hatte zu viele Verbündete, die Geister von Drejan beschützten ihn. Wenn er Sonja nicht bald fände, würde die Bestie sie ermorden und im Schutz der dunklen Nacht mit einem roten Schuh an ihrem rechten Fuß irgendwo ablegen, wahrscheinlich auf dem Misthaufen des Mahlowhofes.

Aber warum gerade dort? Was hatte die Bestie mit dem Mahlowhof zu tun? Warum hatte er Beate Conrad ausgerechnet an einer Stelle abgelegt, an der Mist gesammelt wurde, und hätte dies wahrscheinlich auch mit der Leiche von Marie Mahlow getan, wenn Manzetti und die beiden Mädels ihn nicht gestört hätten?

Manzetti hatte darauf keine Antwort, doch es kam ihm ein anderer Gedanke. Angetrieben von diesem sah er sich im Dorf um, jedenfalls in dem Teil, den er aus Bremers Kastenwagen einsehen konnte. Und das, was er sah, besser, das, was er nicht sah, war ein weiterer Misthaufen. Sicherlich gab es hinten bei den Stallungen auch noch einen, doch hier, wo alle ständig vorbeimussten, wenn sie sie sich in Drejan bewegten, hier gab es nur den von Freddi Mahlow.

Manzetti schrieb diese Erkenntnis in sein Notizbuch, schloss die Augen und folgte weiter seinen Gedanken.

Wie tickst du, fragte er im Stillen die Bestie. Es geht dir gar nicht um den Mahlowhof, es geht dir um etwas ganz anderes, bei dem nicht der Ort das Zentrum ist, sondern die Erniedrigung, der du deine Opfer aussetzt, es geht dir um Macht, und dann erst geht es um den Misthaufen, damit alle sehen können, wie du ihn auslebst, deinen Sadismus. Ich habe eine Vorahnung von dem, was dir durch den Kopf jagt, ich verstehe dich immer besser. Aber ist es dir so wichtig, dass alle sehen können, wie du andere erniedrigst? Nicht wen; das ist dir völlig egal, denn sonst hättest du dir nicht auch noch Sonja genommen. Es geht dir um das Wie, das alle mit anschauen müssen.

Was treibt dich an? Sind es Leidenschaften? Sind es Emotionen oder gar Triebe? Warum machst du die Frauen zu einer Sache, warum degradierst du sie zu einem profanen Spielball deiner Gelüste? Ist es wirklich nur das Ausleben von Macht?

Doch warum diese Bühne? Warum müssen alle im Dorf mit ansehen, was du mit den Frauen anstellst; und warum sind es Frauen? War es gar nicht dein großer Bruder, der dir in deiner Kindheit die Schuhe weggenommen hat? War es vielleicht die große Schwester oder war es sogar deine Mutter?

Ja, es war die Mutter!

Sie hat dich zutiefst getroffen, denn zu niemandem hattest du innigeren Kontakt als zu ihr. Und wenn sie diese Innigkeit gestört hat, sogar zerstört, dann macht dich das rasend, auch heute noch. Dann leidest du Höllenqualen.

Hat sie dich dadurch zu dieser Bestie gemacht, weil sie nicht akzeptieren konnte, dass du anders bist, dass du heimlich rote Damenschuhe angezogen hast?

44

Bremer, der eine erste Untersuchung der Leiche von Marie Mahlow abgeschlossen hatte, setzte sich auf seinen Metallkoffer neben die geöffnete Beifahrertür des Kastenwagens, also ganz dicht neben Manzetti. Er schwieg so lange, bis der Hauptkommissar ihn fragend ansah.

»Lass mich raten«, sagte Bremer. »Du grübelst dir die Seele aus dem Kopf, wie du Sonja retten kannst.«

Manzetti nickte. »Ich habe schon an alles Mögliche gedacht und gleich wieder verworfen.«

»Zum Beispiel?«

»Dass ich in jedes dieser Häuser einmarschiere und vom Keller bis zum Dachboden alles durchsuche, jeden Winkel, bis ich Sonja finde.«

»Aber dafür bekommst du keinen richterlichen Beschluss, nehme ich an.«

»Nein«, antwortete Manzetti resigniert. »Ich müsste schon etwas Konkretes in der Hand haben.«

»Hast du leider nicht, aber du wirst einen Weg finden, sie zu retten, das kann gar nicht anders sein. Übrigens deine Ansprache vorhin an die Geister von Drejan, die scheint etwas ausgelöst zu haben.«

»Meinst du?«

»Und ob. Sieh dich doch mal um.«

Manzetti legte sein Notizbuch und den Kugelschreiber auf den Fahrersitz und sah hinaus. Er hatte es gar nicht gemerkt, aber während er eingeschlafen war, hatten die Einwohner Drejans still und leise den Dorfplatz geräumt. Niemand außer Bremer, den uniformierten Polizisten und ihm selbst war mehr zu sehen.

Doch dann bewegte sich etwas, ein Auto kam aus dem Wald und hielt an der Kirche. Die Pfarrerin stieg aus und kam auf Bremer und Manzetti zu, kerzengerade und stocksteif, so dass man glauben konnte, sie sei zu einer Art Roboter mutiert. Als sie die beiden Männer fast erreicht hatte, erkannte Manzetti, dass auch die Gesichtszüge von Julia Berg eingefroren waren. Nichts erinnerte ihn mehr an das erste Zusammentreffen mit der jungen Frau, die klug und lebensfroh neben ihm auf der Bank bei der Kirche gesessen hatte. Sie war in den letzten Tagen um Jahre gealtert, wirkte ausgelaugt, fast konnte man glauben, sie sei schwer krank.

»Frau Berg«, sagte Manzetti, als er aus dem Kastenwagen stieg und der Pfarrerin die Hand gab. »Wie geht es Ihnen? Sie sehen mitgenommen aus.«

»Ist das ein Wunder?«, murmelte sie und biss sich ganz leicht auf die Unterlippe, als müsse sie nachdenken. »Was hier in Drejan gerade passiert«, sagte die Pfarrerin mit Blick auf die Leiche von Marie Mahlow, »ist auch für eine Geistliche zu viel.« Dann sah sie Manzetti lange an, Hilfe suchend. »Haben Sie schon eine Ahnung, wer es sein könnte?«

»Nein, habe ich nicht«, antwortete Manzetti. »Aber ich muss es bald wissen, weil er meine Kollegin Sonja in seiner Gewalt hat.«

Julia Berg sah Manzetti noch immer an. Ihr Blick hatte sich verändert, er war jetzt fester, härter sogar. »Woher wissen Sie das?«

»Er hat mich mit ihrem Handy angerufen und er hat es mir gesagt. Mir bleibt nicht mehr viel Zeit herauszufinden, wer diese Bestie ist. Darum habe ich die Dorfbewohner aufgerufen, mir zu helfen. Sie sollen mit mir reden über das, was sie wissen. Und wer das nicht tun möchte, dem habe ich angeboten, mir eine Nachricht auf einen Zettel zu schreiben und diesen auf den Altar der Dorfkirche zu legen. Ich bitte Sie daher, die Kirche nicht abzuschließen.«

Die Pfarrerin wechselte den Blick zu Bremer, dann sah sie wieder Manzetti an. »Jeder Mensch ist ein Abgrund. So haben Sie es doch vor ein paar Tagen formuliert. Und Sie haben auch gesagt, dass es Männer auf dieser Erde gibt, die den ersten Stein werfen würden. Ich befürchte aber, damit können Sie hier nicht rechnen. Zumindest dann nicht, wenn sich alle an die Worte Jesu halten, dass nur der, der frei von Sünde ist ...

Sie kennen das sicher.« Sie sah sich auf dem Dorfplatz um. »Wann haben Sie denn zu den Drejanern gesprochen?«

»Ist noch nicht lange her«, sagte Manzetti.

»Und?«, fragte Julia Berg provokant. »Hat sich jemand an Sie gewandt?«

Manzetti schüttelte den Kopf.

»Sag ich doch. Sie sind alle gegangen und niemand wird einen Stein aufheben, niemand wird Ihnen einen Hinweis geben, der Sie zum Mörder führt. So ist das in Drejan und so war das schon immer.«

»Auch Sie nicht?«, fragte Manzetti.

»Nein, auch ich nicht«, antwortete Julia Berg. »Sie müssen den Mörder selbst finden, Herr Manzetti. Niemand kann, niemand wird Ihnen dabei helfen.« Dann ging Sie und verschwand in wenigen Augenblicken in der Kirche.

Bremer erhob sich von dem Metallkoffer und holte seinen Flachmann aus dem Rucksack. »Düstere Aussichten an einem finsteren Ort«, sagte er und hielt Manzetti das Fläschchen hin. »Willst du?«

Manzetti schüttelte den Kopf. »Eistee ist nicht so mein Ding«, sagte er. »Ist mir zu süß?«

»Ist kein Eistee«, sagte Bremer. »Ist Gin.«

Manzetti zog die Augenbrauen zusammen. »Ich denke, du hast aufgehört? Ist die Liaison mit dieser Dame schon wieder vorbei?«

Bremer hob die Schultern. »Eine Eintagsfliege ist nun mal eine Eintagsfliege, auch wenn sie schillernd und unbeschwert daherschwebt.«

45

Das Gewitter brach los, als Linda gerade den Dorfplatz erreichte. Es war so unvorhergesehen über den Ort hergefallen, wie man es sonst nur aus den Bergen kannte, wo das Wetter innerhalb weniger Minuten umschlagen konnte. Der Wind heulte durch die dicht gedrängt stehenden Kiefern, riss Zapfen von den Zweigen, verteilte diese willkürlich im Dorf, während der Regen über die Hausdächer peitschte und die Hagelkörner die Blätter des Storchenschnabels niederdrückten, der in einem dichten Kranz die Kirche säumte. Manzetti und Bremer hatten sich in den Kastenwagen gerettet, Linda war gar nicht erst ausgestiegen und die uniformierten Kollegen hatten Unterschlupf in der Dorfkirche gefunden.

Nur Marie Mahlow lag völlig durchnässt vor dem Zaun des Bauernhauses, da, wo ihr Mörder sie abgelegt hatte. Man hätte ihr zurufen mögen, dass sie sich unterstellen solle, sie hole sich ansonsten noch den Tod.

»Willst du auch noch einen?«, fragte Bremer und hielt Manzetti wieder den Flachmann hin, während der Hagel ein kerniges Heavy Metal auf das Autodach trommelte.

»So ist' s besser«, sagte Manzetti schließlich. »Den anderen Bremer habe ich nicht gemocht.«

»Welchen?«, fragte der Rechtsmediziner.

»Den, der Eistee getrunken hat«, antwortete Manzetti. »Ist doch vollkommen ungesund, das süße Zeug.«

»Da hast Du Recht«, bestätigte Bremer, und konnte trotz ihrer verzweifelten Lage ein knappes Grinsen nicht unterdrücken.

Auch Manzetti konnte das Lächeln nicht zurückhalten, klopfte Bremer auf den Oberschenkel und forderte ihn auf, die Flasche wieder wegzustecken. »Wir müssen bei klarem Verstand bleiben, hörst du? Sonst finden wir Sonja nie.«

Kaum hatte Manzetti den Satz ausgesprochen, flog die hintere rechte Tür des Kastenwagens auf, krachte vom Wind erfasst in die Angel, und knallte auch schon wieder zu. Manzetti und Bremer sahen erst sich an, dann drehten sie sich zum Fond und riefen wie aus einem Munde: »Lore?«

»Guten Tag die Herren«, sagte die alte Dame. Sie strich sich mit faltigen Händen die dicken Regentropfen aus dem Gesicht. »Menschenskind, bei dem verfluchten Wetter schickt man ja keinen Hund vor die Tür.«

»Und warum sind Sie dann gekommen?«, wollte Manzetti wissen.

Lore schloss die Augen, horchte nach draußen, wo das Gewitter noch immer mit lautem Getöse wütete, und öffnete die Lider wieder, die zwei leuchtende Augen frei gaben. »Das da draußen, das ist ein Zeichen. Der Herrgott schickt uns die letzte Warnung. Wenn wir jetzt nicht vernünftig werden, dann öffnet er den Himmel und die Sintflut wird über uns hereinbrechen. Denn scheint in Drejan nie wieder die Sonne.«

»Nie wieder?«, hakte Bremer nach.

»Nein«, stieß Lore im Brustton tiefster Überzeugung hervor. »Nie wieder.«

»Also los«, forderte Manzetti. »Raus mit der Sprache. Was wollen Sie mir erzählen?«

»Das mit Ihrer Kollegin, Herr Hauptkommissar, das hat hier in Drejan keiner gewollt. Das müssen Sie mir glauben.

Und vielleicht ist es ja auch gar nicht so. Vielleicht haben Sie nur falsch kombiniert.«

»Nein«, sagte Manzetti. »Das habe ich nicht. Er hat mich angerufen und es mir selbst erzählt.«

»Hm«, machte Lore und stützte ihren kleinen Kopf auf die offene Handfläche. »Aber Sie müssen mir hoch und heilig versprechen, dass Sie mich nicht öffentlich benennen, wenn ich Ihnen sage, was ich mal vor vielen Jahre beobachtet habe.«

Manzetti hob zwei Finger und schwor wie ein Pfadfinder auf das Leben seines Vaters, der bereits vor Jahren verstorben war.

»Also«, sagte Lore daraufhin, »dann passen Sie mal gut auf. Ich habe mir die Marie und auch die Bea ganz genau angekuckt. Und was habe ich dabei festgestellt?«

Manzetti und Bremer zuckten mit den Schultern.

»Na, dass beiden Mädchen ein Fuß fehlt, und dass an dem anderen Fuß ein roter Schuh steckt.«

»Gut beobachtet«, lobte Manzetti, war sich aber nicht sicher, ob er Lore einfach so weiterreden lassen konnte, denn die Zeit war kostbar. »Das wissen wir allerdings schon. Wenn Sie sonst nichts ...«

Lore erhob ihren dünnen Zeigefinger wie ein Stilett. »Ich habe, meine Herren. Denn mir ist eingefallen, wo ich diese feinen Schuhe schon mal gesehen hab.«

»Und wo?«

»Auf unserer alten Müllkippe, die Sie ja nun umgegraben haben. Da habe ich die Schuhe einst gesehen. Das kann gut fünfundzwanzig Jahre her sein. Vielleicht auch dreißig. Und was glauben Sie denn, wer die an den Füßen gehabt hat?«, fragte Lore und nahm ihren Finger wieder herunter.

»Ich weiß nicht«, sagte Manzetti.

»Der Hannes«, sagte Lore und riss ihre Augen weit auf. »Unser Hannes Roman. Der hat die wohl da gefunden, sie angezogen und damit getanzt wie Rumpelstilzchen.«

Manzetti sah Lore sehr ernst an. »Sie meinen den Bruder der Pfarrerin?«

»Ja, genau den. Bloß damals, da war die Julia ja noch keine Pastorin. Die war noch klein und hat sich rührend um ihren großen Bruder gekümmert, als das passiert ist mit dem Unfall.«

»Was für ein Unfall?«

»Na, der Junge ist doch mit dem Bein in die Kreissäge gekommen, der arme Kerl. Er ist vor der Frieda, die seine Mutter war, geflüchtet, als die das gesehen hat, dass der Bub sich rote Frauenschuh anzieht. Die hätte ihm ordentlich das Fell ausgestaubt, hätte die. Und da ist der Junge abgehauen über das Scheunendach, hat sich aber nicht halten können und ist auf der anderen Seite mit dem linken Fuß an die Kreissäge vom Bürgermeister gekommen. Da war der Fuß auch gleich ab und seither hat er da so eine Prothese.«

Manzetti stockte der Atem. War er es? War Hannes Roman die Bestie? Er blickte durch den Regen zur Kirche, dahin, wo Julia Berg noch vor Ausbruch des Unwetters verschwunden war. Musste er sie warnen? War auch sie in Gefahr, oder würde Roman sie verschonen, weil sie seine Schwester war?

Manzetti zog sein Handy aus der Tasche und wählte die Nummer der Pfarrerin.

46

»Wo ist sie?«

»Wer?«

»Die Polizistin?«

Hannes Roman lachte laut los und legte seine linke Hand auf Julias Schulter.

»Wo ist sie?« Julia schrie auf ihren Bruder ein, wie sie das noch nie getan hatte, und schlug seine Hand heftig weg. »Sag mir, wohin du sie gebracht hast. Ich will sie sehen, sofort.«

Hannes Roman feixte mit einem Gesichtsausdruck, der eine Mischung war aus Clownsgesicht und Teufelsmaske. Julia lief es kalt den Rücken hinunter. Sie wusste nur zu gut, dass er in solchen Situationen dem Satan näher war als dem Harlekin.

»Sie lebt«, sagte Roman und nahm die vollgeblutete Mullbinde von der Unterlippe, wechselte sie gegen eine frische. »Auch wenn das Aas das nicht verdient hat.«

»Du blutest ja«, stellte Julia fest und drehte den Kopf ihres Bruders ins Licht. »Du meine Güte, da fehlt aber ein ordentliches Stück. Damit musst du zum Arzt. Wie ist das denn passiert?«

»Sie hat mir die Lippe abgebissen, die kleine Nutte«, antwortete Roman und sein Gesicht verbannte augenblicklich den Rest vom Clown, überließ das Feld einzig der Teufelsmaske. »Ich werde sie dafür genügend belohnen, bevor ich ihr den Hahn abdrehe.«

»Wo ist sie? Ich will sie sofort sehen!«

»Das geht jetzt nicht. Das ganze Dorf ist voller Polizei. Wir können nicht einfach zu Hajo gehen und in seiner Villa verschwinden. Die Bullen haben dort alles versiegelt.«

»Du hast sie zu Hajo gebracht? Bist du jetzt vollkommen verrückt geworden?«

»Ich?«, fragte Roman belustigt. »Ich bin verrückt, juchhe, ich bin verrückt, juchhe, ich bin verrückt, juchhe!«, sang er und drehte sich wie ein Irrwisch im Kreis.

Julia griff nach seinem linken Arm und stoppte den Reigen vehement. »Ja, das bist du! Zieh die roten Schuhe aus. Immer wenn du sie trägst, bist du von Sinnen und kannst keine klaren Gedanken mehr fassen.«

Roman sah sie mit giftigen Augen an. »Ich ziehe sie nicht aus«, keifte er speichelbeladen hervor. »Nie mehr ziehe ich sie aus. Es sind meine Schuhe. Du musst sie mir schon vom Fuß reißen.«

»Stell dich nicht so an«, widersprach Julia. »Willst du etwa so durchs Dorf laufen? Dann kannst du ja gleich ausrufen, dass du der Mörder bist, den die Polizei sucht und der zwei Frauen aus Drejan auf dem Gewissen hat.«

»Und du, meine Liebe?«, fragte Roman, während sein Zeigefinger wie der eines Verliebten über Julias Hals strich, was sie sofort abwehrte.

»Ach, Schwesterherz«, stöhnte er. »Hast du nicht auch eine Frau aus Drejan auf dem Gewissen? Zwei ich und eine du. Das macht dann drei, wenn ich mich nicht verrechnet habe.«

47

Manzetti steckte das Handy wieder weg. Julia Berg war also nicht zu erreichen, ihr Telefon ausgeschaltet. Was konnte das bedeuten? Hielt Hannes Roman auch seine Schwester gefangen?

Manzetti wusste es nicht, und er hatte auch keine Idee, wie er das herausfinden konnte, denn würde er sich unvorbereitet dem Haus nähern, in dem Roman lebte, könnte das den Bruder der Pfarrerin veranlassen, Sonja sofort zu töten. Und außer Lore war niemand in Drejan freiwillig bereit, mit ihm zu reden. Irgendwie war es hier wie in Kalabrien, dachte Manzetti. Wie im Süden Italiens regierte in diesem Dorf die Omerta.

Sein Blick ging hinüber zu dem schwarzen VW, in dem Linda und Hajo Conrad auf ein Zeichen von ihm warteten. Konnte er auf den Bürgermeister setzen? Würde der vielleicht mehr erzählen, wenn Manzetti ihm einen Deal anbot? Bremer hatte Conrad eine Tarantel genannt, die große Spinne, die im Zentrum des Netzes lauert und bei der geringsten Vibration dem Unruhestifter ihre Giftzähne einschlägt. Nein, Conrad kam als Quelle der Erkenntnis nicht infrage. Der Bürgermeister wachte über die Omerta, schwer vorstellbar, dass er es sein würde, der als Erster gegen das Schweigegelübde verstieß.

Manzetti saß die Zeit im Nacken. Jede Minute, die verstrich, brachte Sonja in größere Not. Das Seminar fiel ihm wieder ein, an dem er vor ein paar Jahren in Rom teilgenommen hatte, bei der Antimafiabehörde der italienischen Polizei. Es sind die Mütter, hatte es dort geheißen, an die Mütter müsst ihr ran.

Denn die begehren auf, die sind es satt, ständig für ihre Söhne zu beten, sie aber doch im Kugelhagel zu verlieren. Wenn einer aus der ehrbaren Familie mit euch spricht, hatte Manzettis Mentor ihm damals gesagt, dann eine Mutter, die Angst um ihren Sohn hat.

Manzetti schlug sein Notizbuch auf. Er fand schnell die Seite, auf der Jürgen-Heinz die Namen derjenigen notiert hatte, die in der Kirche dicht um den Paten von Drejan gesessen hatten. Und hinter die Namen hatte Manzetti notiert, was Lore ihm über die Männer erzählt hatte. Dr. Franke – spielsüchtig; Bruno Schmidt – Drogen; Mathias Meier – Kinderpornographie. Mathias Meier! Für die Verbreitung der Fotos im Internet hatte der junge Mann einige Monate im Gefängnis verbracht. So jedenfalls hatte Lore es zu berichten gewusst.

Manzetti blätterte noch ein paar Seiten zurück und fuhr mit seinem Zeigefinger die Zeilen von oben nach unten ab. Ingrid Meier, die Gemeindekirchenratsvorsitzende. Eine Empfehlung von Julia Berg. Fragen Sie die Kirchenratsvorsitzende, hatte die Pfarrerin ihm geraten. Die Ingrid kennt jeden hier im Ort. Und wenn Mathias Meier ihr Sohn war, hatte sie womöglich Angst um ihn, Angst davor, dass Conrad den Buben immer weiter in seinen Bann zieht.

Er holte wieder sein Handy hervor und wählte eine Nummer aus den Kontakten.

»Naumann«, kam es aus dem Hörer.

»Jürgen-Heinz, hören Sie ...«, sagte Manzetti und wurde prompt unterbrochen.

»Ich höre ganz genau, Herr Kommissar.«

»Nun unterbrechen Sie mich doch nicht dauernd«, fuhr Manzetti seinen Kollegen an.

»Ich … Sie unterbrechen … Ich doch nicht, Herr Kommissar. Nie würde ich das tun.«

»Schluss jetzt!«, schnauzte Manzetti genervt und musste zu seiner größten Verblüffung feststellen, dass Jürgen-Heinz aufgelegt hatte. Wieder wählte er die Nummer.

»Naumann«, kam es aus dem Hörer.

»Jürgen-Heinz, warum haben Sie einfach aufgelegt?«

»Ich?«

»Ja natürlich Sie.«

»Na, weil Sie doch gesagt haben *Schluss jetzt.*«

Manzetti schlug sich mit der flachen Hand vor die Stirn. »Jürgen-Heinz, ich habe eine Frage. Ist Mathias Meier der Sohn von Ingrid Meier?«

»Ja«, sagte Jürgen-Heinz, zu mehr ließ ihm Manzetti keine Zeit.

»Und wo wohnen die beiden?«

»In der Nummer 21«, sagte Jürgen-Heinz. Manzetti legte auf.

Sein Plan könnte aufgehen. Conrad hatte, so die Behauptung von Lore, Mathias Meier aus dem Knast geholt, und das mit Sicherheit nicht ohne Gegenleistung. Es konnte also sein, dass der Meiersohn voll mit drinhing in dem kalabrischen Müllgeschäft, das Hajo Conrad in Drejan als deutscher Statthalter der Ndrangheta organisierte.

Manzetti sah durch die Windschutzscheibe von Bremers Kastenwagen. Der Regen hatte aufgehört. Ein Blick nach links verriet ihm, dass Bremer eingeschlafen war, und so stieg Manzetti ganz leise aus dem Auto und machte sich auf den Weg zu dem Haus mit der Nummer 21, in dem Ingrid Meier mit ihrem Sohn Mathias lebte.

Manzetti musste lächeln. Mathias, war das nicht jener Jünger Jesu, der nach dem Tode des Apostels Judas als dessen Ersatz in die Reihen der Jünger Jesu gekommen war? Und würde er vielleicht auch zum Verräter, in diesem Fall an Hajo Conrad?

48

»Hannes, du kannst mir die Schuld am Tod unserer Mutter nicht anlasten. Und wenn, dann waren wir es beide.«

Roman grinste seine Schwester an, doch seine Augen blieben kalt. »Wir waren es nicht beide, Schwesterherz. Du allein hast ihr den Tee gekocht.«

Julia rang nach Luft. Wie konnte er das behaupten? Sie war der Verzweiflung nahe. »Aber das habe ich doch für dich getan, nur für dich. Sie hätte dich irgendwann totgeschlagen, wenn sie dich immer wieder mit diesen roten Schuhen erwischt hätte. Das konnte ich nicht mehr mit ansehen.«

»Und deshalb hast du ihr den Schierlingstee gekocht«, warf er ihr an den Kopf. »Unsere ach so fromme Julia ist eine kleine Mörderin.«

»Nur für dich«, schrie Julia auf ihren Bruder ein. »Ich habe es nur für dich getan.«

Hannes Roman blieb ungerührt von ihrem Geständnis. Er ging zu dem hüfthohen Küchenschrank, öffnete eine Tür und griff nach einer Flasche, deren Anblick Julia fast in Panik versetzte. Poli Aromatica.

»Du hast mir versprochen, nicht mehr zu trinken. Wo hast du das Zeug her?«, fragte sie.

»Eine Spende unseres Bürgermeisters«, antwortete Roman. »Er kauft nicht nur rote Schuhe im Dutzend, auch den Grappa ersteht er kistenweise.« Dann schraubte er die Flasche auf und setzte sie an die Lippen.

Julia sah ihm zu und erkannte, dass er den Grappa bereits zur Hälfte ausgetrunken hatte. Wie damals, dachte sie und ihr lief ein kalter Schauer über den Rücken. »Hannes, bitte. Trink das Zeug nicht. Es bringt dir deinen Fuß auch nicht zurück, macht dich aber zu einem gefährlichen Menschen.«

Julia brauchte nur die Augen zu schließen, um zu wissen, was es hieß, wenn ihr Bruder böse wurde. Die Bilder jener Nacht hatten sie nie losgelassen.

Es war in diesem Haus passiert. Julia, damals gerade acht Jahre alt, hatte lange, viel zu lange, mit ansehen müssen, wie die Mutter auf ihren vierzehnjährigen Bruder eingeschlagen hatte. Mal ging sie mit einem Nudelholz auf ihn los, mal mit einem Holzscheit, aber immer prügelte sie gezielt auf den Kopf ein, und immer schrie sie in ihrer Wut, dass sie dem missratenen Sohn schon diese Schwuchteleien aus dem Hirn treiben werde. Und immer stand Hannes blutüberströmt da, wie gelähmt, bis sie endlich aufhörte und fluchend im Schweinestall verschwand.

So ging es bis zu dem Tag, an dem Hannes vor der tollwütigen Mutter flüchtete, über das Scheunendach, von dem er schließlich abrutschte und auf der anderen Seite in der Kreissäge landete.

Also ging Julia zu den Lehmlöchern, sammelte mit schützenden Handschuhen Schierling und wartete, bis die Mutter ihr wieder befahl, ihr einen Kräutertee zu kochen. Julia, die oft über die Felder und Wiesen lief, hatte von der alten Maja Kröser, die so etwas wie die Kräuterhexe im Dorf gewesen war, erfahren, dass bereits ein Gramm Schierling bei Menschen den Tod herbeiführen konnte. Julia nahm drei Gramm, sie wollte absolut sichergehen.

Doch was dann geschah, darauf war sie nicht vorbereitet. Während die Mutter sich schreiend in Krämpfen wand, erschien Hannes plötzlich in der Tür, in der einen Hand eine fast leere Flasche Wodka, in der anderen eine Axt, in seinem Hosenbund steckte ein roter Schuh. Er schlug sofort zu. Wie eine Bestie hieb er auf die noch lebende Mutter ein, immer und immer wieder, beginnend am Bauch, in dem er herangereift war, dann hinab zu dem Becken, das ihn geboren hatte, und weiter zu den Beinen, auf denen sie hinter ihm hergelaufen war, um ihn zu bestrafen. So lange, bis sie aufhörte zu zittern und ihr linker Fuß aus dem Bett zu Boden fiel. Hannes war wortlos verschwunden, in der einen Hand die Wodkaflasche, in der anderen den linken Fuß der Mutter, den er in den roten Schuh gesteckt hatte.

49

Nach nicht einmal fünf Minuten kam Manzetti am Haus von Ingrid Meier an. Es stand direkt an der Waldgrenze und war von den Grundstücken am Dorfplatz nur durch einen sandigen Weg getrennt, der von seiner Breite her lediglich Fußgänger und Radfahrer zuließ. Das Haus an sich war schlicht, was so viel hieß, dass es ebenso unansehnlich war wie die meisten anderen Häuser in Drejan, grau und ohne bunten Vorgarten, wie man sie in den anderen Beetzseedörfern liebevoll angelegt hatte.

Manzetti trat an die Haustür, beugte sich leicht nach vorn und drückte auf die Klingel. Kaum hatte er sich wieder aufgerichtet, öffnete Ingrid Meier die Tür. Sie schien ihn erwartet zu haben.

»Frau Meier?«, fragte er. »Frau Ingrid Meier?«

»Ja, die bin ich.«

»Mein Name ist Manzetti. Ich bin der Leiter der …«

»Ich weiß, wer Sie sind«, unterbrach sie ihn. »Kommen Sie rein und schließen Sie die Tür.«

Manzetti trat ein, zog hinter sich die Tür wieder ins Schloss und folgte Ingrid Meier durch einen dunklen Flur in die nur wenig hellere Küche, die ähnlich abgewetzt wirkte wie die Außenfassade des Hauses.

»Darf ich Ihnen etwas anbieten, Herr Manzetti? Einen Kaffee vielleicht?«

Manzetti nickte dankbar. Ein Kaffee war eine gute Idee, spürte er doch schon deutlich das Schlafdefizit, dass sich langsam aber stetig an seinen Augenlidern zu schaffen machte. »Danke, der wäre jetzt gut.«

Ingrid Meier nahm eine Blechkanne vom Herd und goss den Kaffee in eine weiße Tasse aus dem gleichen Material. Sie stellte die Tasse vor Manzetti auf den Tisch. »Ich habe gehört, was passiert ist.« Sie wischte sich die Hände an ihrer Kittelschürze ab. »Der arme Freddi. Erst die Frau und nun auch noch die Tochter. Als hätte der Herr sich gegen ihn verschworen.«

Der Herr, wiederholte Manzetti stumm. Wenn der hier in Drejan die Finger im Spiel hätte, würde ihn lediglich der Umstand schützen, dass es ihn nicht gibt.

»Bei allem Respekt, Frau Meier, aber ich bin nicht aus religiösen Gründen zu Ihnen gekommen. Ich muss dringend denjenigen finden, der Beate Conrad und Marie Mahlow ermordet hat und der gegenwärtig meine Kollegin in der Gewalt hat, sie womöglich als Nächste töten wird. Und das ist, mit Verlaub gesagt, nicht der liebe Gott, sondern ein Einwohner Ihres Dorfes, ein Mann aus Drejan.«

Manzetti überlegte an dieser Stelle, ob er der Gemeindekirchenratsvorsitzenden noch mehr anbieten sollte. Den Namen desjenigen, den er nach Lores letzter Aussage im Verdacht hatte, die Bestie zu sein. Er entschied sich dafür. »Hannes Roman«, sagte er. »Wir denken, dass er hinter den beiden Morden steckt.«

»Hannes?«, fragte Ingrid Meier, und es klang, als sei sie sehr verblüfft darüber, genau diesen Namen im Zusammenhang mit den Morden von Drejan zu hören. »Wie kommen Sie ausgerechnet auf Hannes?«

»Frau Meier«, sagte er in schon schärferem Ton. »Das Leben meiner Kollegin ist in größter Gefahr. Ich kann Ihnen jetzt nicht jeden meiner Gedankengänge auseinanderlegen. Aber ich weiß bereits, dass Hannes Roman als Jugendlicher beobachtet worden ist, wie er heimlich rote Damenschuhe getragen hat, wofür ihn seine Mutter heftig verprügelt haben soll. Wissen Sie davon?«

»Ich?«, fragte Ingrid Meier entrüstet.

»Ja, Sie. Frau Berg hat mir gesagt, dass Sie über so ziemlich alles im Dorf Bescheid wissen. Warum also nicht auch über den Schuhfetischismus von Hannes Roman? Sie wollen mir doch nicht erklären, dass Sie die Einzige in Drejan sind, die nicht weiß, warum der Junge damals vom Scheunendach gefallen ist, direkt in die Kreissäge des Bürgermeisters.«

Ingrid Meier schwieg. Ihr Blick war auf den Boden gerichtet.

»Frau Meier, Hajo Conrad wird gerade in Hand- und Fußfesseln von uniformierten Kollegen auf die Eichenbank neben der Kirche gesetzt. Alle Einwohner sollen ihn so sehen, damit ihnen klar wird, dass ihr Bürgermeister, Arbeitgeber und Mafiaboss am Ende ist. Und wer das nicht von alleine kapiert, dem sei an dieser Stelle gesagt, dass Conrad für sehr lange Zeit im Gefängnis landen wird, vielleicht sogar für den Rest seines Lebens. Sie können also alle wieder zum Leben erwachen, es gibt sie nicht mehr, die Abhängigkeit von Hajo Conrad. Sie sind wieder frei.«

Ingrid Meier nahm den Kopf hoch und sah Manzetti an. »Stimmt das, was Sie mir gerade erzählen?«, fragte sie. »Wird jemand wie Hajo Conrad wirklich im Gefängnis landen?«

»Ja«, sagte Manzetti. »Ganz bestimmt.«

»Und er kommt auch vorerst nicht wieder nach Drejan zurück?«

Manzetti schüttelte den Kopf. »Wahrscheinlich nicht«, sagte er. »Das, was er hier mit dem Giftmüll gemacht hat, plus die Zugehörigkeit zu einer kriminellen Vereinigung sollten ihm mindestens zehn Jahre einbringen. Und sie alle hier im Dorf, auch diejenigen, die als kleine Mäuse für die große Ratte Conrad das Korn aus dem Speicher geklaut haben, sie können aufatmen und ihr Leben neu ausrichten, denn nach seiner Haftentlassung werden wir ein besonderes Auge auf ihn haben. Niemand muss mehr Angst haben, auch Sie nicht, Frau Meier.«

Ingrid Meier faltete ihre Hände vor dem Bauch, als würde sie jeden Moment anfangen zu beten. Die Chance musste Manzetti nutzen.

»Sie können natürlich weiter schweigen, kein Gericht auf Erden wird Sie dafür bestrafen, wenn Hannes Roman meine Kollegin tötet. Aber das Jüngste Gericht, Frau Meier, das wird über Sie richten. Und es wird Ihnen wahrscheinlich nicht die Himmelspforte öffnen.« Manzetti setzte alle Hoffnung auf das, was die gefalteten Hände der Gemeindekirchenratsvorsitzenden hoffentlich ausdrückten. »Reden Sie mit mir, sagen Sie mir das, was Julia Berg mir nicht hat erzählen können, weshalb sie mich an Sie verwiesen hat. Ich flehe Sie an, retten Sie meiner Kollegin das Leben. Sagen Sie mir, was Sie über Hannes Roman wissen.«

Ingrid Meier nahm die Kaffeekanne vom Herd, schenkte Manzetti nach und setzte sich dann an den Tisch. Mit der rechten Hand forderte sie den Hauptkommissar auf, es ihr gleich zu tun. Sie holte tief Luft und stieß sie mit einem lauten Seufzer wieder aus. »Also gut, Herr Manzetti. Ich werde mein Schweigen brechen.«

50

Hannes Roman war kurz aus der Küche verschwunden, Julia aber konnte hören, wie er im Flur eine Schublade öffnete. Als er wenig später wieder am Küchentisch stand, hatte er ein rotes Seidentuch in der einen Hand, in der anderen eine schwarze Pistole.

»Gehört die der Polizistin?«, fragte Julia, als ihr Bruder die Waffe auf den Küchentisch legte. Sie blickte mit Unbehagen darauf, solche Dinger machten ihr Angst, erst recht, wenn sie in den Händen eines Wahnsinnigen waren, und der war Hannes momentan. Davon war Julia absolut überzeugt.

»Ja, das ist ihre Waffe, aber nun ist es meine und die schöne Frau Kommissarin ist wehrlos wie ein kleines Kind.«

Julia sah Hannes an, seine kalten Gesichtszüge, die starren Augen. Ihr Blick fiel auf seinen linken Schuh, ein roter italienischer Damenschuh, wie sie wusste, in dem seine Prothese steckte. »Du willst sie doch wohl nicht mit ihrer eigenen Waffe erschießen, oder?«

Hannes Roman überzog sein Gesicht wieder mit diesem maskenhaften Grinsen. »Nein, meine Liebe«, sagte er und legte sich das rote Seidentuch um den Hals. »Ich werde sie erwürgen wie die anderen beiden Biester. Von hinten, blitzschnell, sie waren gleich weg und haben sich kaum zur Wehr setzen können.«

»Aber warum hast du die beiden umgebracht? Ich wusste sofort, dass du es warst. Die roten Schuhe haben dich verraten. Nur, warum ausgerechnet Bea und Marie?«

Hannes Roman schüttelte den Kopf. »Die roten Schuhe haben nicht mich verraten, sondern den Bürgermeister. Er hat sie damals in Bozen gekauft, im Dutzend, um sie zu Weihnachten an die Gattinnen seiner Geschäftspartner zu verschenken, weswegen seine Frau sie auf den Müll geworfen hat, wo ich sie gerettet habe. Aber nun stehen sie wieder bei ihm im Keller, jedenfalls die, die noch da sind, und da wird die Polizei sie finden. Ich sage nur Rizzoli.« Und nach einer kurzen Pause, in der er wirkte, als denke er nach, fügte Hannes Roman hinzu: »Und die beiden habe ich zufällig ausgesucht. Sie waren einfach da im Hofladen. Es hätte auch jemand anderes sein können, um Drejan zu zeigen, wohin es führt, wenn man schweigt, um den Bürgermeister und seine Geliebte zu schützen. Alle«, schrie er, »alle haben sie gewusst, dass unsere Mutter ein Verhältnis mit dem LPG-Vorsitzenden hatte, und alle haben gewusst, dass die beiden schuld daran waren, dass ich meinen Fuß verloren habe.«

Aber die beiden, Beate und Marie, die hatten damit überhaupt nichts zu tun, Marie war nicht einmal auf der Welt gewesen. Wenn Hannes die Wahrheit sagt, ging es Julia durch den Kopf, dann mussten zwei junge Frauen sterben, weil sie zur falschen Zeit am falschen Ort waren. Aber stimmte das überhaupt? Und warum begann er jetzt damit, gegen das Schweigen über die Verbrechen des Bürgermeisters anzugehen, auf äußerst widerwärtige Art und Weise? Nein, was er erzählte, ergab keinen Sinn. Was trieb ihren Bruder wirklich an? Warum hat er ausgerechnet die beiden getötet?

»Haben sie versucht, dir die roten Schuhe wegzunehmen?«, fragte Julia und deutete mit dem ausgestreckten Zeigefinger auf seine Füße.

Das Grinsen in seinem Gesicht erlosch abrupt. Julia hatte den Nagel auf dem Kopf getroffen, denn für ihren Bruder waren es nicht einfach nur rote Schuhe, sie waren sein Ein und Alles, die ließ er sich nicht wegnehmen. Niemand, nicht einmal die eigene Mutter, durfte diesen Schuhen zu nahe kommen. Niemand.

»Ja«, fauchte er.

»Also hätte es nicht jeder andere sein können«, sagte Julia. »Sie sind in den Hofladen gekommen und haben dich überrascht, als du mal wieder in deinen roten Schuhen getanzt hast.«

Wieder glich seine Antwort mehr einem Tierlaut als menschlicher Sprache. »Ja«, knurrte er. »Sie sind reingekommen, als schon geschlossen war. Und sie haben mich ausgelacht.«

Julia überlegte kurz. Was sollte sie jetzt tun? Sie musste das Gespräch am Laufen halten. Nur so konnte sie das Leben der Polizistin retten. Denn würde er rübermarschieren zur Conradvilla und die Kollegin von Hauptkommissar Manzetti auch töten, davon war Julia absolut überzeugt, auch wenn sie noch immer nicht wusste, warum.

»Du hast sie also getötet, weil sie dich ausgelacht haben?«

»Ja«, schrie er. »Und den Schal ...«

»Mit dem du sie erwürgt hast«, unterbrach Julia.

»Was sollte ich denn tun? Sie haben einfach nicht aufgehört. Ich habe die feine Frau Bürgermeister mit einem Vorwand hinter den Vorhang gelockt und sie mit ihrem Schal erwürgt. Und danach habe ich mir die andere vorgenommen.«

»Aber warum jetzt auch noch die Polizistin?«

»Sie war bei den Hermanns und hat da rumgeschnüffelt.«

»Bei den Hermanns?«

»Ja, sie wollte wissen, warum ihr Hund in der Nacht nicht gebellt hat.«

»Der Hund?«

»Ja, als ich am Zaun vorbeigegangen bin. Das ist ihr aufgefallen. Und da hat sie geschlussfolgert, dass es das Herrchen sein musste, weshalb sie den alten Herrmann im Visier hatte. Aber schlecht kombiniert, denn ich bin der beste Freund vom Rudi.«

»Rudi?«

»Der weiße Hund der Hermanns. Ich gehe immer mit ihm spazieren, weil die beiden nicht mehr gut laufen. Deshalb hat der Hund ein besseres Verhältnis zu mir als zu seinen Besitzern.«

»Und warum willst du sie nun umbringen? Doch nicht dafür, dass sie ihren Job gemacht hat, oder?«

Dieses Mal war das Lächeln, das in sein Gesicht einzog, ein ganz anderes. Es war warm, es war freundlich; Hannes Roman hatte in Sekundenfrist sein Wesen verändert.

»Nein«, sagte er. »Wegen dir werde ich sie töten. Nur wegen dir.«

51

»Die Wahrheit, Herr Manzetti, ist viel komplizierter, als wir in Drejan das wahrhaben wollen«, sagte Ingrid Meier. »Vielleicht haben sich die Menschen hier deshalb gescheut, sich mit ihr zu beschäftigen. Einfacher ist es, sich in einen der drei Affen zu verwandeln – nichts sehen, nichts hören, nicht reden.«

»Nichts hören und nichts sehen«, schob Manzetti ein, »trifft auf Drejan wohl eher weniger zu. Nicht reden dagegen scheint eine Art Pflichtfach zu sein. Das aber kann doch nicht ausschließlich mit dem Bürgermeister, mit Hajo Conrad, zu tun haben.«

»Hat es auch nur zum Teil«, sagte Ingrid Meier. »Die Leute haben schon viel früher geschwiegen, da war an die Mafia, die Hajo Conrad ins Dorf geholt hat, noch gar nicht zu denken. Und das lag wahrscheinlich an Drejan selbst, aus dem, was ein solches Dorf aus den Menschen macht.«

»Was meinen Sie damit?«, fragte Manzetti, obwohl er eine ungefähre Vorstellung von dem besaß, was die Gemeindekirchenratsvorsitzende meinte.

»Aus dem Slawischen übersetzt bedeutet Drejan: Ort, an dem die Menschen im Wald leben. Kein schöner Gedanke, oder? Wenn Sie hier leben, fühlen Sie sich nämlich wie Robin Hood, also wie ein Aussätziger. Nur dass hier keine mit Goldmünzen und köstlichem Wein beladenen Kutschen vorbeikommen, die Sie ausrauben können. Hier in unserem Wald kommt niemand vorbei, nicht einmal der Teufel traut sich hierher.« Sie sah Manzetti jetzt sehr vertrauensvoll an. »Ihnen wird bestimmt schon einmal der Ausspruch begegnet sein, in Drejan möchtest du nicht einmal tot überm Zaun hängen.«

Manzetti nickte und versuchte dann ein entschuldigendes Lächeln.

»Und glauben Sie mir, auch wir Drejaner wollen hier nicht tot überm Zaun hängen. Aber was sollen wir machen? Schon so lange ich denken kann, hat man uns immer nur verlacht. Wenn es in Butzow schon eine Dreschmaschine gab, schlugen unsere Männer noch tief in der Nacht mit dem Flegel auf das Getreide ein. Und weil wir mit dem technischen Fortschritt nicht mithielten, betrachtete man uns insgesamt als zurückgeblieben. Niemand wollte etwas mit den Waldmenschen zu tun haben. Selbst unsere Kinder, die im Sommer zum Baden nach Ketzür liefen, wurden verjagt, noch bevor sie den See überhaupt zu Gesicht bekamen. Und das, Herr Manzetti, das prägt nicht nur, das verbindet auch, das schweißt die Menschen zusammen wie Pech und Schwefel. Da braucht man irgendwann all die anderen da draußen nicht mehr, da kann man das ganze Geschwätz von blühenden Landschaften nicht mehr hören. Bei uns blüht nichts, Herr Manzetti. Ihnen wird nicht entgangen sein, dass es in Drejan fast immer finster ist.«

Manzetti hob ganz behutsam den rechten Zeigefinger, um Ingrid Meier kurz zu unterbrechen. »Das erklärt einiges, Frau Meier. Aber was hat das mit Hannes Roman zu tun? Und warum haben er und seine Schwester eigentlich einen unterschiedlichen Familiennamen?«

»Die Namen?«, fragte Ingrid Meier. »Das ist schnell erklärt. Die beiden haben unterschiedliche Väter. Ihre Mutter war eine ganz umtriebige Frau und hat wirklich geglaubt, dass sie einen Mann aus einem anderen Dorf an Drejan binden kann. Vier Mal hat sie es versucht, zwei haben es nur ganz kurz ausgehalten, da hat die Zeit nicht einmal für eine Schwangerschaft gereicht. Zwei sind ein bisschen länger geblieben, einen hat sie sogar geheiratet, beide haben Drejan allerdings noch vor der Geburt ihres Kindes den Rücken gekehrt. Vielleicht ist sie deshalb so böse geworden, aber da sie die Wut nicht an den Vätern auslassen konnte, mussten die beiden Kinder darunter leiden. Sie haben einem in der Seele leidgetan mit ihren blauen Flecken und den gebrochenen Fingerchen, die sie davontrugen, wenn sie die Hiebe der Mutter abzuwehren versuchten.«

»Lebt die Mutter noch?«, fragte Manzetti.

Ingrid Meier schüttelte den Kopf. »Bis vor ein paar Tagen wusste das niemand so genau. Offiziell ist sie einfach abgehauen, weil sie von den Kindern und dem ganzen Dorf die Nase voll hatte. Aber nun weiß ich, dass Julia und Hannes sie umgebracht haben. Julia hat sie mit einem Schierlingstee vergiftet und Hannes hat ihr mit der Axt den Rest gegeben. Bei dem Versuch, die Leiche im Garten zu verscharren, hat Hajo Conrad sie überrascht, der ihnen schließlich half, die Beseitigung der Toten zu vollenden. Polizei im Ort wollte er nicht.«

»Woher wissen Sie das alles?«

»Von Julia. Sie hat es mir erzählt.«

»Einfach so?«

»Nein. Sie wollte wohl reinen Tisch machen. Als Pfarrerin kann sie das jedoch nicht so ohne Weiteres. Sie darf nicht einfach zur Gemeindekirchenratsvorsitzenden kommen und der ihr Herz ausschütten, schon gar nicht, wenn es um den eigenen Bruder geht. Das mit Hannes, mit ihrer Mutter, das alles hat sie sehr belastet. Aber Julia war schon immer ein schlaues Mädchen. Da war es ihr ein Leichtes, einen anderen Weg zu finden, um mir doch alles zu erzählen.«

»Und wie hat sie das gemacht?«

»Als sie wusste, dass Hannes der Mörder von Bea Conrad ist, hat sie so lange gewartet, bis sie mich ganz allein in der Kirche vorfand. Und etwa zwei Stunden vor dem Gedenkgottesdienst für Beate, hat es geklappt. Ich war gerade dabei, hinter dem Altar die Kerzen anzuzünden, als Julia sich auf der anderen Seite hinkniete und lauthals zu beten begann. Ich konnte nicht anders als jedes Wort zu verstehen, was sie auch genauso beabsichtigt hatte. Es war die Lebensgeschichte von ihr und Hannes; wie Julia sich von der Kröser Maja den Tipp mit dem Schierling geben lassen hat, wie Hannes der Mutter den Fuß abgetrennt und ihn in einen roten Schuh gesteckt hat, und ich habe auch gehört, wie sie Gott gebeten hat, dass er den Menschen in Drejan nicht nur die Augen, sondern auch die Münder öffnen möge.«

»Danke, Frau Meier«, sagte Manzetti, als er sich schließlich von der Gemeindekirchenratsvorsitzende verabschiedete. »Sie haben mir und meiner Kollegin sehr geholfen.«

52

Julia betrachtete ihren Bruder mit einer Mischung aus Sorge und Angst, wobei der ängstliche Part die Oberhand behielt. Er hatte ihr das Gefühl vermittelt, als ginge es hier nicht um Beate Conrad, Marie Mahlow oder um die Polizistin Sonja, sondern einzig und allein um sie, um Julia Berg, um ihr Leben. Aber was hatte das zu bedeuten? Wollte er auch sie töten, die Schwester? Nein, das konnte nicht sein. Geschwister, so dachte Julia, töten einander nicht, schon gar nicht, wenn sie so viel durchgemacht hatten, wie sie beide. Doch warum zog er sie jetzt mit hinein in seinen Wahnsinn? Warum hatte er gesagt, dass er die Polizistin ihretwegen töten wollte?

Hilfe suchend ging ihr Blick wieder zum Küchenfenster hinaus, dahin, wo der Dorfplatz lag und wo sie vor ein paar Minuten den Hauptkommissar den Weg zu Ingrid Meiers Haus einschlagen sehen hatte. Sie faltete ihre Hände und richtete ihren Blick gen Himmel. Würde ihr Plan aufgehen? Würde Ingrid endlich reden und würde Manzetti sie und seine Kollegin Sonja aus den Fängen von Hannes, ihrem Bruder, befreien, bevor der wieder zuschlug? Sie wusste es nicht, sie konnte nur darauf hoffen.

Einige Minuten hatten Bruder und Schwester nicht mehr miteinander gesprochen. Julia stand noch immer am Fenster, Hannes hatte sich auf einen Stuhl gesetzt und starrte die Pistole und das rote Halstuch an, apathisch wie ein abgestumpftes Tier. Oder schlief er mit offenen Augen?

Plötzlich huschte über Julias Gesicht ein kaum wahrnehmbares Lächeln, als sie sah, wie vermummte und schwer bewaffnete Polizeibeamte aus einem schwarzen Transporter kletterten und sofort in der Kirche Stellung bezogen. Das konnte nur bedeuten, dass der Herr sie erhört hatte, dass er ihr sogar helfen würde.

Aber wie immer, wenn sich in ihrem Leben etwas zum Guten wendete, kam prompt die Retourkutsche. Hannes erwachte aus seiner Trance, erhob sich von dem Stuhl und kam auf Julia zu, die noch am Fenster stand, das zu groß war, als dass sie ihm mit ihrem schmalen Körper die komplette Sicht auf den Dorfplatz hätte nehmen können. Ihr musste unbedingt schnell etwas einfallen, wollte sie verhindern, dass er mitbekam, was die Polizisten in Drejan unternahmen.

»Warum wegen mir?«, fragte sie ihn und stoppte damit für einen Moment seine Bewegung. »Warum sagst du, dass du die Polizistin meinetwegen töten willst?«

Hannes Roman zog die Augenbrauen zusammen. »Das soll ich gesagt haben?« Er sah Julia mit dem Anschein naiver Überraschung an, ganz so, als wäre es ihm unmöglich, sich an seine gerade erst gesprochenen Worte zu erinnern.

»Ja, das hast du. Ich habe dich gefragt, warum du die Polizistin töten willst? Und du hast mir geantwortet, dass du sie meinetwegen umbringst.«

»So«, sagte er, und es wirkte noch immer so, als wüsste er nicht, worum es hier gerade ging. »Ich kann mich gar nicht erinnern, das so gesagt zu haben.«

»Hannes«, Julia ging ihm einen Schritt entgegen, »sag mir, wo du sie eingesperrt hast. Dann gehe ich dorthin und lasse sie frei. Du hast schon zwei Frauen auf dem Gewissen, es muss keine mehr dazukommen. Und anschließend fahre ich wieder nach Päwesin, während du dir überlegen kannst, wie die ganze Geschichte weitergeht oder wie sie endet.«

Als wären diese Worte so etwas wie ein Wecksignal, kam die Wildheit in die Augen von Hannes Roman zurück und unter dem Verband, den er noch immer gegen seine Unterlippe drückte, machte sich wieder das Grinsen breit. »Jetzt«, stieß er hervor, »weiß ich wieder, warum ich sie wegen dir töten will.«

»Und warum? Sag es mir.«

Das Grinsen wurde noch breiter, noch furchteinflößender. »Kannst du dir das nicht denken? Hast du keine Vorstellung von der Zeit, in der ich hier in diesem Nest allein aushalten musste, während du dich nach Halle abgesetzt hast? Du hättest sie sehen müssen, ihre Blicke, ihre Lippen, wenn sie hinter meinem Rücken über mich getuschelt haben. Alle im Dorf wissen, was damals passiert ist, sie wissen, was unsere Mutter mit uns gemacht hat, haben jeden einzelnen Schlag gehört, unser Winseln, wenn sie auf uns einschlug. Und sie wissen auch, dass wir sie erledigt haben ...«

Hannes Roman sah Julia noch immer intensiv an, das Grinsen stellte er ein. »Aber niemand spricht darüber. Und wenn doch, dann hinter vorgehaltener Hand. Viel schlimmer: Sie wissen auch, warum Mutter mich geschlagen hat. Und sie sind genauso gegen mich, wie Mutter es war. Das ist die Hölle hier, Schwesterherz, das ist das Leben eines Aussätzigen, eines Geächteten. Und du?«, fragte er mit flackernden Lidern. »Du hast dich einfach aus dem Staub gemacht und nur selten einmal einen Fuß nach Drejan gesetzt, als du die Pfarrstelle in Päwesin angenommen hast. Du hast mich alleingelassen, du hast mich an sie ausgeliefert, so wie du es auch jetzt wieder vorhast.«

»Und deshalb hast du sie ermordet?«

»Nein«, sagte Roman und verwandelte sein gefährliches Grinsen in ein überhebliches Lächeln. »Es hat mir Spaß gemacht, jemanden auszulöschen. Und als ich mir überlegt habe, ob ich ihre toten Körper den Schweinen zum Fraß vorwerfen soll oder ich sie im Wald vergrabe, da kam mir eine noch viel bessere Idee. Ich dachte mir, Hannes, warum legst du sie nicht einfach auf den Misthaufen vom Freddi. Den Streit zwischen dem Bürgermeister und dem Hühnerbauer hat jeder im Dorf mitbekommen, und die Marie hat dem Hajo ja nicht nur die Frau weggenommen, sondern auch noch seine Müllgeschäfte gestört. Also würde jeder glauben, dass Hajo die beiden Frauen auf dem Gewissen hat und es dem Freddi unterschieben wollte. Und da wusste ich plötzlich, warum ich immer wieder töten würde. Weil nämlich du ...«, schrie Hannes Roman, »... weil du dann nach Drejan zurückkommen musst, auch gegen deinen Willen.«

Julia wich ihm aus und schob sich ganz langsam rückwärts zum Küchentisch. »Du ermordest Frauen, um mich nach Drejan zurückzuholen?« Julia wich noch weiter zurück, bis ihre Oberschenkel gegen die Tischplatte stießen. Fast automatisch wanderte ihre rechte Hand hinter ihren Rücken, und dann hatte sie sie in der Hand, die Pistole der Polizistin.

»Wo ist sie? Sag mir sofort, wo genau du die Polizistin gefangen hältst?« Julia schrie ihn aus voller Kehle an. »Du bist eine abartige Bestie. Das habe ich schon gewusst, als du auf unsere Mutter eingeschlagen und ihr den Fuß abgehackt hast.

Das war übrigens der Grund, warum ich dir ferngeblieben bin. Ich hatte Angst vor dir, vor deiner rohen Gewalt.«

Als Roman einen Schritt in Julias Richtung machte, nahm sie die rechte Hand nach vorne und hielt die Pistole auf ihn gerichtet. »Das ist deine letzte Chance. Wo ist die Polizistin?«

53

Vom Haus Ingrid Meiers ging Manzetti zügig zur Kirche, wo er das SEK wusste. Er rannte fast. Sie hatte bestätigt, dass Hannes Roman der Mörder war. Alle Details, die Ingrid Meier genannt hatte, passten wie die sprichwörtliche Faust aufs Auge. Hajo Conrad hatte sich Julia und Hannes angenommen, nachdem die Mutter unter der Erde war, Julia war schließlich nach Halle gegangen, um dort Theologie zu studieren, und Hannes hatte der Bürgermeister eine Ausbildung zum Verwaltungswirt absolvieren lassen, um ihn später im Umweltministerium unterzubringen, als Spion für denjenigen, der illegal Giftmüll entsorgte. Ein Plan der Ndrangheta. Wie Ingrid Meier vermutete, hatte Conrad die beiden wegen des Mordes an der Mutter in der Hand. Ja, auch Julia konnte ihm nützlich sein, eine Pfarrerin erfuhr nahezu alles, was in einem Dorf passierte. Hannes' Ausbildung erklärte, warum das Drohschreiben an die Manzettis im Format deutscher Amtsstuben verfasst war.

Nun aber stand Manzetti in der Kirche neben dem Kommandoführer des SEK und wies ihn in die Lage ein.

»Er hat eine Waffe«, sagte Manzetti, »nämlich die von Sonja. Und er hat schon zwei Frauen ermordet, ist also sehr gefährlich.«

»Gut«, sagte der SEK-Mann und zog seine schwarze Sturmhaube wieder über den Kopf. »Wir kommen durch den Wald und stürmen dann das Haus von diesem Roman. Du sagst, er ist da drin?«

Manzetti nickte. »Hier in diesem Dorf macht niemand einen Schritt, ohne dass andere das bemerken. Auch wir nicht. Und man hat uns gerade mitgeteilt, dass Roman in seinem Haus von der Postbotin gesehen worden ist, und dass auch seine Schwester bei ihm ist. Nur ob Sonja auch im Haus ist, das wissen wir nicht.«

»Und es ist wirklich das weiße Haus gleich neben der Villa des Bürgermeisters?«

»Ja«, antwortete Manzetti. »Rechts neben der Villa. Irrtum ausgeschlossen.«

»Und du, Kollege Manzetti«, sagte der SEK-Mann, »kommst bitte erst nach, wenn wir dir ein Zeichen geben. Ich mag es nämlich nicht, wenn wir auf euch Schreibtischtäter auch noch aufpassen müssen.«

»Einverstanden«, sagte Manzetti und holte für die nächsten Worte Luft, als er hinter sich ein Quietschen vernahm. Er drehte sich um und sah, wie sich die schwere Kirchentür öffnete.

Sofort rissen alle SEK-Beamten ihre Maschinenpistolen hoch und schrien wie aus einem Mund: »Waffe runter! Los, los, los, sofort die Waffe runter.«

Mehrere rote Laserpunkte huschten durch das dunkle Kircheninnere und blieben an dem Körper von Julia Berg hängen. Sie beugte sich ganz vorsichtig und legte die Pistole vor sich auf den Boden.

»Ich habe meinen Bruder erschossen«, sagte die Pfarrerin. »Ihre Kollegin hat er in Hajo Conrads Kühlkammer eingesperrt. Ich habe sie gerade dort herausgeholt und auf den Rasen gelegt, sie lebt und ist bei Bewusstsein. Sie braucht dringend medizinische Hilfe.«

54

Mittwoch, 18. August

Die Manzettis saßen mit Bremer auf ihrer Terrasse. Kerstin, Paola und die kleine Elli hatten die erste Maschine von Pisa nach Berlin genommen, und Manzetti hatte seine drei Frauen in Schönefeld abgeholt. Auch Lara, die älteste Manzettitochter und Mutter von Elli, war inzwischen wieder zu Hause angekommen, ihr Praktikum in Brüssel war zu Ende.

»Ich kann schon italisch, Onkel Bemer«, sagte Elli und der Stolz schwellte ihr die Brust.

»Du kannst italisch? Sag an.«

»Si«, sagte Elli. »Willst du mal hören?«

»Und ob«, sagte Bremer, der dem kleinen Wirbelwind nicht weniger als die Manzettis verfallen war.

»Krrrazie«, kam es von Elli und sie schmiegte sich an ihre Mutter, während ihre Oma anlässlich des gerade erst vergangenen Geburtstags mit einer Flasche Barolo aus dem Haus kam.

»Möchte jemand ein Glas Wein?«, fragte Kerstin.

»Krrrazie«, sagte Bremer. »Ich würde glatt eins nehmen.«

»Ich auch.«

»Ich auch.«

»Ich auch.«

»Und du«, fragte Kerstin mit Blick auf ihre Enkelin.

»Si si, Nonna«, stieß Elli hervor und konnte sich wegen eines Lachanfalls kaum mehr halten.

Als die Gläser eingeschenkt waren, Elli sich wieder beruhigt hatte und alle auf das Wohl von Kerstin angestoßen hatten, behauptete Lara: »Man kann euch ja nicht wirklich ein paar Tage alleine lassen.«

»Warum nicht?«, hakte Manzetti nach.

»Zwei Morde hier bei uns am Beetzsee. Das finde ich schon ziemlich krass. Was passiert jetzt eigentlich mit der Pfarrerin? Sie hat schließlich ihre Mutter vergiftet und ihren Bruder erschossen.«

»Sie wird wohl nicht im Gefängnis landen«, erklärte Manzetti. »Als sie ihre Mutter vergiftet hat, war sie noch ein Kind, also schuldunfähig. Und ein guter Anwalt wird aus den Schüssen auf den Bruder Notwehr machen. Was aber mit ihrer Pfarrstelle passieren wird, muss die Kirche entscheiden. Das liegt nicht in meiner Hand.«

»Trotzdem hat Lara Recht«, sagte Kerstin, während sie Elli einen Apfelsaft eingoss. »Das ist schon krass in unserer ruhigen Gegend.«

»Krass hin, krass her«, sagte Paola, »was aber machen wir nun, da sich die ganze Aufregung gelegt hat?«

»Schweden«, kam es von Manzetti.

»Schweden Opa«, staunte Elli. »Ich will auch nach Schweden.«

»Was willst du denn da?«, wollte Lara von ihrer Tochter wissen.

»Da gibt es die echte Pippi Langstrumpf, Mama.«

»Und der Opa mietet ein Ferienhaus und dann fahren wir zur Villa Kunterbunt. Wer kommt mit?«

Alle Hände flogen hoch, bis auf die von Bremer.

»Ihr könnt zwar alle italisch, aber spricht von euch einer schwedisch?«, fragte der Rechtsmediziner.

»Ich kann nur italisch«, sagte Elli. »Kannst du schedisch, Onkel Bemer?«

»Natürlich«, antwortete Bremer. »Willst du mal hören?«

Elli rutschte vom Schoß ihrer Mutter und lief die paar Schritte zu Bremer, legte ihr Ohr an seine Lippen und hörte aufmerksam auf Bremers Worte. Dann drehte sie sich zum Tisch, hob ihr Apfelsaftglas in die Höhe und verkündete mit hellster Freude die erste schwedische Vokabel ihres Lebens.

»Skål.«

Der Autor

Jean Wiersch, Jahrgang 1963, gehört seit 1994 der Polizei des Landes Brandenburg an. Er lebt mit seiner Frau inmitten der Mark Brandenburg, am Ufer des wunderschönen Beetzsees. In der wasser- und waldreichen Region westlich von Berlin spielen auch seine bislang acht Kriminalromane, die bereits im Titel einen deutlichen Bezug zu seiner Heimat tragen, der Havel.

Havelkrimis von Jean Wiersch

Havelwasser

Manzettis erster Fall

Paperback, 235 Seiten, ISBN 978-3-935263-45-0

Havelsymphonie

Manzettis zweiter Fall

Paperback, 224 Seiten, ISBN 978-3-935263-58-0

Haveljagd

Manzettis dritter Fall

Paperback, 220 Seiten, ISBN 978-3-935263-66-5

Havelgeister

Manzettis vierter Fall

Paperback, 224 Seiten, ISBN 978-3-935263-87-0

Havelbande

Barrus' erster Fall

Paperback, 215 Seiten, ISBN 978-3-95475-104-4

Havelgift

Barrus' zweiter Fall

Paperback, 210 Seiten, ISBN 978-3-95475-148-8

Havelreime

Barrus' dritter Fall

oder die Begegnung von Barrus und Manzetti

Paperback, 226 Seiten, ISBN 978-3-95475-185-3